Heldenfrühstück

Der Wahlhamburger Eric Hegmann, 42, lebt und arbeitet seit knapp 20 Jahren als Journalist und Autor in der Hansestadt. Er hat gemeinsam mit der Psychologin Lisa Fischbach mehrere Partnerwahl-Ratgeber verfasst, zuletzt *Die Traumprinz-Falle* bei Goldmann Mosaik. Bei Bruno Gmünder erschien 2007 *Jungs in Beziehungskisten*, ein Ratgeber in erzählter Form. *Heldenfrühstück* ist sein erster Roman. Für die gleichnamige Erzählung wurde er 2004 von Philipp Tingler für den Literaturpreis der schwulen Buchläden nominiert.
www.eric-hegmann.de

Eric Hegmann

Heldenfrühstück

BRUNO GMÜNDER

Die beschriebenen Personen und Handlungen sind fiktiv.
Jede Ähnlichkeit mit lebenden Personen oder tatsächlichen Geschehnissen ist zufällig und nicht beabsichtigt.

Die Zitate aus Edward Albees *Wer hat Angst vor Virginia Woolf* sind der im Fischer Verlag erschienenen Ausgabe entnommen (37. Auflage, Frankfurt 1963, aus dem Amerikanischen von Pinkas Braun).

Heldenfrühstück

Kleiststraße 23-26, D-10787 Berlin
www.brunogmuender.com
info@brunogmuender.com

Lektorat: Boris Roman Gibhardt

Umschlaggestaltung: Frank Schröder

Satz: Enrico Dreher

Printed in the E. U.

ISBN: 978-3-86187-927-5

Inhalt

Salambo

Die Bühne frei für Sodom und Gomorrha,
Graf Porno ist bereit für jeden Ritt,
Dornröschen fällt vor Abscheu in Sexstasia,
aber alle klatschen wie die Blöden mit.

Wo die Liebe auffällt, hinterlässt sie Spuren,
denn sie musiziert bestimmt keinen Choral,
unter all den schönen Strichern und den Huren
fühlen Spießer und Studenten sich normal.

Hier gibt's Zwerge und dressierte Pekinesen,
schlanke Tänzer steigen in das Lotterbett,
Ledermänner, Gummidamen, Fabelwesen,
doch die schlimmsten davon sind aus dem Parkett.

Ich steh' meistens hinterm Vorhang an der Rampe
und pass auf, das alle ächzen, knutschen, schrei'n,
nur benimmt sich einer wie 'ne echte Schlampe,
dann werd' ich auch privat und hau ihm eine rein.

Und ich kellner' hier, Sie kennen mich ja schon,
doch um 12 bin ich die Spitzenattraktion,
dann heiß ich Claudia und tanze die Fandango,
im Salambo.

Text: Klaus Hoffmann
Musikverlag: Stille Musik

STEFFI: NESTFLÜCHTER

1500 Euro. Empfänger: Frank Hey. Verwendungszweck: Von deinem Vater. Ich darf beim Autofahren nicht an den Text auf dem Überweisungsträger denken, sonst zittern mir die Hände am Lenkrad und ich baue noch einen Unfall. Auf alle Fälle kriege ich einen dicken Hals. So viel Geld. Jeden Monat. Für diesen Faulpelz, der in seinem ganzen Leben nichts auf die Reihe bekommen hat. Während ich mich halbtot schufte. Das ist alles so verdammt ungerecht, dass ich schreien möchte.

Scheiße!

Aber lieber nicht aufregen, Steffi. Das hast du gar nicht nötig, Mädchen.

Auf dem Kiez soll ich ihn abholen, hat Frank gesagt. »So nennt man in Hamburg St. Pauli«, erklärte er ungefragt, und dabei klang er ein wenig kurzatmig. »Die Reeperbahn. Davon hast auch du sicher schon gehört.«

Wir haben erst vor ein paar Stunden telefoniert, so gegen drei Uhr nachmittags, und er hörte sich an, als wäre er gerade erst aufgestanden. Vielleicht hat er aber auch noch gar nicht geschlafen. Bei Frank ist alles möglich.

Frank ist mein Bruder. Eigentlich mein Halbbruder. Von der ersten Frau meines Vaters, die er dann mit dem Kleinen hat sitzen lassen. Eine echte Jugendsünde: Papa war eben 20 Jahre, als er Frank zeugte. Das ist jetzt über 30 Jahre her. Dass es meinen Bruder überhaupt gibt, weiß ich erst seit Kurzem, und Papa ahnt nicht einmal, dass wir uns kennen.

Ich lebe in Harburg, das ist unterhalb der Elbe, und deshalb hält mich Frank für ein dämliches Landei: überfordert mit dem Vokabular und den Ritualen der Metropole. Als ob er Ahnung vom Leben bei uns hätte! Das ist nämlich keineswegs wie aus dem *Heimatkanal*, sondern ganz schön taff. Gut, ich fahre fast nie in die Stadt. Vielleicht kenne ich sie wirklich nicht so gut. Aber wozu auch? Dort ist alles teuer, ich kriege keinen Parkplatz, und außerdem verfahre ich mich jedes Mal. In

Harburg finde ich genauso alles, was ich brauche. Und was den Weg betrifft, da weiß ich mir zu helfen: Bevor ich losfuhr, habe ich mir im Internet vom ADAC-Routenplaner eine Streckenbeschreibung ausgedruckt und mit Tesa auf den Lenker meines geleasten 3er BMW geklebt. Das ist nicht so bequem wie ein Navigationssystem – aber erheblich günstiger. Ich habe kein Geld zu verschenken.

Die Elbbrücken liegen jetzt hinter mir. Nur noch ein paar hundert Meter bis zum Ortsschild Hamburg. Plötzlich tritt der Passat vor mir auf die Bremse. Fluchend gehe ich in die Eisen und rette damit vielleicht meinen Führerschein. Viel zu spät fällt mir am Straßenrand der Starenkasten auf und ein Tempo-50-Schild, das ich völlig übersehen habe.

Das hätte uns gerade noch gefehlt, nachdem schon Heinrich, mein Mann, letzte Woche seinen Schein für drei Monate abgeben musste. Statt mit 80 war er auf der Autobahn fast doppelt so schnell in die Baustelle gebrettert. Da half keine Ausrede. Seitdem heißt es für ihn Bahn fahren, und fünfhundert Euro ist er überdies losgeworden. Tausend Euro für einen winzigen Testosteronrausch. Aber es läuft ja immer so: nur kräftig auf die Kleinen einprügeln! Diese Tempokontrollen sind doch eine einzige Geldschneiderei, damit die Sozialstellen die vielen Schnorrer in diesem Land finanzieren können. Solche Schnorrer wie mein Brüderchen Frank.

Am Millerntor suche ich eine Rechtsabbieger-Spur, die laut ADAC an dieser Kreuzung sein müsste, aber finde sie nicht. Die Hinweisschilder sehe ich zu spät und plötzlich stehe ich links und komme nicht mehr rüber und damit bin ich mittendrin in diesem Kiez. Das Landei auf der berühmten Reeperbahn.

Es ist Samstagnachmittag und die Menschen schlendern vorbei an Sexshops und Spielhallen. Vor einem Steakhaus auf der rechten Seite kauern einige Punks mit ihren Hunden. Die Tiere balgen, während die Typen auf dem Asphalt liegen und die Passanten anbetteln. Ein Schild vor dem Fußgängerüberweg warnt: *Tempo 30 wegen Unfallgefahr*. Sauber, sauber. Das muss man sich echt vorstellen: Rechts und links die Nutten, aber nur nicht zu schnell fahren! Und alle zehn Meter parkt jemand seinen Wagen in zweiter Reihe. Hinter dem Steuer eines neuen Mercedes sehe ich einen jungen Kerl, höchstens Mitte zwanzig. Schwarze, zurückgegelte Haare, braun gebrannt, silberne Kette über einem bunten Synthetikhemd: Bingo! Genau so stelle ich mir einen Zuhälter vor. Aber vielleicht täusche ich mich ja, und es ist nur ein netter Student, der sich das Auto seiner Eltern geliehen hat.

Die Ampel an der nächsten Kreuzung ist rot. Laut ADAC soll mein Ziel rechts parallel zur Reeperbahn sein. Neben mir fährt ein Bus aus seiner Haltebucht und stellt sich schräg vor mich, so dass ich die Straßennamen nicht mehr lesen kann. Ruckelnd schleicht der rote Doppeldecker über die Straße und über meine geplagten Nerven. *Erleben Sie das Herz von St Pauli – Geführte Touren durch Hafen und Kiez*, steht auf dem Heck. Das Dach ist abgenommen, sodass die Touristen auf dem Oberdeck den strahlend blauen Himmel genießen können. Zwei Kinder mit schwarzen Baseball-Caps, die mit weißen Piraten-Totenköpfen bedruckt sind, beugen sich über die Sitzlehnen der letzten Reihen und winken mir zu. Sie drehen mir eine Nase. Freche Blagen. Und irgendwie süß. Ich ignoriere sie zunächst, dann winke ich doch zurück.

Die nächste Straße biege ich rechts ab. Hamburger Berg. Der Name klingt vertraut, aber auf dem ADAC-Plan finde ich ihn so schnell nicht. Türhohe gelbe Leuchtbuchstaben am Eckhaus wollen Menschen in die Spielbank im Erdgeschoss locken. *Spielbank*. Was für ein großspuriger Begriff für diese Spelunke: Durch die Scheiben mache ich nur ein paar Einarmige Banditen aus. Na, wenn das alles ist: Anspruchsvoll scheinen die hier ja nicht zu sein auf diesem Kiez. Vergangenen Sommer waren wir auf Sylt in der Spielbank gewesen. Mit Roulette-Tisch und richtigen Croupiers.

In der Simon-von-Utrecht-Straße soll ich dann rechts in die Wohlwillstraße fahren. Jetzt muss ich nur noch diese Utrecht-Straße finden. Zehn Meter vor der nächsten Kreuzung sehe ich eine Gruppe junger Leute vor einem Eingang mit einem roten Teppich stehen.

Ich halte an und kurble die Scheibe der Beifahrerseite herunter. Ein Typ mit einem charmanten Lächeln kommt auf mich zu. Er trägt eine gefleckte Armee-Hose und darüber ein graues T-Shirt, aus dem unbehaarte, kräftige Arme quellen. Als er näher kommt, kann ich sehen, dass er durchtrainiert wie *Rambo* ist. Im Dunkeln hätte ich Angst vor ihm.

»Kann ich dir helfen?«, fragt er freundlich. Seine Stimme ist vertrauenerweckender als seine Erscheinung. »Verfahren?«

Er ist sexy. Meine Mundwinkel ziehen sich fröhlich nach oben. »Hoffentlich noch nicht. Ich suche eine Wohlwill-Straße«, antworte ich. »Allerdings würde mir die Simon-Nochwas-Straße auch reichen.«

Sein tiefes, kehliges Lachen gefällt mir. »Du hast es beinahe geschafft«, meint er und deutet auf die nächste Kreuzung. »Die Straße da vorne ist die Simon-von-Utrecht.«

»Das war wirklich einfach«, sage ich. Egal wo ich bin, die Fettnäpfe finden mich. »Danke.«

»Gern.« Er steckt den Kopf durch die offene Scheibe und starrt mich frech an. Seine kurzen braunen Haare stehen bedrohlich wie Stacheln eines Drachen ab. Aber seine Augen sind braun und friedvoll. »Und wenn du magst: Ich bin im ›Topas‹ sicher noch bis um sechs. Komm vorbei.«

Nun fällt mir der weiße Lichtkasten mit dem roten Schriftzug über dem Eingang auf: ›Club Topas‹. After Hour Club steht darunter. Ich dachte immer, so sieht ein Puff aus.

»Das wird leider nichts. Ich muss zu einer Familienfeier«, sage ich. Ob es wohl in solchen Clubs viel anders zugeht als in unseren Discos?

»Wie schade. Aber wenn du mal wieder sonntags in der Gegend bist: Ich bin immer hier. Erkundige dich einfach nach Stefan. Ist zwar ein Sammelbegriff, aber der Türsteher kennt mich und lässt dich dann kostenlos rein.«

»Danke«, wiederhole ich und streiche mir verlegen eine Strähne aus dem Gesicht. Wer hätte das gedacht? Offenbar hat das Landei Chancen in der Großstadt. »Vielleicht ein anderes Mal«, flöte ich.

Er zieht sich zurück und schenkt mir erneut sein hinreißendes Lächeln. »Stefan. Merk dir den Namen!«

Das wird mir nicht schwer fallen, denke ich mir, sage aber nichts. Stefan und Steffi! Welch ein Zufall. Stefan, der Soldat mit dem breiten Grinsen und den breiten Schultern. Ehrlich, mein Heinrich könnte mehr Sport treiben. Muskeln sehen schon gut aus. Und ein knackiger Hintern sowieso.

Ich kurble das Fenster wieder nach oben und fahre weiter.

Die Wohlwill-Straße finde ich jetzt sofort. Keine Clubs und Telefon-Shops mehr: eine schmale Straße mit erstaunlich schönen alten Häusern. In jedem zweiten Haus kauert ein Laden im Erdgeschoss: Feinkost und Käse, türkischer Supermarkt, Drogeriebedarf, Weinhandel – alles da. Wie in einem Dorf. Auch auf dem Kiez wohnen also Menschen.

Ich parke im Halteverbot in einer Einfahrt neben einem indischen Schnellimbiss. In der Nähe sitzen an Plastiktischen ein paar Frauen mit Kopftüchern vor einem Hähnchengrill und essen Pommes. Daneben diskutieren ihre Männer mit rudernden Armen in einer arabischen Sprache. Sie sind laut und klingen aggressiv.

Ich bleibe im Wagen sitzen. Nicht wegen der Ausländer. Das halte ich wie die Rheinländer: Jeder Jeck ist anders! Aber bei meinem Glück kriege ich sonst garantiert in den paar Minuten einen Strafzettel, also nehme ich das Handy und wähle Franks Nummer.

»Habe dich schon aus dem Fenster unten stehen sehen«, meldet er sich. »Bin in einer Minute bei dir. «

»Hm«, mache ich. »Lass dir ruhig Zeit. Die eigentliche Feier beginnt erst später. Wir müssen uns ja nicht alle Reden anhören.«

»Dann ist gut. Ich brauche nämlich unbedingt einen Kaffee vorher, sonst stehe ich das nicht durch.« Er klingt noch immer sehr müde.

»Alles in Ordnung?«, frage ich.

Ich höre ihn lange ausatmen. »Klar.« Pause. Dann murmelt er, wir könnten uns besser auf der Fahrt unterhalten, und bricht das Gespräch ab.

Während ich das Handy in der Armstütze verstaue, entdecke ich einen nackten Mann in einem Fenster im ersten Stock. Eine Hand hält er mit dem wohl letzten Rest Schamgefühl vor sein bestes Stück. Mit der anderen deutet er auf die Straße. Er sieht direkt zu mir hinunter. Dann dreht er sich um und präsentiert der Welt und mir seinen blanken Hintern. Jemand umfasst von vorne seine Hüften. Die Hände gleiten nach unten und greifen in die Pobacken.

Ich bin nicht prüde, aber das ist mir jetzt zu öffentlich. Ich wende den Blick ab und mache das Radio an. Sollen sie machen, was sie wollen: aber unbedingt am helllichten Tag am Fenster?

Eine dieser grässlichen Labertaschen im Radio bemüht sich, Hörer zu einem Gewinnspiel zu bewegen. Um fünfhundert Euro zu gewinnen, soll man sich mit dem aktuellen Slogan: »Die Tophits im Norden. Alle Tops, alle Hits« am Telefon melden, wenn die Moderatorin zufällig irgendeine Nummer aus dem Telefonbuch wählt. Wer hört sich nur so was an? Von solchen Sendungen bekomme ich Kopfschmerzen. Ich starte die neue CD von Anastacia. Als ich wieder nach oben sehe, steht der nackte Typ allein am Fenster. Er schaut auf die Straße.

In diesem Moment öffnet Frank die Tür. Er trägt eine ausgewaschene Jeans und ein helles, kurzarmiges Hemd. Er lässt sich auf den Beifahrersitz fallen und winkt nach oben zum Fenster, mechanisch, ohne einen Blickkontakt zu suchen. Sein Kopf glänzt frisch rasiert. Von der Stirn laufen Schweißtropfen. Er lächelt und begrüßt mich mit einem Kuss auf die Wange.

Ob wir nicht los wollten, drängelt er.

»Warst du das da eben am Fenster?«, frage ich. »Ist das dein Freund?«

Seine Miene verfinstert sich. »Nein. Das ist Marc, ein Bekannter.«

»Das sah ziemlich vertraut aus.«

Er wirft seinen Rucksack auf die Rückbank. »Lass uns fahren. Mein Koffeinspiegel ist bedrohlich niedrig.«

Über sein Liebesleben will er also nicht sprechen. Auch gut. So sehr interessiert mich nicht, was er im Bett macht. Das braucht er nicht zu denken. Ich lasse den schäbigen Golf eines Südländers vorbei und parke aus. Frank bemerkt nicht, dass der Mann am Fenster, dieser Marc, uns noch einmal zuwinkt. Auf mich wirkt seine Geste mehr als freundschaftlich. Aber ich will mich mit Frank sicher nicht streiten. Sein Privatleben interessiert mich nicht die Spur – solange es nicht um mein Geld geht.

»Gut siehst du aus«, charmeurt Frank. »Neue Frisur?«

Reflexartig sehe ich in den Rückspiegel. Will er mich auf den Arm nehmen? Meine Haare könnten gut einen neuen Schnitt gebrauchen und eine neue Farbe am besten gleich mit: Die Strähnen sind beinahe völlig herausgewachsen und jetzt kräuseln sich die Locken straßenköterbraun über meine Schultern. Meine Mathematiklehrerin hatte so ausgesehen: langweilig wie ihre Zahlenspiele.

»Du sollst deine Schwester nicht auf den Arm nehmen«, meine ich. »Ich schneide meine Haare selbst. Für einen Friseur habe ich keine Zeit. Und kein Geld.«

Er streicht sich über die Glatze. »Die Probleme habe ich nicht mehr. Ich werde nie wieder zum Friseur gehen und sagen, ich würde heute gerne mal was ganz anderes probieren!«

Ich lache. Nein, das wird er sicher nicht. Noch ein Bonus.

»Zum Hemdenbügeln kam ich nicht mehr«, sagt er und zupft am Kragen seines Hemdes. »Ist das o. k. so?«

»Klar.« Ich deute auf meine schlichte schwarze Bluse. »So fein wird das nicht werden. Entspann dich.«

Frank im Schmuddellook. In Wirklichkeit bin ich ja froh, dass er nicht förmlich gekleidet ist. Ich hatte befürchtet, er würde entgegen seiner Gewohnheit ausgerechnet heute im Anzug aufkreuzen.

Ich habe ihn bei unseren vorherigen Treffen nie in etwas anderem als einer Jeans oder einer Sporthose gesehen. Er wirkte immer reichlich abgerissen. Von wegen: Schwule kleiden sich modisch. Wenn es darum geht, dann ist Brüderchen doch hetero. Bei uns in Harburg jedenfalls laufen nur besonders prollige Familienväter am Wochenende im Trainingsanzug und mit weißem Unterhemd in den Supermarkt. Aber vielleicht ist das in einer Großstadt ja schick.

»Ich finde die Verkehrsführung ziemlich verwirrend«, sage ich. Die Beschilderung Richtung Elbtunnel bringt mich zurück zur Reeperbahn. Wir haben uns im Kreis bewegt. »Hier war ich eben schon einmal. Rechts geht es zu einer Kneipe namens ›Topas‹. Da habe ich vorhin nach dem Weg gefragt.« Ich deute in die Seitenstraße, wo immer noch eine Gruppe Menschen vor der verspiegelten Tür steht. »Der Weg ist aber jetzt richtig, oder?«

Frank sieht mich erschrocken an. »Du hast im ›Topas‹ nach dem Weg gefragt?«

»Ja«, antworte ich. »Was ist daran so seltsam? Ich kann jemanden um Hilfe bitten, wenn nötig!«

»Das glaube ich dir ja. Es ist nur so: Das ›Topas‹ ist wirklich einer der ungewöhnlicheren Clubs in Hamburg. Und was hat die Chefin dir gesagt?«

»Die Chefin?«, wiederhole ich. Meint er, ich wäre in dieser Gegend ausgestiegen und hätte den Wagen allein gelassen? »Ich war natürlich nicht in dem Laden drin, sondern nur davor.«

»Das hätte mich auch gewundert. Vor allem hättest du dich aber gewundert. Ich mag mir gar nicht vorstellen, wie dir eine einsneunzig große Transe erklärt, dass du dir gefälligst einen Stadtplan kaufen sollst!«

»Was ist denn eine Transe?«

»Ein Typ in Frauenklamotten. So was wie Mary. Die aus dem Fernsehen.«

»Ich dachte, das wäre ein Transvestit.«

»Genau.«

»Warum sagst du dann Transe? Kommt das nicht von transsexuell?«

Franks verdreht genervt die Augen. Er weiß noch nicht, dass ich den Dingen auf den Grund gehe.

»Jedenfalls heißt Claudia eigentlich Claus, aber wir nennen ihn nur die Chefin«, sagt er. »Den Laden betritt er nur im Fummel. Aber er will sich nicht umoperieren lassen, soweit ich weiß. Und er fickt Männer und Frauen. Zurzeit hat er ein Pärchen am Start, seine Nachbarn, glaube ich.« Seine Augen blitzen provozierend, aber so leicht mache ich es ihm nicht. Um mich aus der Reserve zu locken, muss er sich schon mehr einfallen lassen als RTL-Gossensprache.

Wir sind am Ende der Reeperbahn angekommen. »Fahre ich richtig?«, frage ich betont lässig.

»Ja«, murmelt Frank. »Nur noch geradeaus. Dann kommen wir Richtung Autobahn und Elbtunnel. Ab jetzt ist die Strecke ausgeschildert!«

Dabei deutet er auf das blaue Hinweisschild auf der rechten Seite. Ich weiß genau, was er denkt. Er hält mich für eine dämliche Kuh, die zu unbeholfen ist, um ohne Navigationssystem oder menschliche Hilfe ihr Ziel zu erreichen. Sein spöttischer Blick verrät ihn. Wie unser Vater, wenn er mir etwas erklären will und denkt, dass ich es nicht verstehe.

Was denn an diesem ›Topas‹ so ungewöhnlich sei, will ich wissen.

Frank rutscht im Sessel nach unten und lehnt den Kopf an die Scheibe. Er gähnt laut und ohne die Hand vor den Mund zu halten.

»Eigentlich gehen nur Verrückte ins ›Topas‹«, erklärt er. »Nachtschwärmer, die noch nicht schlafen können, weil sie zu viele Drogen genommen haben. Dealer, die dafür sorgen, dass ihnen die Drogen nie ausgehen. Und bekiffte Schläger, die dafür sorgen, dass sich die Dealer nicht in die Quere kommen.«

Zu welcher der drei Gruppen mag wohl der Party-Soldat gehören? Stefan hat mit seinem breiten Rücken nur ein klein wenig ausgesehen wie ein Schläger, zumindest aus der Ferne, aber sicher nicht, als ob er unter Drogen gestanden hätte, auch nicht aus der Nähe.

Aber ich Landei habe von diesen Dingen keine Ahnung.

Klar, gezogen habe ich schon an einem Joint. Ich glaube, beim ersten Mal war ich Anfang zwanzig. Das war auf einer Studentenparty in der Wohnung eines Kommilitonen.

»Bei mir funktioniert das nicht«, erzählte ich den ganzen Abend. Und fragte dann jeden, was denn eigentlich passieren soll. Während ich wartete, dass etwas Bewusstseinserweiterndes mit mir geschah, fraß ich den Kühlschrank des Gastgebers leer. Inklusive drei Tage alter Pasta. Selten war mir in meinem Leben so schlecht wie nach dieser Feier – obwohl ich keinen Tropfen von der Bowle angerührt hatte.

Frank wühlt in den CDs im Handschuhfach.

»Hast du etwas dagegen, wenn ich das hier auflege?«, fragt er und hält Jam and Spoon hoch. »Das ist zwar auch nicht ganz meine Musikrichtung – aber erheblich näher dran als Anastacia.«

Er hielt es länger aus, als erwartet. »Mach nur«, sage ich gönnerhaft. »Ich mag beides.«

Frank fummelt am CD-Player und drückt wie wahllos auf den Tasten herum. Nicht, dass er das teure Ding noch kaputt macht.

»Kann ich dir helfen?«, frage ich. »Diese Dinger sind empfindlich und wollen sanft behandelt werden.«

»Wie kriege ich diese Drecks-CD aus dem Gerät?«, jammert er.

Männer und Technik. Ich nehme seine Hand und lege sie auf sein Bein. »Gib mir die CD und lass mich das machen, bitte.« Mit zwei Griffen ändere ich das Musik-Programm. Was ist daran so schwer? »Warum schläfst du nicht noch eine halbe Stunde?«

Er lässt sich wieder zurücksinken und lehnt den Kopf ans Fenster. Er schließt die Augen.

Beim dritten Lied auf der Scheibe – REA singt meinen Lieblingssong *Cynical Heart* – höre ich von Frank nur noch ein leises Schnarchen, das mich bis an unser Ziel begleitet wie ein Kratzer auf der CD.

»Sind wir schon da?«, fragt Frank schläfrig, als ich den Motor abstelle. Seine Augen sind Schlitze. Er setzt sich stöhnend auf und wischt Speichel aus seinen Mundwinkeln.

»Herzlich willkommen in Buchholz in der Nordheide, Großstadtkind«, begrüße ich ihn. »Bleiben Sie bitte so lange angeschnallt sitzen, bis die Anzeige über Ihnen erloschen ist!«

Frank sieht sich um. Wir stehen auf einem kleinen Parkplatz neben der Hauptstraße. Vor uns erhebt sich der renovierte Siebzigerjahre-Bau des ›Hotel zur Rose‹, ein handgemaltes Schild an der Hausecke deutet nach rechts *Zu den Festsälen*. Um uns herum nur große, teure Schlitten: ein Audi A6, ein A8, ein Phaeton und natürlich der neue 7er BMW des türkischen Geschäftsfreundes meines Vaters. Aus dem silbergrauen Mercedes vor uns steigen drei Männer. Sie sind beinahe so breit wie hoch und quellen aus ihren Anzügen. Sie erinnern mich an Kampfhunde.

»Oh je«, macht Frank. »Mit dem Kaffee vorher wird's wohl nichts mehr!«

»Sorry, das habe ich vergessen. Aber du willst deswegen nicht kneifen, oder?«

»Nein«, murmelt er. »Alles in Ordnung. Wir ziehen das jetzt durch. Aber ich muss mich vorher mal aufwecken.«

Ich weiß, was er meint, und reiche ihm eine CD-Hülle. »Soll ich aufpassen? Wenn du dich beeilst, kannst du das auch hier tun. Ich denke, es ist sicher. Die meisten Gäste sind schon drin, und es wird wahrscheinlich niemand mehr kommen.«

Er zieht ein drei Zentimeter großes, braunes Glasfläschchen aus seiner Hose. Zum ersten Mal sehe ich so etwas wie Wärme in seinen Augen. »Du darfst gerne etwas abhaben«, bietet er an.

Ich schüttle den Kopf. »Du weißt doch: Deine Schwester ist vom Land und treibt Sport im Verein: Keine Macht den Drogen!«

Er balanciert die CD-Hülle auf seinem Schoß und klopft aus dem Behälter zwei kleine Haufen mit weißem Pulver darauf. In den Filmen machen sie sich die Mühe und streichen daraus Linien. Für Rituale ist hier wohl nicht der Ort und die Zeit.

»Hast du einen Geldschein?«, fragt er, wobei er noch einmal vorsorglich über den Parkplatz blickt.

»Klar«, bestätige ich und greife nach meiner Handtasche. Ich nehme mein Telefon und den Geldbeutel heraus. Während ich mit der rechten Hand nach einem Schein suche, aktiviere ich die Kamera meines Handys. Hatte ich doch Recht gehabt, dass die hundert Euro für zwei Millionen Pixel eine gute Investition sind.

Ich gebe Frank einen Zehner und sage, dass ich in der Zwischenzeit kurz bei meinem Mann Heinrich zu Hause anrufe. Er nickt desinteressiert und beugt sich über seine Drogen.

Über das Display des Telefons beobachte ich, wie er sich tiefer bückt und durch den zusammengerollten Zehner wie durch einen Strohhalm das Kokain zieht. Er hört sich an wie ein Kind, das Schnupfen hat und kein Taschentuch benutzen will. Als er den Schein ans zweite Nasenloch setzt, drücke ich den Auslöser für die Kamera. Das Klick-Geräusch geht im Schniefen unter.

Mit dem Finger wischt er die CD-Hülle sauber, dann leckt er ihn ab. Soll wohl kein Krümel verloren gehen.

»Besser?«, frage ich und verstaue das Handy wieder in der Tasche .

Frank schnieft noch einmal. »Gib mir noch 30 Sekunden. Dann bin ich so weit.« Er schließt die Augen, atmet tief ein und aus, und ich sehe an seinen sinkenden Schultern, wie die Anspannung nachlässt.

Dass Brüderchen Drogen nimmt, bekam ich gleich bei unserem ersten Treffen vor drei Monaten mit. Das fand zwei Wochen, nachdem ich überhaupt von seiner Existenz erfahren hatte, statt. Ich stolperte bei der Buchprüfung über den Dauerauftrag. *1500 Euro. Empfänger: Frank Hey. Verwendungszweck: Von deinem Vater.* Danach benötigte ich exakt drei Tage, um seine Adresse zu erhalten. Papa konnte ich nicht fragen, denn der durfte keinesfalls wissen, dass ich seiner teuren Jugendsünde auf die Spur gekommen war. Noch nicht. Aber wenn man wie ich in einer Steuerkanzlei arbeitet, kennt man überall Leute, die einem einen Gefallen schulden. Die besonders großen Gefallen haben Zugang zu entsprechend großen Datenbanken.

Dagegen scheint meinem Bruder jede Neugierde fremd: Frank wusste über unseren Vater nicht mehr als dessen Namen. Der steht als Absender auf den monatlichen Überweisungen. Und mehr interessiert ihn nicht. Ich bin immer noch erstaunt, dass er sich überhaupt mit mir verabredete.

Wir trafen uns – natürlich – auf St. Pauli: Mitten auf der Reeperbahn. In einer Kneipe, die zu einem Theater gehört, direkt neben dem hübschen Polizeigebäude aus Backstein, der Davidwache aus der Fernsehserie.

Es war ein Donnerstagabend. Als ich den Laden betrat, waren gerade die Theatergäste dabei, vor der Vorstellung noch schnell ein Bier zu trinken. Obwohl sich der Tresen über die ganze Länge des Raums zieht, drängten sich davor so viele Menschen, dass ich keine Gesichter ausmachen konnte. Also ging ich zu einem der kleinen Tische direkt an der großen Fensterfront und schaute mir das wuselige Treiben im Lokal und die Menge draußen an, die in Feierlaune über die Reeperbahn zog.

Ich bestellte gerade eine Weinschorle, als er durch die Tür kam. Ich erkannte ihn sofort: die gleiche große, athletische Figur wie unser Vater und der gleiche schmallippige Mund, der immer ein wenig spöttisch zu grinsen scheint.

Ansonsten wirkte er, als hätte man ihn eben erst aus dem Bett gezogen: Das ungebügelte Hemd hing über einer faltigen Hose, einem hellbraunen Sack mit so ausgebeulten Taschen, als würde er in ihnen seinen Hausstand aufbewahren. Wie diese Rapper in den Videoclips auf VIVA: je älter und faltiger das Gesicht, umso jünger und weiter die Hosen. Nicht dass Frank alt aussieht. Aber eben auch nicht mehr ganz jung.

Sein Blick wanderte suchend durch den Raum. Schließlich blieb er fragend an mir hängen. Ich hatte ihm zwar ein Foto gemailt und wie abgesprochen einen grauen Blazer über Jeans und T-Shirt gezogen, aber sicher war ich mir nicht, ob er mich darin erkennen würde.

Er kam auf mich zu, und ich stand automatisch auf und breitete die Arme aus. Er blieb auf Distanz, beugte sich nur wenige Zentimeter nach vorne und reichte mir die Hand. Sie war kalt. Der Junge hat die Durchblutungsstörungen unseres Vaters geerbt.

»Steffi?«, fragte er. »Ich bin Frank. Hallo!«, Dann setzte er sich. Der emotionale Typ schien er nicht zu sein, auch darin ähnelte er unserem Vater.

Ich ließ mich in einen ehemaligen Kino- oder Theatersessel fallen »Du siehst ihm wirklich erstaunlich ähnlich«, sagte ich.

»Findest du?« Er lachte und strich sich über die Glatze. »Die Haare, die Augen? Oder schaue ich heute so alt aus?«

»Haare hat unser Vater definitiv mehr. Aber von der ganzen Erscheinung gleicht ihr euch. Treibst du viel Sport?«

Der Kellner, ein kleiner Südländer, den ein Namensschild als Maurizio Martino auswies, brachte eine Weinschorle und ein Bier. Er beachtete mich so gut wie gar nicht, dafür konzentrierte er sich umso mehr auf Frank.

»Das geht aufs Haus«, säuselte er, und dabei legte er ihm von hinten sehr vertraut die Hand auf die Schulter. Frank quittierte die Berührung damit, dass er seinen Kopf gedankenverloren am Unterarm des Kellners rieb. Das wurde ja immer besser! Frank bemerkte meinen Blick und konzentrierte sich wieder auf mich, aber die kleine Halbschwester vom Land ist so blöde nicht und kombinierte messerscharf: Bruderherz ist ein Schwuli!

Wenn man wie ich ein paar Jahre in einer Damen-Handballmannschaft gespielt hat, dann weiß man solche Gesten zu deuten: In meinem ersten Team gab es zwei Lesben, im zweiten hockten drei auf der Ersatzbank. Natürlich durfte das keiner im Dorf wissen, aber ich habe es noch jeder angesehen. Es ist dieser Ausdruck von *Ich bin gerade ertappt worden*, den sie permanent mit sich herumtragen: die unruhigen Augen, die in der Umgebung nach möglichen Zeugen einer kleinen öffentlichen Entgleisung suchen.

»Du bist also aus Buchholz?«, fragte er.

»Nicht ganz, nur dort geboren. Jetzt lebe ich in Harburg. Aber unser Vater ist in Buchholz so etwas wie ein ganz großes Tier der Regionalpolitik«, erklärte ich.

»Hattest du nicht gesagt, er macht in Kultur?«

»Vor allem macht er Geld. Meist mit Immobilien, die er in Zwangsversteigerungen billig kauft und dann teuer weiterverkauft. Aber wegen des guten Rufs hat er das Buchholzer Musikfestival ins Leben gerufen. Mehrere zehntausend Besucher pro Jahr. Die Stadt liebt ihn dafür und stellt keine Fragen. Denn wenn jeder Musikfreund hundert Euro in Buchholz lässt, sind das Mehreinnahmen von einer Million!«

Franks Mundwinkel wurden breiter. »Da hört man die Buchhalterin!«

»Steuerberaterin«, korrigierte ich. »Buchhaltung mache ich nur gelegentlich für meinen Vater. Unseren Vater, meine ich natürlich.«

Ich probierte die Weinschorle. Bitter. Wie aus einer billigen Zweiliterflasche von Lidl.

»Eigene Kanzlei?«, fragte er.

»Noch nicht. Aber das steht demnächst an.«

Dazu muss ich allerdings erst noch im kommenden Frühjahr die Steuerberater-Prüfung wiederholen, denn den ersten Versuch hatte ich gerade verhauen. Aber das wollte ich meinem noch erfolgloseren Bruder nicht auf die Nase binden. Außerdem wiederholen im Schnitt zwei Drittel aller angehenden Steuerberater mindestens einmal.

Erwartungsgemäß sieht Papa das anders: »Das war dann wohl der berühmte Satz mit X, nämlich nix«, sagte er und kündigte an, ich müsse mir von nun an einen anderen Förderer suchen. Mit Zahlen hätte ich sowieso nie sonderlich gut umgehen können, und er verstünde nicht, warum ausgerechnet ein Mathe-Legastheniker wie ich Controlling machen wollte. Einen einzigen Versuch wäre er bereit zu finanzieren. Keinen zweiten. Seine kleine Motivationshilfe nannte er das. Dabei verdiente er mit seinem Netzwerk aus Hausverwaltungen und Schmuddelfirmen mehr als genug. Auf alle Fälle ausreichend, um locker seinen Sohn seit Jahren studieren zu lassen.

»Du hast erwähnt, du bist verheiratet«, meinte Frank.

»Stimmt«, sagte ich knapp und überlegte, wie ich das Thema ändern könnte.

»Wie heißt er und was macht er?«

»Heinrich.« Frank war sicher nicht der Typ, der Familienfotos mochte, aber höflich tat ich so, als wollte ich meine Brieftasche holen. »Willst du ein Bild sehen?«

Bingo, wie erwartet winkte er ab. »Was macht er denn so?«

»Selbstständig«, wich ich aus.

»Selbstständig oder arbeitslos?«

Schlaues Kerlchen, mein Brüderchen. »Controller. War arbeitslos und hat sich jetzt als Berater selbstständig gemacht.«

»Dann ergänzt ihr euch sicher ganz prima.«

»Das tun wir allerdings«, bestätigte ich und bemühte mich um ein Lächeln. »Wenn ich erst meine Kanzlei habe, werden wir den ganzen McKinseys das Fürchten lehren.«

Das schien ihm zu genügen. Er grinste wissend und nahm einen Schluck von seinem Bier.

»Hast du Kinder?«, fragte Frank dann wie bei einem Verhör, obwohl doch eigentlich ich gekommen war, um Informationen über ihn einzuholen.

»Windeln sind nichts für mich«, blockte ich ab und sah frech zu dem kleinen Kellner, der gerade Aschenbecher vorm Tresen räumte. »Für dich aber scheinbar auch nicht.«

Er lächelte und gab sich keine Sekunde Mühe zu leugnen. »Nein«, meinte er. »Kein Interesse.« Dabei flätzte er sich über den Stuhl und präsentierte mir ganz kerlig seine weit geöffneten Beine, die Arme verschränkte er hinter dem Kopf.

In dem Moment sah ich unseren Vater vor mir, mit seiner typischen *Bin ich nicht der beste Hengst im Stall*-Attitüde. Frank ist genauso ein Macho wie Papa. Beide zeigen die gleiche unübersehbare körperliche Präsenz und dabei sind sie sich ihrer sexuellen Ausstrahlung jede Sekunde bewusst. Und sie sind so entsetzlich überheblich.

Ich mochte ihn nicht.

Mein Bruder. Mein schwuler Bruder. Mein arbeitsloser schwuler Bruder.

Wie ging doch noch der Spruch? *Wir bleiben unserem Motto treu: schwul, pervers und arbeitsscheu!*

Dieser Typ machte mich aggressiv.

»Nie probiert?«, provozierte ich ihn.

»Oh doch. Häufig genug. Hat mir nicht gefallen.« Er hob die Flasche und prostete mir zu.

Ja, sein spöttisches Lächeln war unserem Vaters wirklich wie aus dem Gesicht geschnitten, und mit jeder Sekunde wurde er mir unsympathischer.

Aber immerhin war er mein Bruder. Es ging darum, ihn kennenzulernen. Wissen ist Kapital. Ich atmete tief durch und fragte: »Du arbeitest in einem Callcenter?«

«Ja, aber nur zweimal die Woche. Ich hatte eigentlich vorgehabt, Kommunikationswissenschaften zu studieren, eingeschrieben bin ich noch, aber Uni macht mir keinen Spaß. Langweilige Vorlesungen von praxisfernen Professoren. Zeitverschwendung. Und schließlich lebt man nur einmal.«

»Wenn man sich das leisten kann«, sagte ich.

Frank war ahnungslos, dass ich von ihm ja nur wusste, weil ich für Papas Buchhaltung tief in den Unterlagen gewühlt hatte.

»Wie hast du von mir erfahren?«, fragte er schließlich.

»Zufall«, antwortete ich fast wahrheitsgemäß. »Papa bat mich, einige Ordner zu sortieren. Dabei stieß ich auf dich und ich musste dich einfach treffen. Schließlich sind wir Geschwister!« Sein Lächeln war ebenso gequält wie meines.

Als ich den Dauerauftrag von Papas niederländischem Konto fand, war mir beinahe vor Schreck und vor Ärger das Notebook aus der Hand gefallen. *1500 Euro!* Es ist so ungerecht. Ich rackere mich ab, und mein Bruder kriegt das ganze Geld geschenkt. Sicher besänftigt Papa damit sein schlechtes Gewissen. Oder das ist irgend so ein Vater-Sohn-Ding, von dem ich nichts verstehe. Die wenigen Kröten, die ich von unserem Vater bekomme, muss ich abarbeiten. Meinem schwulen Bruder wird das Geld buchstäblich in den Arsch geschoben, und ich gehe leer aus.

Obwohl ich Mathe nie mochte, quäle ich mich täglich durch Zahlenberge, ausgerechnet ich. Nur um Papa eine gute und nützliche Tochter sein zu können. Um ihm eines Tages zu helfen, wenn er für seine Machenschaften jemanden braucht, dem er bedingungslos vertrauen kann. Wenn er irgendwann seine Familie braucht.

Heinrich würde jetzt lachen und sagen, meine Lügen stinken. Denn vor allem geht es mir um die Kohle. Ja, ich gebe es zu. Ich bin ein material girl! Papa muss Millionen zur Seite geschafft haben mit seinen windigen Immobiliengeschichten. Die will ich haben. Dafür mache ich den Steuerberater. Und ich denke nicht daran, davon etwas abzugeben. Nicht diesem schwulen Schnorrer!

Ob er Papa denn niemals hätte treffen wollen, fragte ich. »Als ich von dir hörte, war meine erste Amtshandlung, deine Adresse herauszufinden und dir zu schreiben. Interessiert dich deine Familien denn gar nicht?«

»Wozu? Ich habe schon eine Familie. Und ganz ehrlich, die hält mich genug auf Trab. Meine Mutter ist eine blöde Zicke und mein Stiefvater nervt nur, dass ich endlich mein Diplom machen sollte. Ich bin also mit all dem Nervkram versorgt, den sich kein Mensch wünscht. Also wozu sollte ich den Kontakt zu einem weiteren Nörgler suchen? Vor allem zu einem, der offensichtlich nichts von mir hat wissen wollen?«

Weil er dich füttert, wollte ich schreien. Weil du lebst wie die Made im Speck hier in deiner Großstadt, in der du machen kannst, was du willst!

Stattdessen rief ich die Lobeshymne auf Papa ab, die ich mir zurechtgelegt hatte, dass er so schlimm nicht sei, wie er ihn beschrieben hätte. Schließlich wäre Papa ja selbst noch ein Kind gewesen, damals, als er noch Musiker hatte werden wollen.

»Das darfst du ihm nicht mehr übel nehmen«, sülzte ich los. »Er ist wirklich ein klasse Typ, wenn man ihn kennt. Mit meiner Mutter ist er ja auch längst nicht mehr zusammen und trotzdem haben wir ein gutes Verhältnis. Er kümmert sich prima um mich und ich weiß, ich kann mich immer auf ihn verlassen, wenn mal was schiefgehen sollte.« Ich spülte meine Lügen mit einem kräftigen Schluck von dem grässlichen Wein runter.

»Vielleicht sollte ich mich ja doch einmal mit ihm treffen?«, fragte er.

»Vielleicht«.

Und da kam mir die Idee: Was würde wohl unser Vater zu diesem seinem verlorenen Sohn sagen? Ein schöner Schreck würde das werden: Der einflussreiche Geschäftsmann, der ach so erfolgreiche Alleskönner und mäuserich-potente Frauenheld – zeugt einen Schwuli! All das Geld für'n Arsch.

»Was grinst du so?«, fragte er und bot mir eine Zigarette an, die ich mit einem Kopfschütteln ablehnte. »Meinst du, wir würden uns gut verstehen?«

»Sicher«, log ich. »Warum denn nicht? Er würde sich garantiert freuen, wenn du den ersten Schritt machen würdest. Soweit ich weiß, hatte er mit deiner Mutter eine Absprache, dass er dir fernbleibt. Die waren damals wohl nicht allzu gut aufeinander zu sprechen. Aber ich bin sicher, er hat dich vermisst und würde sich riesig über einen erwachsenen Sohn freuen.« Ich machte eine Pause und lächelte. »Allerdings rauchst du. Das wird ihm nicht gefallen. Er ist eher ein Gesundheitsfanatiker. Aber er wird von dieser schlechten Angewohnheit sicher keinen Herzinfarkt bekommen.«

»Oh je. Wenn er schon mit meinen Kippen ein Problem hat, dann wird er mit anderen Dingen erst recht nicht umgehen können.« Dabei tippte er sich an die Nase.

»Was meinst du damit?«

»Drogen«, sagte Frank so selbstverständlich, als würde er über das Wetter reden oder darüber, was er zu Mittag gegessen hat. Ich war für einen Moment ehrlich sprachlos und sah vermutlich ziemlich dämlich aus, wie ich ihn so mit halb geöffnetem Mund anschaute.

»Keine Sorge, das macht hier jeder«, beschwichtigte Frank sofort. »Zum Ausgehen ein wenig Koks, zum Feiern eine Pille – da kann auch nichts passieren.«

Dahin also ging Papas Geld: in die Taschen von Drogendealern in St. Pauli. Gute Güte, das war wirklich nicht wie auf dem Land hier! Ich fand meine Fassung wieder und beugte mich über den Tisch.

»Aber das ist doch gefährlich. Hast du keine Angst?«, flüsterte ich.

»Wovor? Dass ich abhängig werde? Oder dass mich jemand erwischt?«

»Beides. Du klingst, als würden wir uns über deine Vorliebe für Becks-Bier unterhalten und nicht über illegale Rauschmittel!«

Er lachte laut auf. Wieder erinnerte er mich an unseren Vater: ein krächzendes Geräusch, eine Spur überheblich und ein wenig unanständig.

»Mach dir nur keine Sorgen, ich habe das schon alles im Griff!«, erklärte er, als wäre ich seine verdammte Mutter, und stand auf. »Bin sofort zurück.«

Damit verschwand er Richtung Toilette. Der kleine Maurizio mit wehender Kellnerschürze gleich hinterher.

Als Frank zurückkam, hatten seine Augen den gleichen starren Ausdruck wie jetzt im Auto.

Er dreht wirr den Kopf hin und her, saugt hörbar Luft durch die Nase ein und wischt mit seiner Hand kurz über die Oberlippe.

»Wollen wir?«, fragt er draufgängerisch.

Aber ja! Das wird eine Geburtstagsfeier, die Papa niemals vergisst.

Die Party ist bereits in vollem Gang: Auf einer kleinen Bühne direkt neben einer ehemaligen Scheune, in der das Büfett angerichtet ist, spielt eine Nachwuchsband, die sich dem Transparent nach *Wir werden Helden* nennt. Als wir um die Ecke biegen, geben sie einen Song von Herbert Grönemeyer. Die Sängerin, eine pummelige Rothaarige im kleinen Schwarzen, biegt sich zu *Alkohol* um den Mikrofonständer wie der junge Mick Jagger. Dazu tanzen einige Paare die typische Buchholz-Mischung aus Discobeat und Foxtrott. Vor allem die Jungs in den dunklen Anzügen können den Takt nicht halten, während ihre Partnerinnen vergeblich versuchen, sich so lasziv wie die Sängerin zu präsentieren.

Die Gäste stecken allesamt in Abendgarderobe: lange Kleider, graue und schwarze Dreiteiler, teure Uhren, Ohrringe und Halsketten.

Daneben wirkt Frank in seiner Jeans und dem zerknitterten Hemd wie ein Party-Crasher, wie diese Schnorrer, die ungeladen auf einer Feier erscheinen und sich erst übers Büffet und dann über die Bar hermachen.

Schon zu den ersten Takten der Musik verfinstert sich sein Gesicht. Und dabei hat er noch keine Ahnung, was ihn erwartet. Beim Anblick der aufgerüschten Gesellschaft spannt er die Schultern an und richtet sich zu seiner vollen Größe auf. Sein Brustkorb weitet sich. Genau so muss ein Gladiator ausgesehen haben, bevor er die Arena betrat.

»Hattest du nicht gesagt, die Feier wäre leger und ich bräuchte mir keinen Anzug anzuziehen?«, fragt er gereizt.

Ich setze meine Unschuldsmine auf: »*Er* hat mir das so gesagt«, winke ich ab. »Mach dir keine Gedanken. Er rechnet so oder so nicht mit dir. Und da ist es wohl egal, ob du eine Jeans oder einen Anzug trägst. Außerdem ist er wirklich ein lockerer Typ, glaub mir!«

»Da bin ich mal gespannt. Kennst du den Satz: Für den ersten Eindruck bekommst du niemals eine zweite Chance!«

Ups. Brüderchen ist unter Drogen richtig aufnahmefähig. Schadensbegrenzung wäre jetzt wohl sinnvoll: »Bist du sauer?«

»Ein wenig«, antwortet er und sieht sich um. »Hast du ihn schon gesehen?«

Ich folge seinem Blick. Papa tummelt sich nicht an den Stehtischen auf der linken Seite und zappelt auch nicht zur Musik: Ich vermute ihn deshalb in der Nähe einer Quelle, also entweder am Bierstand rechts neben der Tanzfläche oder in der Scheune, wo die hochprozentigeren Getränke ausgeschenkt werden.

»Nein, bisher nicht«, antworte ich. »Willst du hier bleiben und ich gehe ein wenig auf die Suche?«

Frank nickt. »Wenn es länger dauert, wechsle ich an den Tresen.«

»Aber betrink dich nicht!«, sage ich grinsend.

Er quittiert meinen Kommentar mit einem Zucken der Mundwinkel. »Was soll ich sagen, wenn mich jemand fragt, was ich hier eigentlich mache? Und jemand *wird* fragen, so wie ich aus der Masse heraussteche.«

Du hast deine Probleme, Brüderchen, und ich habe meine. Nimm dir doch einen Drink und etwas Kokain, dann stehst du das sicher in glänzender Verfassung durch.

»Was soll ich sagen?«, wiederholt Frank angefressen seine Frage. Weichei. Am Ende brauchen alle Männer eine Frau, die ihnen sagt, wo es langgeht.

»Dass du mit mir hier bist, weil mein Mann aus Prinzip nicht auf Familienfeiern geht«, erkläre ich. »Das weiß jeder. Mach dir keine Sorgen: Alles wird gut!«

»Dein Mann heißt noch mal wie?«

»Heinrich.« Brüderchen ist eine echte Lusche.

Ich lächle ihm zum Abschied aufmunternd zu. Jetzt will ich unserem Vater meine Geburtstagsüberraschung präsentieren.

Papas neue Flamme entdecke ich gleich, als ich die gut gefüllte Scheune betrete. Seit er meine Mutter verlassen hat, ist sie die zehnte, wenn ich richtig gezählt habe. Wieder fällt mir ihr Name nicht ein: Charlotte, Claudine ... Irgendetwas wie aus Hollywood ...

Sie steht allein an einem Bartisch und beobachtet das turbulente Treiben um sie herum, während sie sich an einem Drink festhält. Ihr eng anliegendes, rotes Paillettenkleid schreit: »Ich bin willig!« Mit ihrem hoch toupierten Kopfputz erinnert sie an Farrah Fawcett in *3 Engel für Charlie*. Die Frisur sieht grauenhaft aus – und teuer. Noch jemand, der Papas Geld zum Fenster hinauswirft.

Sie prostet mir mit ihrem Sektglas zu. »Wenn du deinen Vater suchst: Der ist mit dem Bürgermeister kurz ins Restaurant gegangen, um etwas zu besprechen. Müsste aber gleich wiederkommen.« Sie dreht sich um, als würde sie nach ihm suchen. In Wirklichkeit würde sie nie einen Handstreich für mich tun. Sie wendet sich wieder zu mir: »Aber schön, dass du da bist, Steffi. Dein Vater ist bestimmt froh, dass die Familie mal wieder zusammen ist.«

Du hast ja keine Ahnung, Farrah. »Das werden wir dann sehen«, sage ich und genieße die Vorfreude meines Triumphes. Es fehlt nur der Schaumwein.

»Wie kriege ich hier denn etwas zu trinken?«, frage ich. »Muss ich mir das selbst holen oder kommt der Catering Service mit Tabletts vorbei?«

»Selbstbedienung. Die Gemeinde muss sparen. Da machen die auch für deinen Vater keine Ausnahme.«

»Obwohl er ihnen das gewaltigste Musikfestival organisiert hat, das die Provinz jemals gesehen hat?«

Sie spült einen Lacher mit einem ganzen Glas Sekt herunter. »Das Drops ist gelutscht, wusstest du nicht? Wahrscheinlich wird das Festival diesen Herbst das letzte Mal stattfinden. Eine Bürgerinitiative hat Angst um eine seltene Froschart, die auf dem Gelände des großen Open-Air-Konzertes ihre letzte Zuflucht vor der Zivilisation gefunden hat. Und ohne die Abschlussveranstaltung mit fünftausend Menschen rechnet sich das alles nicht.«

»Provinzposse«, antworte ich gelangweilt. Diese Dorfgeschichten haben mich noch nie interessiert.

Ich drehe mich nach Frank um: Erwartungsgemäß entdecke ich ihn am Ausschank. Er bespricht irgendwas mit einem Kellner, einem braunhaarigen Jungen, der entweder von zu viel Sport oder dem ständigen Bierfasstragen aus seiner Catering-Uniform zu platzen droht. Sicher steht der auch auf Männer. Riechen die das?

Was den sexuellen Verschleiß geht, ist Brüderchen eindeutig nach unserem Vater geraten: Was Puls hat, wird gepoppt. Sein Glück, dass sich Schwule nicht fortpflanzen und Unterhalt zahlen müssen.

»Woher kommt der denn?«, fragt Farrah und deutet auf Frank. »Der ist doch nicht aus Buchholz!« In ihrer Stimme schwingt mehr als nur Interesse an seinem Wohnsitz.

»Der ist mit mir hier!«, sage ich gedehnt und setze eine Besitzerstolzmiene auf.

Natürlich steigt sie sofort darauf ein. So vorhersehbar. »Hatte Heinrich wieder keine Lust?«

Ich tue so, als höre ich sie nicht, und lasse sie zappeln.

»Kennst du ihn gut?«, hakt sie schließlich nach.

»Ja.«

Sie mustert mich fragend. Aber ich lasse sie weiter in der Luft hängen und hole mein Handy heraus. »Entschuldige mich einen Moment!«

Sie nickt unbefriedigt und glotzt weiter auf den Hintern von Frank, der sich zugegeben recht knackig abzeichnet, als er sich über den Tresen beugt.

»Läuft bisher alles perfekt. Habe sogar ein Bild. Vater wird ihn hassen! Kuss von deiner Steffi«, tippe ich ins Handy. Die SMS schicke ich an Heinrich, der zu Hause sitzt und vermutlich auf seinen Fingernägeln kaut. Wenn das Treffen zwischen Vater und Sohn so abläuft, wie ich mir das ausgemalt habe, dann gehören mir bald 1500 Euro im Monat. Papa wird es nicht wagen, mir diese Bitte abzuschlagen, wenn ich ihm erst einmal vorgeführt habe, an wen sein Geld fließt.

»Steffi?«, unterbricht eine männliche Stimme meine Gedanken. Ich blicke in ein kahlköpfiges Gesicht mit rötlichem Vollbart und weit geöffneten grünen Augen, die mir wohl freudiges Wiedererkennen signalisieren sollen. Leider habe ich keine Ahnung, wer da vor mir steht.

»Ja bitte?«, frage ich höflich-distanziert. »Kennen wir uns? Dann müsstest du mir helfen. Ich weiß im Moment leider nicht ...« Er unterbricht mich, wobei sein Ausdruck nicht eine Sekunde unfreundlich oder enttäuscht wirkt: »Ich weiß, die Haare sind weg!« Er streicht sich über die Glatze. »Kaum jemand von damals erkennt mich auf den ersten Blick wieder. Ich bin Danni!«

Das bringt mich überhaupt nicht weiter. »Danni?«, wiederhole ich. Wer zur Hölle war denn Danni? Mit oder ohne Haare – so wichtig kann der mir nicht gewesen sein.

»Ja, Danni! Wir waren zusammen in der neunten und zehnten Klasse. Wir saßen zwei Jahre lang nebeneinander in Deutsch und Mathe!«

Immer noch ist mir völlig unklar, mit wem ich es zu tun habe. Aber wenn wir tatsächlich gemeinsam die Schulbank drückten, muss es ja irgendwann in meinem Kopf klick machen. »Danni! Natürlich!«, lüge ich. »Wie geht es dir denn? Du siehst gut aus!«

»Danke! Du aber auch!« Er tritt einen Schritt zurück und mustert mich von allen Seiten. »Du siehst keinen Tag älter als 25 aus! Und eine super Figur, ehrlich! Wenn wir hier zum Klassentreffen wäre, würdest du heute garantiert zur Ballkönigin gewählt werden!«

Was für eine schleimige Kröte. Was will der nur von mir? Ich behalte tapfer mein Lächeln bei, obwohl sich die Erinnerung einfach nicht einstellt.

»Und was machst du jetzt?«, versuche ich es mit der alten Jobfrage.

»Was sollte aus mir wohl anderes werden als ein IT-Spacken?«, antwortet er fröhlich. »Ich habe mit Freunden eine Internet-Firma gegründet. Sie heißt Pic-a-date.com. Das sind Kontaktanzeigen, nur eben online. Singles geben in unserer Datenbank ihr Profil ein, sagen, was für einen Partner sie gerne hätten, und wenn es passt, dann spuckt der Computer den Traumprinzen aus.«

Na ja, in der Welt gibt es sicher genug Kontaktgestörte, die dafür Geld ausgeben würden. Mir ist dieser virtuelle Kram ja suspekt. »Und damit kann man etwas verdienen?«

»Reichlich!«, gibt er an, wobei er sich ein wenig aufrichtet und mich nun auf Augenhöhe ansieht. »Wir haben jeden Tag etwa ein paar Hundert Neuanmeldungen, und die zahlen jeden Monat eine Gebühr von fünfzehn Euro. Da kommt schon einiges zusammen!«

»Dann bist du ja eine richtig gute Partie, was?« Ich schaue auf seine Hände: Kein Ehering.

»Na ja, noch nicht. Wir haben gerade ziemlich Ärger mit einem Ex-Gesellschafter, den kennst du noch aus der Schule: Jochen Wagner.« Er stockt, um zu sehen, ob mir dieser Name etwas sagt. Ich schüttle den Kopf. „Der Triathlet? Immer nur gesund, immer nur Sport? Wir haben ihn den Langstreckenläufer genannt? Na, macht ja nichts. Jedenfalls: Sobald wir Jochen rausgeklagt haben, sprudelt die Geldquelle!«

Er lacht schnarrend. Zu hoch für meinen Geschmack. Aber immer noch klingelt nichts. Woher kenne ich diesen Danni? Und warum erzählt er mir Dinge, die mich nicht interessieren?

In solche Situationen gerate ich ständig. Mit meinem Gedächtnis ist es nicht gut bestellt. Wahrscheinlich, weil ich mir nur die wirklich wichtigen Dinge merke.

Ich würde verdrängen, wirft mir Heinrich immer vor.

Ich nenne das lieber: Gehirnkapazität ökonomisch einsetzen. Tatsächlich erinnere ich mich an nahezu nichts aus meiner Teenagerzeit. Abgesehen von den absoluten Highlights: Als man mich das erste Mal beim Schwänzen erwischte, weil der blöde Café-Besitzer petzte. Oder die Party bei dem Typen aus der Abi-Klasse: Seine Eltern fuhren übers Wochenende weg und wir leerten den gesamten Weinvorrat. Am Ende machten wir uns über den Likör der Mutter her. Alles kotzten wir voll: aus dem Schlafzimmerfenster in die Blumenkübel auf der Terrasse. Nie wieder werde ich Eckes Edelkirsch anrühren. Mir wird schon übel, wenn ich eine Schwarzwälder Kirschtorte nur rieche.

»Und was tust du, um deine Miete zu bezahlen?«, fragt Danni und holt mich in die Gegenwart zurück. »Oder bist du nur Ehefrau und Mutter?«

Bei diesen Worten rückt Farrah näher und spitzt die Ohren. Ich drehe mich ein wenig zur Seite und spreche in die entgegengesetzte Richtung.

»Seit zwei Jahren verheiratet. Keine Kinder, ein Hund. Steuerberaterin. Wenn du mal Geld vom Finanzamt zurückhaben willst: Melde dich bei mir!«

Er grinste. »Hallo! Du und Zahlen! Das hätte ich nicht gedacht. Wo du doch immer in Mathe bei mir abgeschrieben hast!«

Schulprüfungen, Formeln und Grafiken. Endlich flackert eine Erinnerung auf. Mir wird heiß und meine Ohren summen.

Es war unten, bei der S-Bahn-Station, da wo die Abkürzung zum Hauptbahnhof ist. Ein grauer Nachmittag nach einer Mathe-Prüfung. Ich brachte eine Flasche Asti mit, um mich fürs Abschreiben zu bedanken. Wir waren angetrunken und fummelten im Wartehäuschen neben der Haltestelle. Mein erstes Mal lag schon ein Jahr zurück, und viel mehr Erfahrung konnte ich in diesem Kaff nicht sammeln. Aber als er sein Ding auspackte, wusste ich, dass es nicht so aussah, wie so was normalerweise aussieht: Es war dünn und wie ein Haken nach oben gebogen. Er stand vor mir und wollte, dass ich es in den Mund nehme, aber ich konnte nicht und lachte. Und sagte: »Was willst du denn damit? Angeln?« Das hatte noch nie jemand zu ihm gesagt, vielleicht war es ja sogar sein erstes Mal. Ich fragte nicht. Er erstarrte. Nie wieder habe ich gesehen, dass ein Schwanz so schnell in sich zusammenfällt. Er schrumpfte kraftlos und versteckte sich in einem Büschelchen roter Schamhaare. Wortlos und bleich zog Danni die Hose hoch, nahm seine Schultasche und ging. Am nächsten Tag setzte er sich um.

»Ja, man lernt dazu!«, sage ich kurzatmig und immer noch mit roten Backen.

Sein freundliches Grinsen wird breiter – zu breit. Er hat meine Reaktion bemerkt. Er weiß, dass ich mich erinnere.

Die Band hat aufgehört zu spielen. Gut, denn das war genug Grönemeyer für einen Abend und genug von Pummelchen in Rocker-Pose. Himmlische Ruhe und peinliche Stille zugleich.

»Und was machst du hier?«, fragt Danni.

»Der Ehrengast ist mein Vater«, beeile ich mich zu erklären. »Heute spiele ich Groupie für das Familienoberhaupt.«

»Mach Sachen! Er ist dein Vater? Das wusste ich gar nicht! Hattest du nicht immer erzählt, dein leiblicher Vater wäre tot?«

»Lange und komplizierte Geschichte! Meine Mutter hat mir erst mit achtzehn erzählt, dass ihr Mann nur mein Stiefvater und nicht mein Erzeuger war.«

»Hat unser Kulturreferent also eine wilde Vergangenheit?«

»So würde ich das nicht nennen«, mischt sich Farrah plötzlich ein. »Allerhöchstens als einen Mann mit der einen oder anderen Jugendsünde!«

»Das muss sie sagen, sie ist nämlich die Lebensgefährtin unseres Ehrengastes«, stelle ich sie vor. »Und das ist ein ehemaliger Mitschüler, Danni.«

»Auch eine Jugendsünde«, sagt er und sieht mir direkt in die Augen. Erneut schießt mir das Blut ins Gesicht.

Farrah winkt nach einer jungen Frau vom Catering Service.

»Sagtest du nicht, hier sei Selbstbedienung?«, wechsle ich dankbar das Thema. Dabei fällt mir Frank ein. Ob er immer noch mit dem Kellner flirtet? Ich drehe Daniel den Rücken zu und schaue zum Tresen. Wie bei meinem Glück heute zu erwarten: Brüderchen ist verschwunden.

»Suchst du jemanden?«, fragt Danni.

»Ich war, nein, bin mit meinem … mit jemandem hier«, stammle ich.

»Also nicht dein Mann?« Er grinst. »Wie schade. Den hätte ich gerne kennengelernt.« Denkt er, dass ich mit meinem Liebhaber hier aufkreuze? Ich könnte mich jetzt verteidigen, aber wozu Energie verschwenden? Er wird mich für den Rest seines Lebens für ein Miststück halten.

»Da kommt übrigens meine Freundin«, sagt er und deutet auf Pummelchen von der Band, die mit einem Cocktailglas in der Hand zu uns kommt. Sie tut sich schwer, denn die Absätze ihrer Pumps sinken bei jedem Schritt in der Erde ein.

»Eine Musikerin«, sage ich zusammenhanglos, während ich nach Frank Ausschau halte. Bei der Bühne stapelt der Kellner benutzte Teller: Zumindest sind die beiden nicht in einer dunklen Ecke verschwunden.

Farrah drängt sich mit einer Flasche Champagner und vier frischen Gläsern zwischen uns. Alkohol tut jetzt not. Zum ersten Mal empfinde ich so etwas wie Freude, sie um mich zu haben.

»Gleich kommt die große Rede!«, sagt sie verschwörerisch und schenkt ein.

Neben mir umarmt Danni seine Freundin, die kichernd ihren Drink verschüttet, als sie wieder im weichen Boden nach hinten kippt. Vor mir bedrängt mich Farrah mit dem Glas. Und in meinen Rücken bohrt sich die Kante eines Bartisches. Mühsam unterdrücke ich meinen Fluchtreflex.

Jetzt kommt Danni auch noch näher. Er schiebt Pummelchen vor sich her wie einen Eisbrecher. »Das ist Steffi«, stellt er mich vor, wobei er meinen Namen ausspricht, als ob sie sich schon oft über mich unterhalten haben.

Ein schrilles Pfeifen aus den Lautsprechern unterbricht ihn jedoch. Auf der Bühne steht Papa und kämpft mit dem Mikrofon. Er ruft etwas zu einem Techniker. Die erste Reihe lacht. Dort sehe ich nun auch Frank: knapp einen Meter von seinem Vater entfernt.

Papa hat sich für den Anlass herausgeputzt: dunkelblauer Anzug, hellblaues Hemd, goldgelbe Krawatte. Die widerspenstigen dunklen Haare hat er auf zwei Finger breit gekürzt. Auf die Kontaktlinsen hat er verzichtet, und stattdessen trägt er die teure goldene Brille von Armani, die eigentlich nur aus einem dünnen Draht und etwas Glas besteht. Ich habe sie ihm letztes Jahr zum Geburtstag geschenkt. Davon hätte ich auch eine Woche nach Mallorca fliegen können.

Aber zugegeben: Sie steht ihm. Farrah seufzt und starrt verliebt auf die Bühne.

Mein Blick wandert zwischen Vater und Sohn hin und her. Frank steht unbeweglich unterhalb der Bühne und blickt nach oben. Eigentlich muss Papa ihn jeden Moment bemerken: Mit seinem Schmuddel-Look unterscheidet er sich deutlich von den anderen Partygästen.

»Da ist ja dein Begleiter«, flüstert mir Farrah ins Ohr. Blitzmerkerin. »Siehst du ihn? Da vorne an der Bühne!«

Ich nehme mein Glas und trinke es in einem Zug leer.

Die Rede im Detail bekomme ich nicht mit. Ich bin zu beschäftigt, Frank und Papa zu beobachten. Einmal glaube ich zu sehen, wie Papa im Satz stockt und dabei Frank anstarrt. Brüderchen hat die Arme vor der Brust verschränkt, als ginge ihm die Veranstaltung fürchterlich auf die Nerven.

Papa spricht jetzt wieder flüssig von seinen vielen großen Taten für die Gemeinde und wie gut es dank ihm doch allen geht. Von seltenen Froscharten abgesehen. Die Menge johlt über diesen Scherz. Das gibt ein Nachspiel mit den Tierschützern. Er redet und redet über seine vielen Erfolge. Kein Wort verliert er über das Netzwerk von Kleinstfirmen, das er aufgebaut hat. Nichts darüber, dass er an allem mitverdient, was im Ort geschieht. Sei es der Friseur auf der Hauptstraße, das neue Hotel am Bahnhof oder das Parkhaus, das jetzt doch gebaut werden darf: An allen neuen Projekten ist er in irgendeiner Weise beteiligt und zieht einige Cent für sich heraus. Die Euro, die sein Kulturfestival in das Dorf pumpte, waren für ihn immer nur Legitimation, alle zu schröpfen. Und das Schlimme an den Landeiern: Die lassen das mit sich machen.

Einige Schritte hinter Frank steht der Hauptinvestor der geplanten Einkaufspassage auf dem Gelände der alten Post. Auch so ein Coup: Jahrelang gab es keinen Bebauungsplan, aber kaum war ein gemeinsamer Freund von ihm und Papa bei einem Architekturbüro eingestiegen, erhielt das Projekt grünes Licht. Ausschreibungsformalitäten zählen hier auf dem Land nicht so viel wie Bares.

Noch weiß ich nicht, wo und wie Papa das Geld wäscht, das er aus solchen Geschäften zieht. Auch nicht, wie viele Konten er eigentlich hat: Drei kennt das Finanzamt, ich kenne drei weitere, aber ich schwöre, dass das nicht alle sind. Einen Verdacht habe ich: Ich habe Papas Namen auf einem Dokument eines Immobilienkonsortiums gefunden. Scheinbar hat er über Strohmänner in Hamburg bei einer Zwangsversteigerung einige Häuser gekauft. Auf dem Kiez sogar, direkt neben der Reeperbahn. Nur beweisen kann ich es nicht. Noch nicht.

Aber ich werde mir holen, was mir zusteht. Mein Vater verließ meine Mutter, als ich fünf Jahre alt war. Bis achtzehn verbrachte ich ein Wochenende pro Monat mit ihm, und jedes Mal saß eine andere Frau neben ihm im Wagen, wenn er mich abholte. Währenddessen lebte Brüderchen sorglos in der großen Stadt.

Die Menge klatscht. Die Rede ist zu Ende. Papa genießt den Applaus, dreht sich zu allen Seiten, strahlt und verbeugt sich, als hätte er Opernarien gesungen.

»Reden kann dein Vater«, schmachtet Farrah mit feuchten Augen, während Papa vom Bürgermeister von der Bühne geführt wird. Ein Techniker stolpert unbeholfen zum Schaltpult und startet ein Band mit Fahrstuhlmusik. So wie *Café del Mar*, nur langweiliger.

Ich wende mich ab. Danni und Pummelchen sind immer noch da.

»Na, ich hoffe, ihr spielt bald ein paar Songs«, sage ich. »Es wird Zeit, dass die Party wieder in Schwung kommt.«

Pummelchen sieht mich verständnislos an. Spreche ich in einer fremden Sprache oder hat sie nur zu viel getrunken? Nichts wie weg hier. Ich mache einen ersten Versuch zu gehen.

Dannis Gesichtsausdruck ist immer noch eingefroren strahlend: »Hat mich gefreut. Du bist wirklich noch ganz die Alte«, sagt er.

Ich wünsche ihm einen schönen Abend. Soll ich ihm die Hand geben? Oder halte ich mich lieber an meinem Glas fest? Mein Zögern gibt ihm die Gelegenheit, meinen Abschied in die Länge zu ziehen.

»Ich war zuerst gar nicht sicher, ob du dich an mich erinnern würdest«, sagt er. »Aber du hast schon immer ein schlechtes Gedächtnis gehabt. Na dann, ich wünsche dir noch ein schönes Leben!«

Sicher sollte das eine Beleidigung sein. Aber ich reagiere gelassen mit meinem charmantesten Augenaufschlag. Er nickt Pummelchen zu, die mich weiterhin schweigend anglotzt, als käme ich von einem anderen Planeten, und zieht sie mit sich. Endlich. Ich habe Besseres zu tun.

Frank parkt sich nur wenige Meter von mir entfernt. Ich gehe zu ihm und fasse ihn am Arm. »Und wie findest du ihn?«

Seine Augen schauen zunächst durch mich hindurch, als müssten sie sich erst scharf stellen.

»Er macht sich gut als Redner«, antwortet er schließlich. »Und die Menschen hier scheinen ihn zu mögen. Außerdem sieht er wirklich gut aus.« Er macht eine kleine Pause. »Bin ich ihm wirklich ähnlich?«

»Oh ja!«

»Dann besteht ja noch Hoffnung für mich.«

»Warum? Willst du in die Lokalpolitik gehen?«

»Sicher nicht. Aber ich möchte an meinem Geburtstag auch mal so gefeiert werden. Die jubeln ihm zu, als sei er ein Heiliger.«

»Weil sie ihn nicht kennen«, flüstere ich.

Ich entdecke Papa in der Nähe der Bar. Er steht alleine dort und wartet auf ein Getränk. Es ist so weit.

»Dann wollen wir mal«, sage ich und ziehe Frank mit mir.

»Hallo Steffi«, begrüßt mich Papa. Er starrt auf Frank. »Schön, dass du kommen konntest. Heinrich ist zu Hause geblieben?«

»Du darfst ihm nicht böse sein. Für Familienfeste kann man ihn einfach nicht begeistern. Aber ich würde dir gerne jemanden vorstellen, wenn du einen Moment Zeit hast.«

»Kann das noch etwas warten?« Er deutet auf die drei untersetzten Kraftprotze in ihren zu engen Anzügen, die ich auf dem Parkplatz gesehen hatte. »Leider muss ich mich kurz mit jemandem geschäftlich unterhalten, ich bin gleich wieder da. Dann freue ich mich, deinen Begleiter kennenzulernen.«

Ich nehme Papas Arm und schmiege mich wie eine liebevolle Tochter an ihn. »Sagst du nicht immer, Familie sei wichtiger als Business? Und sollte es für ein Kind nicht selbstverständlich sein, dass es am Ehrentag seines Vaters erscheint? Genau deshalb habe ich dir nämlich Frank mitgebracht. Ich dachte, du freust dich, deinen Sohn endlich einmal kennenzulernen. Papa, das ist Frank. Frank, das ist dein Vater.«

Frank geht einen kleinen Schritt auf ihn zu und streckt ihm Hand zur Begrüßung entgegen. Papas Körper ist steif wie eine Schaufensterpuppe. Seine Augen weiten sich, er zieht die Nase hoch, sein Mund klappt auf, um etwas zu sagen, aber er bringt kein Wort hervor.

»Herzlichen Glückwunsch«, sagt Frank und legt seine Hand auf seinen Arm. Papa sieht nun gar nicht mehr so weltmännisch aus wie eben auf der Bühne.

Eine Minute stehen wir so: der Vater in der Mitte, rechts und links von ihm seine Kinder. Seine Panik ist greifbar. Ich genieße, wie ihn jede einzelne Sekunde quält.

Farrah wird auf unsere Gruppe aufmerksam und sieht zu uns herüber. Ihr Blick verrät Misstrauen.

»Das ist jetzt ein sehr ungünstiger Moment«, beendet Papa die Stille und löst sich aus unserer Berührung. Seine Hand zittert. Bevor ich etwas sagen kann, wendet er sich ab und marschiert in Richtung Gasthaus.

»Das war recht kurz«, stellt Frank enttäuscht fest. Dann geht auch er an mir vorbei und lässt mich alleine zurück.

Ich blicke ihm hinterher, als mir Farrah die Sicht verstellt.

»Was hast du gemacht?«, fragt sie, unentschlossen, ob sie mir böse sein muss.

Ich verfalle in den ›liebe-Tochter-Tonfall‹: »Ich dachte, Papa würde sich an einem Tag wie diesem über ein richtiges Familientreffen freuen, und deshalb habe ich ihm als Überraschung seinen Sohn Frank mitgebracht. Die beiden haben sich ja nie wirklich kennengelernt.«

Es dauert einen Moment, bis sie diese Information verarbeitet hat. Sie hakt jedoch nicht nach. Also hat sie die ganze Zeit gewusst, dass es noch ein zweites Kind gibt.

Sie zieht hässlich die Stirnfalten zusammen und flüstert: »Warum?«

»Familienzusammenführung?«, schlage ich unschuldig vor.

»Ah«, meint Farrah spöttisch und sieht sich um. »Keine Umarmung, kein Champagner: Scheint nicht so gut funktioniert zu haben, wenn ich das richtig beurteile. Wo sind die beiden denn jetzt? Ich würde dem neuen Familienmitglied auch gerne mal die Hand geben.«

»Dazu wirst du in Zukunft sicher genug Gelegenheit haben. Wahrscheinlich ist er nur kurz auf Toilette. Aber ich stelle euch gerne vor, wenn er zurückkommt.«

»Dann warte ich so lange bei dir, wenn du nichts dagegen hast.«

Wortlos beobachten wir die Party. Einige Paare bevölkern bereits wieder die Tanzfläche. Die Band spielt etwas, das ungefähr wie die Melodie von *Big Spender* klingt. Pummelchen betritt die Bühne mit dem Mikro in der Hand.

Farrahs Fuß wippt ungeduldig im Takt.

Die Zeit zieht sich, vor allem bei schlechter Musik. Zwanzig Minuten später sind weder Frank noch Papa wieder aufgetaucht. Sie sind zwar in unterschiedliche Richtungen gegangen, aber was, wenn die beiden gerade im Wiedersehensglück vereint in einer Ecke sitzen und sich Vater-und-Sohn-Geschichten erzählen? Womöglich freunden sie sich auch noch an.

»Nervös?«, fragt Farrah. »Läuft es nicht so wie geplant?«

Ich überhöre die Frage und ihren bösen Unterton. »Wollen wir sie suchen?«, schlage ich vor und steuere zum Eingang des Gasthauses. Farrah weicht mir nicht von der Seite.

»Wo ist das Geburtstagskind?«, frage ich jemanden vom Personal. Der zuckt zunächst mit den Schultern, deutet dann aber zur Treppe, die zu den Konferenzräumen führt.

Ein Versuch ist es wert. Ich steige die knarzenden Holzstufen nach oben. Von dem schmalen Flur gehen mindestens zehn Türen ab.

»Und jetzt?«, fragt Farrah, die sich nicht abschütteln lässt.

»Du nimmst die Zimmer rechts und ich die auf der linken Seite«, bestimme ich.

Die ersten drei Türen sind verschlossen. Hinter der vierten glaube ich, zunächst Schritte zu hören, aber niemand meldet sich, als ich anklopfe. Die Tür ist offen. Ich finde einen klassischen Konferenzraum: ein langer Tisch ohne Decke, darauf Gläser und Flaschen ordentlich drapiert, davor schwarze Plastikstühle. Über einer Lehne hängt ein schwarzes Jackett. Papas Anzug war dunkelblau. Ich will die Jacke gerade hochheben, als ich Farrahs Schrei von der anderen Seite des Flurs höre. Er klingt wie ein lang gezogenes A, sehr hoch, beinahe ein I. Und er hört nicht mehr auf.

Ich renne zurück in den Flur. Farrah steht in einer offenen Tür am Ende der Treppe. Ihr Schrei verebbt, sie wimmert. Zwei Kellner halten sie fest und die ersten alarmierten Gäste laufen die Treppe herauf.

»Was ist los?«, frage ich. Aber sie bemerkt mich nicht. Ich folge ihrem Blick.

Das Zimmer ist ein weiterer Konferenzraum, jedoch ohne Tisch, ohne Stühle. Das Licht aus Halogenlampen in der Decke ist kalt und grell.

Papa liegt vor einem Fenster. Ich starre auf die Lache Blut neben ihm. Die Armani-Brille sieht aus, als wäre sie darin ertrunken.

Eine halbe Stunde später rast mein Herz immer noch. Das Summen in meinen Ohren will auch nicht aufhören. Erst als der Krankenwagen ihn weggebracht hat, kann ich wieder denken.

Farrah ist mit Papa in die Klinik gefahren. Sein Zustand ist stabil. Sie haben mit einem kurzen Messer zugestochen. Zwar hat er viel Blut verloren, aber alle lebenswichtigen Organe sind unverletzt. Er wird Wochen, wenn nicht Monate auf Hilfe angewiesen sein. Die Polizei fahndet nach einem grauen Mercedes mit drei Russen. Jemand hatte gesehen, wie sie sich mit Papa im Flur unterhielten. Angeblich stritten sie. Immer wieder fiel das Wort Reeperbahn. Dann verschwanden sie in einem Raum und wurden erst wieder gesehen, als sie zum Parkplatz gingen. Ich erinnere mich nicht an das Kennzeichen des Mercedes, aber ein Polizist beruhigt mich und erklärt, solche Typen würden sowieso nur geklaute Nummernschilder verwenden. Aber was Papa mit der Hamburger Russenmafia zu tun habe, fragt er. Ich tue so, als würde ich ihn nicht verstehen.

Frank zieht mich zur Seite. »So habe ich mir dieses Treffen nicht vorgestellt. Das überfordert mich. Ich werde mit der Bahn nach Hamburg zurückfahren. Für mich gibt es hier nichts zu tun.«

Brüderchen flüchtet, wenn es ernst wird. Warum überrascht mich das nicht? Aber ich bin zu erschöpft, um zu protestieren. Ich nicke verständnisvoll. »Sei kein Fremder. Du gehörst jetzt zur Familie.«

Frank schüttelt den Kopf. »Nein.« Er reicht mir meine Tasche. »Die hast du vorhin neben ihm liegen gelassen. Dein Telefon klingelte Sturm. Und du hast eine SMS bekommen.«

»Du hast sie gelesen?«

»Dein Mann Heinrich gratuliert dir zu dem großartigen Foto, das du von dem schwulen Schnorrer geschossen hast. Deinen Vater würde garantiert der Schlag treffen, wenn er das sieht, meinte er.« Seine Augen bohren sich in mein heiß-rotes Gesicht. »Ich mag kein Vorbild sein, vielleicht bin ich auch wirklich ein Versager, aber ich bin kein dummes Arschloch.«

Doch, will ich antworten. Das steckt in deinen Genen. Wie bei uns allen. Aber ich kriege keinen Laut aus meiner trockenen Kehle.

Frank tritt einen Schritt zurück. »Ruf nicht mehr an, o. k.? Ich will mit dir und dieser ganzen Geschichte hier nichts zu tun haben. Ihr seid nicht meine Familie. Jemand sollte die Hamburger Russenmafia vor euch warnen. Ihr macht mir Angst.« Ohne noch einmal zurückzublicken, verschwindet er. Ich drehe mein Telefon in der Hand. Das Foto, das ich von ihm gemacht habe, ist gelöscht. Natürlich. Aber das tut nichts zur Sache. Ich weiß jetzt, was ich zu tun habe. Frank hat Recht: Die sollten vor mir Angst haben.

MARC: HELDENFRÜHSTÜCK

Freitag um 14 Uhr und Frank und ich frühstücken. Wir sitzen verschlafen und ungeduscht im ›Louis' Deli‹, einem Café am Neuen Pferdemarkt. Wie sind hier, weil ich Louis, den Chef des Ladens, kenne. Wir haben nämlich unser ganzes Geld in der Nacht zuvor ausgegeben und müssen anschreiben lassen.

Wieder so ein Tag.

Die Nacht war heftig, und Franks Gesicht ist beinahe so farblos wie die ausgewaschene Army-Jacke über seinem weißen T-Shirt, das eng genug ist, um das Piercing in seiner Brustwarze zu erkennen. Er hat wie ich eine schwarze Wollmütze tief in die Stirn gezogen.

Frank sieht trotz seines zweiten Latte macchiato müde aus. Seine Augen sind stumpf, wie hinter einer Milchglasscheibe. Aber wenn man ihn kennt wie ich, dann kann man hindurchschauen und den schönsten Kerl von allen erkennen.

Das Koffein kann sich bei mir auch nicht durchsetzen. Ich muss mich anstrengen, meinen Kopf nicht in den Teller mit Pasta vor mir fallen zu lassen. Ich habe Hunger.

»Willst du eine?«, fragt Frank und reicht mir einen Streifen seiner Antidepressiva.

Bupropion, 400 mg. Ich lehne dankend ab und greife in meiner Jackentasche nach den eigenen Tabletten. »Ich bleibe lieber bei meinen. Die kenne ich. Und danach gehe ich aufs Klo.«

»Nachlegen? Ist es dafür nicht etwas früh?«

Wenn es nicht eigentlich grässlich wäre, ich würde lachen über unsere Doppelmoral: »Die letzte Line hatten wir heute Morgen im Pornokino«, sage ich. »Das ist acht Stunden her und da geht schon wieder was. Muss endlich wach werden.«

Ich nehme meine Pille mit einem Bissen Pasta und kaue hartnäckig. So wirkt sie schneller. Trotz Chili schmecke ich nichts. Meine Zähne fühlen sich immer noch taub an.

Frank schüttelt den Kopf. »Koks und Antidepressiva zum Frühstück.«

Da sind wir wieder: abgeschossen und durchgefeiert. Und durchgefickt. Frank ist nicht mein Freund. Noch nicht. Er ist eine Affäre, für die ich in den Augen meiner übersorgsamen Umgebung viel zu viel empfinde. Vielleicht stimmt das sogar. Aber hey, Leidenschaft kommt von Leiden!

Wir sind gestern losgegangen, um nur kurz auf dem Kiez ein Bier zu trinken. Daraus wurde eine Kneipentour, die am frühen Morgen in einem Pornokino endete. Ich erinnere mich nicht an alles. Nur an den Plastikgeruch von frisch ausgepackten Kondomen und dann endlich das, was ich mir von dem Abend versprochen hatte: Franks Stöhnen und schließlich sein zufriedenes Lächeln über meinem Gesicht.

»Das war der dritte Totalabsturz in nur zwei Wochen«, sage ich, »und die Nacht heute wird garantiert lang. Hoffentlich enden wir nicht wieder im ›Topas‹.«

»Davor muss ich aber erst einmal ins Büro.« Frank winkt der Bedienung mit seinem leeren Glas, um einen weiteren Kaffee zu bestellen. »Eigentlich hätte ich vor einer Stunde antreten sollen, irgendwann fällt mir keine glaubhafte Ausrede mehr ein.«

»Wolltest du diesen anspruchsvollen Job nicht sowieso kündigen?«, spotte ich.

Das meine ich gar nicht böse, aber Frank bekommt eigentlich genug Geld zum Leben von seinem Vater. Für den Rest, also für Drogen und Feiern, arbeitet er zweimal pro Woche in einem Callcenter und gibt Telefonnummern in einen Computer ein. Damit lässt es sich prima über die Runden kommen.

Ich schiebe den halbvollen Teller zur Seite und stehe auf. »Toiletten sind oben. Ich lasse dir was in einer Ecke liegen. Komm einfach in einer Minute nach.«

Die meisten Mittagstischgäste sind bereits gegangen. Für die übrigen sind wir das einzige Gesprächsthema: Sie verstummen, wenn wir sie ansehen, und sie flüstern, als ich an ihnen vorbeigehe.

Auf der Treppe begegnet mir der Chef. Louis starrt mich an wie einen ungezogenen Hund. »Was habt ihr denn gestern gemacht?«, fragt er und sein Blick gleitet an mir herunter. Meine Trainingshose ist verdreckt und stinkt nach Nikotin. Am Oberschenkel klebt trockenes Sperma. »Habt ihr überhaupt geschlafen?«

Ich grinse. »Nur ein paar Stunden im Kino. Feiern und ficken. Du kennst uns. Halbe Sachen machen wir nicht.«

»Musst du heute nicht arbeiten?«

»Doch. Ich gebe sogar später noch eine Trainingsstunde.« Ich gehe an ihm vorbei. »Das Geld bringe ich dir morgen Nachmittag. Danke fürs Anschreiben.«

»Jederzeit«, sagt er. »Das weißt du doch. Du zahlst dann eben nächste Woche, o. k.?« Er klingt besorgt. Dabei hat er sein Geld noch jedes Mal bekommen. Oder ist er scharf auf mich? Die Idee ist mir vorher noch gar nicht gekommen. Aber klar, das könnte es sein. Der Ärmste, er fällt nun gar nicht in mein Beuteraster: klein und viel zu alt. Warum stehen immer die Typen auf mich, die mich nicht interessieren? Und die, die ich will, sind entweder Schlampen, Machos oder beziehungsgestört.

Auf der Toilette schaue ich kurz in den Spiegel. Der Anblick ist gar nicht so schlimm: trotz leicht müder Augen und hängender Gesichtszüge. Und dagegen lässt sich ja etwas unternehmen.

Ich wühle das Briefchen mit dem Koks aus der Tasche und klopfe die letzten Reste auf die Ablagefläche der Toilettenspülung. Weil ich keinen Schein mehr habe, entfalte ich das Kuvert und rolle es zu einem Halm.

Es klopft an der Tür. Frank hat es anscheinend eilig.

Zu Hause stopfe ich zuerst meine Klamotten in die Maschine. Der Geruch ist wirklich übel: kalter Rauch und altes Bier. Ich würde schwören, nie wieder eine Zigarette anzurühren. Aber wozu? Meine Vorsätze halten niemals lange.

Dem Himmel sei Dank für kombinierte Waschmaschinen und Trockner: versifften Kram rein und zwei Stunden später sauber und trocken wieder raus. Die Adidas-Sachen will ich heute Abend wieder anziehen.

Unter der Dusche rutsche ich beinahe aus. Mein Kreislauf will Aufmerksamkeit. Die Pasta, die ihn stabilisieren sollte, habe ich nicht runtergekriegt. Aber jetzt habe ich Hunger. Mir ist sogar schlecht vor Hunger. Schnelle Bewegungen erzeugen Schwindel, also seife ich mich besonders langsam ein und vermeide jede ruckartige Kopfdrehung. Dennoch muss ich mich immer wieder an der Duschwand mit einer Hand abstützen.

Abtrocknen geht dann schon ohne Festhalten, aber ich sollte mich kurz hinlegen, bevor ich zum Training gehe.

Vorher will ich wissen, was Frank macht.

Ich nehme den Laptop aus dem Arbeitszimmer mit ins Bett und gehe ins Netz. Meine Startseite ist die schwule Kontaktbörse Gayromeo, in der Szene auch das Homo-Einwohnermeldeamt-im-Internet genannt.

Natürlich ist Frank online.

»Bist du schon im Büro?«, tippe ich. »Das ging ja schnell. Komme gerade aus der Dusche.«

Ich sende die Nachricht und entdecke drei ungelesene Mails in meinem Postfach. Tintin schreibt: »Bist du schon wieder feiern? Wo steckst du? Melde dich endlich! Bin heute den ganzen Tag in der Firma!« Und Goodfuck meint nur: »Hi!« HHButch beschwert sich, dass ich heute Morgen nicht wie versprochen angerufen habe. Was soll ich ihm antworten? Ich kann kaum zugeben, dass ich mit Frank gerade im Darkroom war, während er sein Frühstücksmüsli aß.

Hinter dem kernigen Pseudonym HHButch verbirgt sich Tom, ein One-Night-Stand. Wäre nicht Frank, ich wäre an einer Wiederholung sicher interessiert. Tom ist beachtlich. Er hat mir gezeigt, wie man etwas so groß wie eine Bierdose in den Mund bekommt, ohne sich den Kiefer auszurenken.

»Sorry! Hatte heute Morgen überraschend einen Kunden zum Training und dich deshalb völlig vergessen. Wie kann ich das wiedergutmachen? Grins. LG Marc«, schreibe ich.

Ich setze gerade die Meldung ab, als mein Rechner mit einem Quaken neue Post ankündigt.

Von Frank: »Ich bin auch zu Hause. Weiß nicht, ob ich es heute überhaupt ins Büro schaffe. Bin gerade ziemlich fertig. Wann hast du denn deinen Kunden?«

»Erst um 18 Uhr. Genug Zeit, um den Kühlschrank zu füllen und ein wenig fitter zu werden. Wann bist du heute Abend auf der Party? Ich wollte so gegen 22 Uhr aufschlagen.«

Mit einem weiteren Quak erscheint HHButchs Antwort auf dem Schirm: »Mir würde da schon etwas einfallen: Ich bin heute auf der Reeperbahn auf einen Geburtstag eingeladen. Komm doch dort vorbei. Tom.«

Die schwule Welt ist klein. Garantiert sprechen wir von der gleichen Veranstaltung. Zwei stadtbekannte Partymonster feiern heute Abend gemeinsam in der ›St. Pauli Theater Bar‹. Die ganze Szene ist eingeladen. Das heißt, es werden sich alle dort kennen, die meisten davon besser, als ihre Eltern sich das überhaupt vorstellen können.

»Treffe mich mit Pete um 22 Uhr bei mir. Wollten dann gleich los zur Party. Arbeite noch schön. Gehe jetzt raus«, antworte ich zunächst Frank. Ich bin etwas beleidigt: Wenigstens ein *LG* hätte er sich als Abschiedsfloskel seiner Nachricht abringen können, ich habe ihm vor weniger als acht Stunden schließlich noch einen geblasen.

»Du meinst sicher die Party von Lukas und Mirko? Da gehe ich auch hin. Dann sehen wir uns später dort. Freue mich!«, schicke ich an HHButch. Schließlich bin ich lebensfähig auch ohne Frank.

Meine Augenlider sind schwer wie Hantelscheiben. Auf eine Antwort mag ich nicht warten und logge mich aus. Mein Magen knurrt. Eigentlich will ich schlafen, aber vorher muss ich etwas gegen diesen Hunger unternehmen. Nach der Pasta darf es jetzt aber nur etwas Leichtes und Gesundes sein. Ich will schließlich nicht fett werden. Ich mache mir einen Protein-Shake mit zwei pürierten Bananen. Das ist echtes Kraftfutter: Eiweiß, Kohlehydrate, Vitamine und etwas Calcium. Die Proteine sind das teure Pulver auf Soja-Basis. Die Milch entrahmt mit nur 0,5 Prozent Fett. Ich kann nicht verstehen, wie Menschen ihre Ernährung vernachlässigen können und ohne nachzudenken irgendwelche Dickmacher in sich hineinschütten. Ein wenig auf sich achtgeben, gehört schließlich dazu.

Ich trinke einen halben Liter, dann falle ich ins Bett. Kurz habe ich das Gefühl, ich würde mich um die eigene Achse drehen. Endlich schlafe ich ein.

Uli wartet schon auf mich. Obwohl ich im höchsten Gang gefahren bin, habe ich mich wieder verspätet. Dass das Schloss meines Fahrrads klemmte, hat mich zusätzliche drei Minuten gekostet. Insgesamt zehn Minuten zu spät.

»Sorry!«, sage ich und gebe ihm die Hand. »Hatte mich kurz hingelegt und prompt verschlafen. Du wartest hoffentlich nicht sehr lange?«

»Kein Problem, ich bin eben erst gekommen«, sagt er freundlich. »Das soll hier schließlich nicht in Stress ausarten!«

Uli trainiere ich bereits seit vier Monaten. Er ist einer meiner typischen Kunden: Viele Jahre kein Sport gemacht und jetzt – kurz nach dem fiesen, vierten runden Geburtstag – sollen die Gesetze der Schwerkraft ein letztes Mal auf natürlichem Weg überlistet werden, bevor nur noch die plastische Chirurgie als Ausweg bleibt.

Uli ist gut einen Kopf größer als ich, wiegt aber nur so viel wie ich auch. Er hat lange keinen Sport getrieben, und das sieht man. Während er am übrigen Körper aus Haut und Knochen besteht, sammeln sich an Bauch und Hüften hässliche Fettpolster. Und dann steht er meistens unvorteilhaft mit eingezogenem Kopf und deutlichem Rundrücken herum.

Aber auch diesem Mann kann geholfen werden. In den vergangenen sechs Wochen hat das Training unter meiner Anleitung sichtbare Ergebnisse gezeigt: Die Rückenmuskulatur ist nun kräftig genug, um den Körper aufrecht zu halten. Durch die Ausdauersport-Einheiten verschwand bereits ein wenig Hüftspeck, und Arme, Brust und Beine sind muskulöser. Seine ganze Erscheinung hat sich positiv verändert. Aber dafür bezahlt er mich schließlich.

Ich arbeite noch nicht lange als Personaltrainer. Gelernt habe ich Grafiker, aber Schreibtischjobs füllen mich nicht aus. Ich muss mich bewegen, etwas für meinen Körper tun. Weil ich mich seit jeher in Fitnessstudios quäle und garantiert nicht wie die ganzen Szeneschlampen hinter dem Tresen einer schwulen Kneipe stehen will, machte ich meine Lizenz als Fitnesstrainer. Dann gestaltete und druckte ich ein paar Tausend vierfarbige Flyer, auf denen ich verspreche, jeden in seine persönliche Bestform zu bringen, verteilte sie in den einschlägigen Cafés und schaltete Anzeigen in einem schwulen Veranstaltungsmagazin. Die Kunden sprangen an. Es gibt unzählige Schwule, die sich in ihrer Haut nicht wohlfühlen.

Wir gehen in die Umkleide. Während Uli in die Sporthose steigt, krame ich seinen Trainingsplan aus meiner Jacke und bin damit startbereit. Ich muss mich nicht umziehen. Seit Adidas-Klamotten sport- und abendtauglich geworden sind, trage ich nichts anderes mehr.

»Was machen wir heute?«, fragt Uli. »Wolltest du nicht ein neues Programm erstellen?«

»Weil wir letzte Woche etwas faul waren, wiederholen wir den Plan noch einmal«, lüge ich. Den neuen Plan habe ich vergessen. »Aber wir probieren ein paar andere Übungen. Hoffe doch, du bist fit?«

»Klar.«

»Keine Verabredung danach heute?«

Uli lacht. »Nein. Seit dem Muskelkater von vor drei Wochen wage ich das nicht mehr. Und wenn, ich würde es dir nicht verraten. Wahrscheinlich würdest du dann wieder zehn Kilo mehr bei jeder Übung auflegen.«

Seine Befürchtung kommt nicht von ungefähr: Uli erzählte mir vor drei Wochen beim Training, dass er nach unserer Trainingsstunde einen Typen mit dem Pseudonym Kawa_Biker daten würde. Genau dieser Kawa_Biker hatte jedoch mir einige Tage zuvor bei Gayromeo einen Korb gegeben. Ich sei zu alt für ihn, stand in seiner Mail. Und der Killersatz: »Obwohl du dich echt gut gehalten hast!«

Ulis siegessicheres Lächeln war danach wie ein Schlag in meinen Magen. Das konnte doch nicht angehen: Mit seinen Anfang vierzig würde er einen 25-jährigen Typen abbekommen, dem ich angeblich zu alt sei. Diese Kröte konnte ich nicht einfach so schlucken. Also stellte ich sicher, dass mein liebeshungriger Kunde wegen Erschöpfungszuständen keine gute Show abliefern würde: Ich steigerte seine Gewichte nach jedem Satz um ein Drittel – und halbierte zusätzlich die Regenerationspausen zwischen den Wiederholungen. Der gewünschte Effekt stellte sich ein: Uli konnte sich drei Tage lang wegen Muskelkaters kaum bewegen. Und das Date mit Kawa_Biker musste er absagen. Das nächste Mal sucht sich der Motorradfahrer bestimmt etwas Fittes.

Uli wärmt sich ein paar Minuten mit Rudern auf. Dann gehen wir an den Seilzug.

»Heute stelle ich dir ein paar Übungen an meinem Lieblingsgerät vor«, erkläre ich. »Wir beginnen mit Rücken und Schultern. Ich mache dir das zunächst ein paar Mal vor.«

Während ich seitliches Armheben zeige, spule ich meine Standarderläuterungen ab: fester Stand, stabiler Rumpf, Brustbein angehoben, unverkrampfte Schultern und langsame, geführte Bewegungen ohne Schwung – mit einer kurzen Pause in der höchsten Kontraktionsphase.

Uli gelingt es bei dieser Übung anfangs nicht, den gestreckten Arm nach oben anzuheben und die Bewegung dabei bewusst aus dem Schultergelenk zu führen: Das Ellbogengelenk knickt immer wieder ein. Ich reduziere also das Gewicht auf das einstellbare Minimum und lasse ihn den Ablauf mehrfach wiederholen. Irgendwann hat er es raus. Was ich von ihnen will, kapieren irgendwann auch die begriffsstutzigen Kunden. Das sind die, die gar kein Körpergefühl besitzen und nicht einmal wissen, welcher ihrer Muskeln für die Flexion im Ellbogengelenk zuständig ist. Also eigentlich alle.

In meiner Hose vibriert das auf lautlos gestellte Telefon. Ich hoffe auf eine Nachricht von Frank.

»Ich muss kurz auf Toilette«, entschuldige ich mich. »Mach die Übung auf jeder Seite noch je zwanzig Mal. Bin gleich zurück.«

Es ist eine SMS von Pete: »Du bist später auf der Party? Soll ich dir etwas besorgen? Gehe jetzt shoppen.«

Pete ist meine letzte Affäre und, wie der Zufall in dieser Homo-Welt so spielt, die verflossene große Liebe von Frank. Das liegt allerdings Jahre zurück. Jetzt bezeichnen sich die beiden als gute Freunde.

Frank glaubt, ich will über ihn wieder an Pete ran, Pete glaubt, ich sei ein Psychopath, der zwanghaft nach einer Beziehung sucht. »Nachdem es mit mir nicht geklappt hat, wirfst du dich an meinen Ex. Das hältst nicht einmal du für Zufall, oder?«

Als ob ich etwas dafür könnte, in wen ich mich verliebe.

Es begann etwa zwei Monate nach unserer Affäre. Ich traf Frank zufällig im ›EDK‹, einem winzigen House-Club auf der Reeperbahn. Wir tranken und redeten. Vor allem darüber, wie meine ständigen verzweifelten SMS Pete in die Flucht getrieben hatten.

»Mir war von Anfang an klar, dass aus euch nichts werden würde«, sagte Frank dazu, als wüsste er etwas, das ich nicht weiß.

Zu diesem Zeitpunkt wollte ich nicht mit Frank ins Bett. Alles andere wäre mir in den Sinn gekommen: quatschen, Drogen, feiern. Irgendwann ließ das Bier meine Knie wacklig werden, und ich wollte wieder klarer werden. Ich fragte ihn, ob er Lust hätte, mit mir etwas Koks zu nehmen. Er wollte, und in nur einer Stunde vernichteten wir ein halbes Gramm. Dann legten wir Ecstasy nach. Es dauerte nicht lange, bis wir im Takt wippten und auf die Tanzfläche gingen.

Dort konnte ich sehen, was es heißt, einen Club in Besitz zu nehmen: Frank zog das T-Shirt aus und erkämpfte sich mit ausladenden Armbewegungen einen Platz in der Mitte des Dancefloor und war sofort das Ziel aller Blicke.

Er hielt zwar die Augen beim Tanzen geschlossen, aber sein Lächeln verriet, wie sehr er es genoss, von der Musik angetrieben zu werden. Und im Mittelpunkt zu stehen. Dieser Mann suchte nicht, er ließ sich finden. Beneidenswert.

Er war so sexy, wie er mit seinem Zehnkämpferkörper uns andere Gäste unvollkommen und schwach erscheinen ließ. Die tätowierte Schlange auf seiner Brust glänzte vor Schweiß. Ich wollte die Tropfen ablecken, mit meiner Zunge die Bewegung seiner Muskeln unter der makellosen Haut verfolgen. Ab diesem Moment wünschte ich nur noch eines: mit diesem Mann zusammen zu sein.

Natürlich hatte Frank diese Wirkung nicht nur auf mich. Ein schlanker Mittzwanziger, dessen Tribal-Tattoo den ganzen Rücken verdunkelte, drängte sich zwischen uns und strich immer wieder wie zufällig mit seiner Hand über Franks Arme.

Ich zog nun ebenfalls mein T-Shirt aus.

»Deine Übungstipps funktionieren offensichtlich auch an dir selbst!«, sagte Frank anerkennend und strich über meine Brust.

Der Konkurrent sah diese Berührung, nickte uns wissend zu, um sich dann als guter Verlierer zurückzuziehen.

So ermutigt stellte ich schließlich die Frage: »Wollen wir danach zu mir?«

»Aber sicher«, antwortete Frank, als hätte ich ihn um eine Zigarette gebeten.

Der Sex war unglaublich. Jedenfalls benutzte ich dieses Wort mehrfach. Wo wir stehen geblieben wären, fragte er, als er die fünfte Runde einläutete. »Und sag lieber nicht wieder *unglaublich*, sonst höre ich nämlich sofort auf.«

Ich hielt meinen Mund. Auf keinen Fall wollte ich, dass er aufhörte.

Franks erster Satz am nächsten Morgen war: »Einer von uns beiden wird das wohl Pete erzählen müssen.«

Wozu, wollte ich fragen, aber ich hielt den Mund. Wir nahmen mit einem Quickie wieder das auf, womit wir in der Nacht zuvor aufgehört hatten. Als ich die Augen schloss, sah ich Pete neben dem Bett stehen, jede unserer Bewegungen genau beobachtend, als wollte er mir Tipps geben: »Das hat er bei mir auch immer gemacht. Das gefällt ihm.« Und ich fragte mich, ob ich mich gegenüber Pete mehr wie Frank hätte benehmen müssen. Vielleicht hätte ich ihn ja so halten können? Vielleicht sollten wir ganz einfach zu dritt ins Bett gehen?

Heute Abend zum Beispiel?

Heute würde unser Trio also gemeinsam losziehen. Das Beste wäre, zu Hause zu bleiben und ein gutes Buch zu lesen.

»Dann bring mir was mit«, antworte ich auf Petes SMS. »Gerne Ketamin. Aber Pillen reichen auch! Danke und bis später! Marc.«

Zurück im Trainingsraum finde ich Uli pausierend an der Bar.

»Du willst doch nicht schwächeln?«, frage ich. »Der nächste Sommer auf Ibiza kommt bestimmt und bis dahin muss die Bikinitaille fertig sein.«

Gegen 20 Uhr komme ich zu Hause an. Eigentlich wollte ich vor der Party noch selbst richtig trainieren, aber am Ende schaffe ich es nur, die Show-Muskeln an Armen und Brust aufzupumpen.

Ich mache mir einen Protein-Shake mit frischen Erdbeeren und einer Kiwi, dann checke ich meine Mails.

HHButch hat mir geantwortet: »Auf dieser Geburtstagsparty sind sie heute wohl alle. Ich freue mich, dich zu treffen. Ich gehe vorher noch mal zum Sport. Bis gleich! Tom.«

Vielversprechend. Goodfuck jedoch erweist sich als schlechter Verlierer: »Kannst du nicht einmal zurückschreiben? Du glaubst wohl, dass du es bei deinem Aussehen nicht nötig hast, was? Bist schon ein besonders arrogantes Arschloch!«

Bevor ich Goodfuck auf die Liste der blockierten User setze, schicke ich ihm eine Antwort: »Selber Arschloch! Wer mir nur ein ›Hi‹ schickt, sollte nicht mit einer Antwort rechnen. Für eine Konversation brauche ich eine ansprechendere Einleitung. Und lass deinen Frust künftig woanders aus!«

Sein Bild sagt alles: Bleiche Haut hängt über dünnen Muskeln. Im Hintergrund ein Bauerntisch mit Eckbank und karierten Zierkissen. Woher nehmen diese Typen ihr Selbstbewusstsein?

Ich fahre den Rechner wieder herunter. Idioten wie der verderben einem wirklich den Spaß am Internet.

Meine beste Freundin Sibylle hat Recht: Das Internet ist der digitale Strich. Menschen bieten sich in Kontaktanzeigen an, als hofften sie, von Pornoproduzenten entdeckt zu werden.

»Ich würde mich nicht mit irgendwelchen Aktfotos im Internet prostituieren«, meinte sie vergangene Woche beim Lunch im ›Louis' Deli‹. »Ihr Jungs braucht euch nicht wundern, dass euch so viele Bekloppte anschreiben. Wenn ich mir die Bilder von dir oder Frank bei Gayromeo ansehe: Das sind genau solche Fotos, mit denen sie für Telefonsex werben. Und dabei nehmt ihr nicht einmal Geld dafür. Oder ist es doch schon so weit?«

Das von einer Frau, die sich ein Profil mit dem Namen Busenwunder anlegte, nachdem sie sich von ihrem jungen Liebhaber getrennt hatte. Online Dating war das Erste, das sie danach versuchte, bei einer neuen Börse mit dem vielversprechenden Namen Pic-a-date. Aber darauf ging ich lieber nicht ein.

»Nein, Süße, noch bin ich Fitnesstrainer und kein Escort. Und so freizügig sind die Fotos wirklich nicht, man sieht weder Arsch noch

Schwanz. Außerdem: Warum sollen wir nicht zeigen, was wir haben? Der ganze Kampf im Sportstudio darf schließlich nicht umsonst gewesen sein. Wenigstens schöner ficken muss dabei rausspringen!«

»Muscle Queens! Ihr seid wie der Rotary Club der schwulen Körperfetischisten. Erst macht ihr alle rattig, indem ihr halbnackt über die Tanzfläche springt. Aber nach Hause geht ihr nur mit anderen Körperkultopfern. Irgendwann müsst ihr doch alle durchhaben! Und wozu der Aufwand? Euer Sex passiert doch sowieso nur unter Drogen! Wie kriegt ihr eigentlich noch einen hoch mit all dem Gift, das ihr in euch werft?«

Wenn Sibylle so moralisch wird, ist sie im Stress. Das muss man ihr nachsehen. Sie braucht es, die seriöse Geschäftsfrau geben zu können. Gerade hat sie einen neuen Laden gemietet, in dem sie eine eigene Klamotten-Linie verkaufen will.

Ich versuchte, sie aufzuheitern. »Im seltenen Fall einer Erektionsstörung empfehlen Arzt und Apotheker die Einnahme von Viagra«, sagte ich und ahmte dabei den typischen Stewardess-Tonfall bei den Sicherheitshinweisen im Flugzeug nach. »Dann steht er auch nach einer durchgefeierten Nacht!«

»Aber Pillen machen doof«, oberlehrte Sibylle unbeirrt weiter. »Denk an die Nebenwirkungen. Am Tag danach bist du frustriert und schwörst mir zum hundertsten Mal, dass du nie wieder – weder mit Frank noch mit Pete – etwas zu tun haben willst und dass du künftig alles anders machen wirst. Drei Tage später sitzen wir hier und du erzählst, du bist wieder mit ihnen losgezogen.«

Und dann legte sie nach: »Wann warst du eigentlich das letzte Mal nüchtern und nicht unter Drogen mit einem Mann im Bett? Hattest du mit dem supercoolen Frank jemals Sex, einfach weil ihr das wolltet? Oder habt ihr euch vorher immer so abgeschossen, dass ihr euch darüber keine Gedanken machen musstet?«

Sie deutete auf zwei Jungs, Ende zwanzig, die am Tisch gegenüber saßen und sich über ihre Cola verträumt anlächelten: »Das geht auch anders, Marc. Schau sie dir an: glücklich verliebt und zufrieden mit sich selbst!«

Die beiden sollten ein Vorbild sein? Wenn ich schon zwei Männer Händchen halten sehe. Dieses romantische Gefummel gehört nicht in die Öffentlichkeit. »Die beiden haben in ihrem Leben noch kein Sportstudio gesehen«, sagte ich. »Sieh dir nur ihre dürren Ärmchen an. Und Titten haben sie auch keine. Aber dafür löffeln sie Tiramisu und trinken Chemie mit Farbstoff und Unmengen Zucker.« Ich schüttelte den Kopf. »Das geht einfach gar nicht!«

»Du hast doch einen Schaden mit deinem Körperwahn«, lachte Sibylle. »Wollen wir uns einen Schokoladenkuchen teilen?«

So etwas würde ich nie essen, das weiß Sibylle, weshalb ich auf die Frage nicht weiter einging.

Ernährung ist so wichtig, genau so wichtig wie regelmäßiger Sport. Wer nur Fastfood oder Schokoriegel in sich wirft, darf sich nicht wundern, wenn der Körper zerfällt, statt aufzublühen. Ohne hochwertigen Brennstoff kann keine Maschine richtig funktionieren.

An einem Feier-Wochenende ernähre ich mich wie ein Leistungssportler vor einem Wettkampf: den Tag über viele Proteine, vornehmlich aus Soja und Molke, und zum Start am Abend dann noch einmal massig Kohlehydrate.

Besonders gut geeignet, um die Speicher vollständig aufzufüllen, ist Olivenöl, natürlich nicht pur, ich übergieße damit ein paar Scheiben Schwarzbrot. Die liegen nicht schwer im Magen und liefern Reserven für viele durchgetanzte Clubs. Dazu gehören zeitversetzt frei werdende Multivitamin-Kapseln in hoher Dosierung und Enzyme: Ich schlucke an einem solchen Tag sicher fünfzehn bis zwanzig Pillen Wobenzym. Das ist gut für die Stärkung des Immunsystems und für die Regeneration. Ein echtes Wundermittel.

Die nächsten zwei Stunden hocke ich auf dem Sofa und zappe durch die Musiksender. Natürlich könnte ich heute einfach zu Hause bleiben. Würde mich jemand vermissen? Sicher nicht. Die würden sich schon mit sich selbst beschäftigen. Aber dann: Vielleicht endet der Abend ja doch so, dass Frank mit mir nach Hause geht?

Die Hoffnung siegt am Ende immer.

Aus dem Geldbeutel hole ich ein Koks-Briefchen und lege mir auf dem Esstisch eine Line als Kick-Off für den Abend. Es dauert eine Minute, dann spüre ich meine Zähne nicht mehr. Eine weitere Minute, und ich fühle mich wie eine aufgezogene Spielzeugmaus. Ich gehe keine Experimente ein, was mein Outfit betrifft. Ich ziehe die frisch gewaschene Adidas-Trainingshose von gestern aus dem Trockner, dazu wieder das enge weiße Tanktop, eine Sportjacke darüber, und ich bin bereit.

Auf der Party in der ›St. Pauli Theater Bar‹ tobt bereits das Leben, als ich ankomme. Bestimmt zweihundert Menschen drängen sich in drei Räumen. Eine Wand aus Schweiß, Parfüm, Qualm und Alkohol schlägt mir entgegen. Nur um diese Luft zu ertragen, werde ich heute Abend rauchen müssen.

Die beiden Geburtstagskinder stehen am Eingang und nehmen Grüße, Küsse und Geschenke entgegen. Ich überspiele mit einem Ständchen, dass ich kein Geschenk habe. Beide wirken dabei nicht, als würden sie das noch mitbekommen, aber dafür sehen sie in ihren eingelaufenen T-Shirts »wieder blendend aus!«, wie Sibylle ironisch kommentieren würde.

Es scheint nicht, als hätte die Party auf mich gewartet. Meine Internet-Verabredung HHButch ist mit seiner stattlichen Größe kaum zu übersehen, aber offenbar amüsiert er sich bereits bestens: Er steht an der Bar und unterhält sich, auch noch Händchen haltend, mit einem zwei Köpfe kleineren Blonden. Aus den Augenwinkeln entdecke ich Frank und Pete zappelnd auf der Tanzfläche. Die beiden müssen warten. Zuerst bahne ich mir meinen Weg zum Tresen, dränge den Zwerg zur Seite und begrüße HHButch mit einem langen, tiefen Kuss.

»Tom, du hast Sekt getrunken«, sage ich und lecke meine Lippen. »Du schmeckst gut.«

»Du kommst aber schnell zur Sache heute«, meint er lachend. Dann greift er mir, unbemerkt von seinem Gesprächspartner, von vorne zwischen die Beine und flüstert: »Wir führen das besser nachher weiter. Jetzt muss ich mich um meinen Überraschungsbesuch kümmern.«

Er deutet auf den Blonden. »Bernd, das ist Marc. Marc, das ist Bernd aus Bremen. Wir kennen uns von Gayromeo. Und heute Abend treffen wir uns zufällig auf dieser Party.«

»Hi«, sage ich. Bernd nickt höflich, aber uninteressiert. Er hat nur Augen für Tom. Ich fühle mich überflüssig.

Als ich mich umdrehe, steht Frank vor mir. Er trägt ein schwarzes Trägershirt und eine Camouflage-Hose. Ich möchte ihn umarmen, aber ich rühre keinen Muskel.

»Na!«, meint er mit einem leicht gereizten Ton. »Auch hier?«

»Hallo, mein Großer!«, sage ich und gebe ihm einen Kuss auf die Wange. »Seid ihr schon lange dabei?«

Er brummt etwas Unverständliches. Offensichtlich ist er genervt. Bestimmt hat er gesehen, wie ich Tom zur Begrüßung küsste.

»Hat Pete die Sachen oder du?«

»Ich habe das Zeug bei mir deponiert, weil Pete sonst alles allein futtert. Was willst du?«, fragt er und wühlt in einer Hosentasche. »Allerdings haben wir kein Ketamin bekommen. Pete vermutet aber, dass etwas in die Pillen gemischt wurde. Vielleicht auch LSD. Man weiß nie, was man kriegt.«

Tom sieht zu uns rüber und ich meine, Argwohn zu erkennen. Ich dränge Frank aus seinem Blickfeld. »Eine halbe Pille wäre schön. Ich kann mich dafür mit einer Line Koks revanchieren.«

»Warum nicht?«, meint er wenig begeistert. »Die Toiletten sind dort drüben.«

Frank führt mich in einen Gang, in dem bereits vier andere Jungs warten. Ich vermute, aus ähnlichen Gründen wie wir.

»Lass es uns in der Damentoilette versuchen«, schlage ich vor. Ob ich versuchen soll, Frank auf der Toilette zu verführen? Wenn sich seine Laune dadurch nicht bessern würde: Tiefer könnte sie kaum sinken.

Von den drei Kabinen sind zwei unbesetzt. Wir quetschen uns in die kleinste. Während ich zwei Linien auf dem Spülkasten lege, versucht Frank, eine Pille in der Mitte durchzubrechen.

»Dann gib mir doch einfach die Ganze«, sage ich und betätige die Spülung, um mein Schniefen zu übertönen. »Die werde ich wohl verkraften. Oder sind die Dinger diesmal so stark?«

»Die haut dich schon nicht um«, sagt Frank. Was er meint, ist, ich soll mich nicht so anstellen.

Er steckt mir die beigefarbene Tablette in den Mund, dann drängt er sich an mir vorbei. Er grinst, als beim Platzwechsel sein Schwanz meinen streift. Durch die Hose habe ich seine Erektion gespürt. Ich stehe nun hinter ihm.

Er beugt sich vor mir über das verbliebene Koks. Sein Hintern streckt sich mir einladend entgegen. Doch statt ihn anzufassen, spüle ich erneut, und zum Geräusch des Wassers zieht er sich in Sekunden den ganzen Rest in die Nase.

Er streift mit dem Finger über die letzten Krümel und reibt sie auf seine Zähne. Dann richtet er sich auf und deutet mit dem Kopf zur Tür.

»Wollen wir?«, fragt er.

Er wirkt zappelig, und seine Füße zucken im Takt der Bässe von draußen. Entweder die Drogen oder die schlechte Laune.

»Wüsste nicht, was wir auf dem Klo noch tun sollten«, lüge ich und dränge mich nach ihm aus der Tür. »Ich schaue mal auf die Tanzfläche und begrüße Pete, solange er noch ansprechbar ist.«

»Mach das«, brummt Frank und verschwindet in die andere Richtung.

Der DJ gibt sein Bestes und bringt die Meute zum Zucken. Vor der Box sehe ich Pete, wie er zum Refrain seine Arme nach oben wirft. Um ihn herum haben sich wie üblich einige seiner Fans geschart. Allerdings kenne ich diesmal bis auf Maurizio keinen.

Maurizio ist ein kleiner hässlicher Vogel, der eigentlich hier in der Bar kellnert. Warum kriegt der ausgerechnet heute frei?

»Hi, Maurizio!«, begrüße ich ihn knapp und dränge, ohne eine Reaktion abzuwarten, zu Pete durch.

»Was bist du so spät?«, fragt er. Seine Augen sind bereits zwei große schwarze Scheiben.

»Ich musste heute arbeiten und habe mich von gestern noch etwas ausgeruht«, rufe ich gegen die Musik. »War gestern mit Frank unterwegs.«

»Das weiß ich.« Er zieht mich von der Box an die Seite der Tanzfläche, wo die Unterhaltung etwas leichter fällt.

»Warum steht der eigentlich nicht hinterm Tresen?«, frage ich und deute auf Maurizio, der wild mit seinen Armen im Takt rudert.

»Der feiert seinen neuen Job.«

»Er spült jetzt woanders Gläser?«

Pete lacht. »Er lässt jetzt spülen. Als stellvertretender Geschäftsführer einer großen Catering-Firma. Viertausend im Monat. Und ein Dienstwagen. Nicht schlecht für einen Fünfundzwanzigjährigen, was?«

Schön für ihn. Ich bin beeindruckt. Aber eigentlich interessiert mich Maurizio im Moment nicht. »Ist eigentlich was mit Frank? Er scheint gerade ziemlich seltsam drauf zu sein. Heute Mittag wirkte er fröhlicher.«

»Das musst du ihn selbst fragen. Vermutlich ist er einfach schon ziemlich breit.«, sagt Pete. »Oder ihr hattet gestern zu viel Spaß!«

Ich zünde mir eine Zigarette an und inhaliere tief. »Was meinst du damit? Wittert er irgendwo Eheringe? Was ist das denn für ein doofes Spiel?«

»Dazu möchte ich nichts sagen. Das ist diesmal eure Runde, mit der habe ich nichts zu tun.« Pete wedelt den Rauch aus seinem Gesicht. »Ich geh wieder tanzen. Sprechen kann ich sowieso gleich nicht mehr. Du kommst später mit ins ›Slut‹?« Ohne meine Antwort abzuwarten, geht er zurück unter die Box und zu dem hässlichen kleinen Vogel. Dem erfolgreichen hässlichen kleinen Vogel.

Ich sehe mich nach Frank um und finde ihn in inniger Umarmung mit Tom am Tresen. Unsere Blicke treffen sich, und er grinst zu mir herüber. Dann lässt er seine Hand über Toms Hintern wandern und erzählt ihm etwas. Beide lachen.

Ich wechsle ans andere Ende der Bar und bestelle einen doppelten Wodka-Tonic.

»Du siehst ziemlich gut aus heute«, höre ich eine weibliche Stimme hinter mir. Ich drehe mich um und erkenne Sibylle. Das ist zur Abwechslung eine angenehme Überraschung. Ich hatte sie hier nicht erwartet, denn eigentlich findet sie schwule Partys grauenerregend langweilig.

»Bei weitem nicht so blendend wie du«, antworte ich und umarme sie. Sie trägt ein tief ausgeschnittenes schwarzes Abendkleid und perfekt toupierte Haare. »Dachtest du, dies ist die Oscar-Verleihung?«

Sie streicht sich eine freche Strähne aus der Stirn und strahlt dankbar. »Ich dachte, vielleicht verirrt sich hierher ja ein einzelner heterosexueller Mann mit dem Bedürfnis nach einem Vollweib.«

»Da hättest du im Internet mehr Glück als hier. Aber ein paar Lesben sind hier. Darf es vielleicht eine Frau sein?«

»Mir ist wirklich eher nach einem Kerl, danke.«

Sibylle ist eine von jenen Frauen, die nach objektiven Kriterien eigentlich nicht Single sein dürften. Sie sieht blendend aus, hat Verstand, ist selbstständig und experimentierfreudig. Keine Tunten-Mutti, die sich auf den Umfang eines Öltankers frustgefuttert hat und nur noch schwule Häfen anläuft. »Ich gerate eben immer an die Falschen«, sagt sie über sich selbst. Das verbindet uns.

»Mal wieder etwas von Donald gehört?«, frage ich. Donald ist ihr Ex. Eigentlich heißt er Thomas. Sibylle erfand den Spitznamen, weil seine Wohnung bis unter die Decke mit Comics vollgestopft ist: Superman, Spider-Man und eben Donald Duck. Er besitzt tatsächlich alle Bände der *Lustigen Taschenbücher*. Und mindestens zwanzig T-Shirts mit Entenaufdruck. Ein wirklich niedlicher Typ, aber viel zu kindlich für Sibylle, die Zeitschriften wie *Brand Eins* und *Manager Magazin* abonniert hat. Deshalb machte sie auch Schluss mit ihm. Eine reine Kopfentscheidung. Ihr Herz ist darüber noch nicht weg.

»Ich halte zu hoffnungslosen Fällen lieber Sicherheitsabstand«, sagt sie sanft. „Selbstschutz. Für Gefühlsduselei und verheulte Nächte lässt mir der neue Laden keine Zeit. Du kommst doch zur Einweihung?“

»Natürlich. Würde ich dich jemals hängen lassen?«

Ihre Augen blitzen spöttisch. »Möchtest du eine ehrliche Antwort? Du erinnerst dich, wie du mich zur letzten Vernissage versetzt hast?«

»Frank war bei mir«, verteidige ich mich. »Ich konnte ihn doch nicht vor die Tür setzen. Außerdem ist das Wochen her.«

Sibylle greift meinen Arm. »Schon o. k., Marc. Alles ist gut.«

Sie sieht zur Tanzfläche. »Du bist aber nicht wieder mit den beiden Feier-Monstern hier?«

»Doch«, gebe ich zu. »Aber ich glaube, da entwickelt sich wirklich etwas ...«

Sie unterbricht mich mit widerwilligem Gesicht. »Bitte nicht schon wieder die alte Geschichte. Marc, niemand kann es mehr hören! Wie lange geht das jetzt? Lass endlich los! Oder mach eine Therapie. Mehr kann ich dazu nicht sagen, ohne unhöflich zu werden.« Sie nimmt einen Schluck aus meinem Glas und legt noch mal nach: »Und konsumiere ein paar Drogen weniger. Die machen vergesslich. Dein Schwarm Frank hat mir in der letzten halben Stunde dreimal dieselbe uninteressante Geschichte erzählt. Und jetzt textet er den Langen da vorne voll. Ich will nicht, dass du auch so wirst.«

Ich folge ihrem Blick zu Frank und Tom. »Nun, der Lange nennt sich HHButch und war mein Alternativ-Date für heute Abend. Es ist ja nicht so, als wäre ich nur auf Frank fixiert«, lüge ich und genehmige mir einen kräftigen Schluck. Der Barkeeper meinte es gut mit mir: Ich schmecke nur Wodka. Hat er überhaupt Tonic reingemischt? »Meinst du, dass Frank eifersüchtig auf mich ist? Oder warum gräbt er sonst meine Verabredung für den Abend an. Muss ich das verstehen?« Ich seufze. »Ehrlich, ich würde einiges drum geben zu wissen, was er eigentlich von mir will.«

Sibylle drückt meine Hand. »Was hältst du von dem Gedanken, dass er nicht eifersüchtig ist, sondern einfach mit dir durch? Und jetzt kommt der Nächste an die Reihe! Es ist, wie es ist: Finde dich damit ab. Warum gehst du nicht einfach nach Hause, anstatt hier auf etwas zu warten, das nicht passieren wird. Aber das wirst du ja doch nicht tun.« Sie atmet einmal tief ein. »Hast du noch etwas Koks für mich? Die sind hier alle so verstrahlt. Sauber stehe ich den Abend nicht durch.«

Ich überlasse ihr einen Rest und verliere sie in der Menge. Nach einer Stunde voller belangloser Gespräche mit kaum zurechnungsfähigen Szene-Piranhas setzt endlich die Wirkung der Pille ein. In Wogen mit immer kürzer werdenden Abständen zucken elektrische Impulse von meinen Füßen den Körper Millimeter für Millimeter hinauf bis zu meiner Kopfhaut, die sanft zu kribbeln beginnt. Als die Wellen intensiver werden, gehe ich auf die Tanzfläche.

Mein Körper fühlt sich wohlig warm an. Ich lasse mich in die Musik fallen und vergesse. Die Droge übernimmt die Kontrolle. Es ist, als würde warmer Sand über meine Haut rieseln. Der Dancefloor wird zum Karibikstrand. Alles ist in diesem Moment in Ordnung. Ich bin glücklich.

Wie lange ich tanzte, weiß ich nicht. Es war bestimmt über eine Stunde. Als ich aus dem Drogennebel auftauche, ist die Tanzfläche beinahe leer. Neben mir zappeln nur noch Pete und Frank. Von gegenüber winkt Maurizio. Tom steht immer noch am Tresen, im Arm wieder Bremen.

Ich werde klar und gehe zu den beiden hinüber.

»Schöne Show habt ihr da abgezogen«, sagt Tom. »Von dem, was ihr genommen habt, will ich auch was.«

Ich lache. »Und ich dachte, du hättest Frank bereits angeschnorrt. Hast du etwas zu trinken? Ich habe gerade eine klare Phase. Die will ich nutzen.«

Er reicht mir sein Bier.

»Danke, nein. Kein Alkohol im Moment. Das geht nicht mit der Pille zusammen«, lehne ich ab und bestelle eine Cola.

Auf der Tanzfläche haben sich unterdessen meine beiden Jungs ihre Shirts wieder angezogen, und Frank hält ihre Jacken in Aufbruchsstimmung in der Hand. Pete kommt zu mir rüber.

»Wir wechseln jetzt weiter ins ›Slut‹. Hier wird es langweilig. Außerdem haben wir eben nachgelegt und bis das wirkt, will ich dort sein.«

Ich schaue zu Tom, der zurückgrinst. Der Bremer blickt teilnahmslos in die Luft. »Fahrt ihr schon mal vor«, sage ich.

Frank kommt zu uns an den Tresen.

»Du bleibst? Was soll das denn jetzt?«, fragt er. »Wir gehen doch sonst immer zusammen? Warum bist du heute eigentlich so zickig?«

Kein Zweifel. Er ist eifersüchtig. Mein Gesicht glüht vor Freude.

»Ich folge euch in ein paar Minuten. Wird nicht lange dauern.« Ich ziehe seinen Kopf zu mir runter und gebe ihm einen langen Kuss. »Außerdem bist du derjenige, der heute Abend zickig ist, mein Großer!«

Pete unterbricht uns und zieht Frank am Arm: »Los! Wir wollen gehen. Jetzt!« Er winkt mir noch mal zu und die beiden verschwinden Richtung Ausgang. Hinter ihnen verlässt Maurizio den Laden.

»Holst du mal unsere Jacken?«, schickt Tom den Bremer weg. Der folgt wie ein braver Hund und lässt uns allein.

»Woher kennst du Frank eigentlich?«, fragt Tom. »Ist das ein guter Freund von dir? Dann solltest du ihm nicht trauen: Er hat mich eben vor dir gewarnt. Beim Umgang mit dir müsse man sehr vorsichtig sein, sagte er. Und dieser Pete ist ein arroganter Arsch. Hübsch, aber eiskalt.«

Ich sehe zur Tür. Sibylle verabschiedet sich gerade von den Gastgebern. Sie wirft mir eine Kusshand zu und geht.

»Frank hat dich vor mir gewarnt?«, frage ich und zünde mir eine Zigarette an. Will er mich plötzlich für sich alleine? Ich nehme einen tiefen Zug. »Darüber habt ihr gesprochen?«

Tom verzieht den Mund. »Er wollte mit mir aufs Klo.«

Mein Herz setzt für einen Schlag aus. »Schwuler Inzest. Jeder hat schon mal was mit jedem gehabt«, sage ich.

»Ja, wir stehen scheinbar alle auf die gleichen Typen.«

Tom zieht mich an sich heran.

Die Pille kratzt in meinem ausgetrockneten Hals. Ich trinke den letzten Schluck Cola, aber das raue Gefühl im Rachen bleibt. »Das ist wohl der Grund«, murmle ich und trete die frische Zigarette wieder aus. »Wollen wir rüber ins ›Slut‹?«

»Wir können uns ein Taxi teilen.« Tom beugt sich zu mir und flüstert. »Ich nehme allerdings den Bremer mit. Du verstehst? Der darf aber nicht wissen, das wir auch schon mal ... Der ist vom Land, weißt du. Ich will ihn nicht schocken. Wir holen das nach. Ich freue mich schon.«

Er lacht aufmunternd und greift mir durch die Trainingshose zwischen die Beine. Ich lasse es geschehen.

In der Leder- und Fetisch-Disco ›Slut‹ ist wenig los. Ich will nicht weiter über Frank oder Tom oder sonst wen nachdenken und geselle mich gleich zu Pete auf die leere Tanzfläche. Der laute Bass schmerzt in meinen Ohren, aber das ist genau, was ich jetzt brauche. Für den grinsenden DJ ziehe ich mein T-Shirt aus. Pete hat nachgelegt und fliegt bereits: Seine Augen sind geschlossen und er bewegt sich viel zu langsam zu dem nervösen Techno-Mix.

Ohne Pille wird mir nach wenigen Minuten langweilig und kalt. Und ich will wissen, wo Frank ist.

Also lasse ich Pete wieder alleine in seiner Welt aus Tönen und Farben und forsche mich durch die dunklen Ecken des Lokals. Frank kann ich nirgendwo entdecken. Und Tom und sein Bremer Begleiter haben sich sofort knutschend an der Bar abgesetzt. Tom sieht sehr zufrieden aus. Der Bremer wedelt sicher gleich freudig mit dem Schwanz.

Meine Laune ist miserabel. Ich fühle mich gereizt. Ich stecke tief in einem Ecstasy-Loch. Ich brauche dringend Nachschub. Etwas, das mich aufhellt.

Nur drei Typen stehen in der Schlange vor den zwei abschließbaren Toiletten, zwei blutjunge Skins mit nacktem Oberkörper in Domestos-Jeans und Springer-Stiefeln und ein dunkelhaariger Soldat in Army-Hose und grauem Trägershirt. Die beiden ersten gehören zusammen und werden sicher gemeinsam in die Kabine wollen: Der eine hat bereits die Hand in der Hose des anderen und der genießt das sichtlich.

Ich taste in meiner Hose nach dem Koks und pule das Briefchen schon einmal aus dem gegen die Feuchtigkeit schützenden Plastikbeutel.

Eine der Türen geht auf und zwei Typen in schwarzem Gummi kommen schniefend heraus. Die beiden Skins drängen sofort in die Kabine.

»Sex oder Drogen?«, fragt mich der Dunkle, der vor mir steht. Er ist hübsch und kommt mir bekannt vor, aber ich kann ihn nicht zuordnen. Letztlich ist einer wie der andere.

»Man sollte denken, der Darkroom sei groß genug, dass die Toiletten für Drogen statt für Sex genutzt werden können«, sage ich. »Aber die beiden wirkten so innig, dass ich mir sicher bin, wir werden ein wenig Geduld brauchen.«

»Ich wollte wissen, was du willst. Die Kinder interessieren mich nicht.« Er kommt näher und legt seine Hand auf meine Schulter. Sie ist nass und ich weiche ein wenig zurück. Er streicht mir über die Brust und kneift meine Brustwarze.

»Vielleicht beides?«, frage ich und denke an Frank. Was er kann, kann ich schon lange.

»Gute Idee. Was hast du? Ich habe Speed. Muss später noch im After Hour Club arbeiten.«

Also noch ein Kellner. Das erklärt, warum ich glaube, ihn zu kennen. »Koks«, meine ich. »Speed schießt mich weg.«

»Was hast du denn schon alles?«

»Ein paar Lines und eine Pille.«

»Dann bleiben wir besser beim Koks.« Er grinst breit und küsst mich. Seine Hand schiebt sich in meine Trainingshose und knetet meinen Hintern. Seine Zunge besetzt meinen Mund und ich schmecke Jägermeister.

Die zweite Toilettentür wird geöffnet und ein stämmiger Uniformfan drängt sich an uns vorbei. Mein neuer Freund lässt von mir ab und zieht mich in die Kabine.

»Schön ist das hier nicht«, sagt er und deutet auf die versiffte Schüssel. Unser Vorgänger hat mächtig daneben gepisst.

Er nimmt Toilettenpapier und wischt den Spülkasten ab. »Wenigstens war er zu klein, um bis hier oben zu treffen. Was für eine Sauerei.«

Ich beuge mich übers Klo und klopfe etwas Koks aus dem Briefchen. Während ich zwei Lines aufteile, stellt sich mein Begleiter hinter mich. Er nutzt meine Stellung und zieht meine Hose ein Stück herunter.

»Hm«, brumme ich und ziehe die größere Line. Das Zeug beißt in der Nase. Ich will mich aufrichten, werde aber brutal wieder nach vorne gedrückt.

»Du bleibst so!« Er packt mich fest im Nacken, sodass ich mich abstützen muss. Seine Hand ist fest wie ein Schraubstock. Das macht er nicht zum ersten Mal. Ich komme nicht gegen seine Kraft an. Panik steigt in mir auf.

»Ungefickt kommst du geiles Stück hier nicht raus. Diesen Arsch wollte ich schon lange mal«, flüstert er mir ins Ohr. Der Geruch von Kräuterlikör weht um meine Nase.

Während er mit einer Hand an seinem Gürtel fummelt, lockert sich sein Griff an meinem Hals. Ich nutze die Chance und stoße mich mit aller Kraft von der Wand weg. Sein Rücken knallt an die Tür. Im Umdrehen greife ich nach seinem Arm und drücke mein Knie in seinen Schritt. Er sieht mich erstaunt an. Diese Reaktion hat er nicht erwartet.

»Verpiss dich«, zische ich wütend. Das Kokain macht mich aggressiv. Ich könnte ihn schlagen. »Mach, dass du hier raus kommst. Sonst ramme ich dir mein Knie in die Eier, du Arschloch!«

Er steht erstarrt vor mir. Ich lasse seinen Arm los.

»Drogenschlampe!«, ruft er und stürmt aus der Toilette.

»Fick dich selbst!«, brülle ich ihm hinterher.

Vor der Kabine lachen zwei Jungs über die Szene. Mir ist das egal. Das ist nicht peinlich. Das geschieht hier jeden Tag. Dann wird mir klar, wie ich hier halbnackt und mit heruntergelassener Hose stehe.

»Sorry, bin gleich so weit!«, sage ich und schließe die Tür wieder.

Nachdem ich die übrig gebliebene zweite Line mit zittriger Hand selbst gezogen habe, gehe ich so lässig wie möglich an der Schlange vorm Klo vorbei und zurück zur Tanzfläche. In den Winkeln spähe ich nach Frank. Der Laden hat sich nicht weiter gefüllt und ist überall ziemlich leer, dennoch finde ich ihn nicht. Pete ist immer noch auf der Tanzfläche, aber er zuckt jetzt im Takt der Musik und hat seine Augen geöffnet.

»Wo ist Frank?«, frage ich ihn.

»Ficken!«, ruft er gegen den Bass an. »Im Darkroom, denke ich.«

»Ich will weiter. Hier ist es langweilig, und die Leute sind nur Idioten. Lasst uns auf den Kiez fahren!«

»Von mir aus gerne. Du musst nur Frank finden.«

»Geh du«, bitte ich. »Das muss ich jetzt nicht haben.«

Pete grinst und verschwindet in Richtung der Spielzone. Ich gehe wieder zurück an die Bar. Tom und sein Bremer haben sich in eine Ecke verzogen und sind bereits im Nahkampf.

Ich überlege, ob ich mir noch ein Bier bestellen soll, als Pete mit Frank im Schlepptau auftaucht. »Wir können gehen«, triumphiert er. »Habe ihn im Darkroom gefunden.«

»Musstest du ihn irgendwo rausziehen?«, frage ich. Dabei will ich die Antwort gar nicht wissen.

Frank schlüpft lachend in sein schwarzes Tanktop. »Wohin wollen wir? Und wie viel Uhr ist es überhaupt?«

»Es ist drei«, meint Pete. »Wir könnten ins ›EDK‹. Da wird zwar auch noch nicht viel los sein, aber toter als das hier kann es kaum werden.«

Wir holen unsere Jacken und fangen uns vor dem Eingang ein Taxi. Pete setzt sich nach vorne, Frank und ich gehen nach hinten. Frank lässt seinen Kopf auf meine Schulter fallen, und ich lege meinen Arm um ihn und massiere seinen Nacken. Warum können wir nicht einfach nach Hause?

»Alles gut?«, frage ich. »Oder zu viele Drogen?«

»Viel zu viele!«, schnurrt er und schließt die Augen. »Ich habe schon vergessen, wie diese Geburtstagsparty war.«

»Du hast meine Verabredung angebaggert. Eifersüchtig gewesen?«

»Das hättest du wohl gern.« Er grinst mich an und fügt hinzu: »Aber vielleicht ja doch.« Seine Hand streicht über mein Bein. »Teilt sich jemand mit mir noch eine Ecstasy?«, fragt er. »Sonst schlafe ich ein. Und kann mir jemand erzählen, was ich eben im ›Slut‹ gemacht habe? Und mit wem?«

»Dich kann man nicht unbeaufsichtigt lassen«, stelle ich fest. »Hattest du denn ihn oder hatte er dich?«

Pete dreht sich zu ihm um. »Hast du überhaupt gefickt? Es sah ehrlich gesagt nicht so aus, als ich dich gefunden habe: Da lehntest du nur an der Wand mit heruntergelassener Hose. Und zwar allein.«

»Klar habe ich gefickt. Das wäre ja sonst ein vergeudeter Abend.« Der Druck von Franks Hand auf meinem Oberschenkel verstärkt sich. Das weiß ich zu deuten: Er hatte bisher noch keinen Sex. Meine Geduld könnte sich also auszahlen.

Er grinst mich selbstsicher an. »Was ist denn jetzt mit der Pille?«

»Ich mache das schon«, sage ich und wühle in seiner Hosentasche nach der Tüte. Er brummt, als ich seinen Schwanz berühre. Am liebsten würde ich Pete an der nächsten Ecke absetzen und mit Frank zu mir fahren.

Mein Kopf senkt sich über seinen Schritt. Pete stöhnt genervt, als er Franks Seufzer hört. Der Taxifahrer räuspert sich. Wo ist mein Stolz geblieben? Was will ich von diesem Mann? Warum sagt er nicht einfach: ›Wir brauchen das alles nicht‹ – und nimmt mich in seine Arme? Warum steige ich nicht einfach aus und gehe ins Bett? Mir ist diese Person fremd, die ich gerade bin.

Dann spüre ich Frank wieder. Eine Hand streicht über mein Bein, die andere gleitet über meinen Rücken. Chance vertan. Ab hier geht es nicht mehr zurück.

In dem Tütchen sind noch zehn beigefarbene Tabletten. Ich nehme eine, zerbeiße sie in der Mitte und zwinge meine Hälfte mit etwas Speichel herunter. Dann gebe ich Frank einen Kuss und schiebe die zweite Hälfte in seinen Mund. Mit verbissenem Gesicht schluckt er.

»Ich will eine Ganze.« Pete streckt seine Hand aus. »So stark sind die ja nicht.«

Ich reiche sie ihm. Bleiben acht für die weitere Nacht. Ich verstaue die Übrigen wieder in Franks Tasche. Für den Rest der Fahrt lasse ich meine Hand dort.

Die Türsteherin des ›EDK‹ begrüßt uns überschwänglich mit Küsschen rechts und links. Sie drückt jedem von uns zwei Bons für Kurze in die Hand, Eintritt zahlen wir keinen.

Das ›EDK‹ ist ein winziger Club, gerade so groß wie ein Wohnzimmer. Die Wände sind in bunten Streifen gestrichen, in den Ecken schachteln sich abgewetzte Sitzgelegenheiten. Die Tanzfläche nimmt die Mitte des Raums ein: maximal neun Quadratmeter. Ich war in Darkrooms, die größer sind. Aber in denen wird schlechtere Musik gespielt. Der DJ erkennt uns und prostet uns mit Mineralwasser zu. Hinter ihm sind Engelsflügel aufgehängt. Wenn man auf der Tanzfläche steht, sieht es aus, als würde ein Cherubin auflegen.

Der Laden ist gut gefüllt. An einer Wand lehnt Maurizio. Ich erkenne ein paar der Gesichter als Stammgäste, aber die Pille verzerrt bereits meine Wahrnehmung. Es ist auch nicht wichtig, was um mich herum passiert.

»Soll ich deine Jacke abgeben?«, frage ich Frank.

»Mach mal, Kleiner!«, antwortet er, ebenfalls ziemlich abwesend. »Ich warte auf dich auf der Tanzfläche.«

Pete wartet an der Garderobe und nimmt meine und Franks Sachen entgegen. »Ich bewahre die Marken auf«, schlägt er vor. »Und denkt daran, dass wir nur zusammen hier rausgehen. Wer nicht gerade abhebt und fliegt, passt auf die anderen auf!«

»Wie immer«, nuschle ich und schwanke auf die Tanzfläche zu Frank. Die Musik hüllt mich ein und wird einzige Realität. Meine Beine und Arme bewegen sich von alleine. Irgendwann zieht mir jemand das T-Shirt aus und drückt seinen schweißnassen Oberkörper an mich. Eng umschlungen tanzen wir weiter.

Als meine Wahrnehmung zurückkehrt, sitze ich auf dem Sofa im Chillout-Raum des ›Topas‹. Hatte ich mir nicht vorgenommen, heute nicht im After Hour Club zu enden? Das ›Topas‹ ist das Königreich der abgestürzten Nachtschwärmer, regiert von einer alten Transe, die alle nur ehrfürchtig die Chefin nennen. Ich habe keine Ahnung, wie ich hierher gekommen bin. Im Hintergrund höre ich die Bässe von der Tanzfläche nebenan. Die Wände, die Decke und der Fußboden sind dunkelrot. Die Farbe beruhigt meine Augen. Der süßliche Geruch von verschüttetem Sekt hängt in der Luft und von der Bar höre ich die keifende Stimme der Chefin, aber ich verstehe ihre Worte nicht.

Ich spüre etwas Hartes auf meinem Schoß: Pete liegt schlafend auf mir und ich kraule mit der einen Hand seinen Kopf und mit der anderen spiele ich an seinem Brustwarzen-Piercing.

Mir gegenüber pennen drei Mädels auf einem Sessel. Daneben stehen zwei Typen und schauen zu mir herüber. Ich brauche eine Minute, um zu erkennen, dass einer der beiden Frank ist. Er bemerkt, dass ich wieder klar werde und kommt mit einer großen Flasche Wasser in der Hand herüber.

»Was für ein Bild!«, sagt er säuerlich und deutet auf Pete. »Niedlich. Ihr passt ja ganz prima zusammen.« Er gibt mir die Flasche. »Trink was. Du bist bestimmt völlig ausgetrocknet.«

Er ist also doch eifersüchtig. Auf mich und Pete. Ich lehne mich zufrieden zurück.

»Wie spät ist es denn und was haben wir seit dem ›EDK‹ gemacht?« Ich kippe die Hälfte der Flasche in einem Zug in mich hinein. »Ich kann mich nur noch erinnern, dass ich in einer Ecke mit jemandem tanzte. Aber ich weiß nicht mehr, mit wem und wie lange.«

Frank lässt sich neben mich fallen. »Das war erst ich, dann Pete. Und in der Zwischenzeit waren wir noch im ›Glam‹. Aber daran erinnere ich mich auch kaum mehr. Es ist jetzt zehn Uhr morgens und wir haben keine einzige Pille mehr.«

Ich stöhne auf. »Haben wir die alle genommen?«

Kompletter Filmriss. Mein Kopf schmerzt. Meine Nieren ziehen. Wäre mir nicht schlecht, ich müsste dringend etwas essen.

»Sieht wohl so aus«, meint Frank.

Pete kommt stöhnend zu sich und räkelt sich auf meinem Schoß. Ich gebe ihm den Rest des Wassers und dann wühle ich in meinen Taschen. Erleichtert finde ich das Koks und sogar etwas Geld. Ich drücke Frank das Briefchen in die Hand.

»Frühstück?«, fragt er.

»Ja«, sage ich. Mir ist schwindelig. »Leg doch mal aus dem Rest drei Lines. Und mach es hier, es ist so dunkel, das sieht keiner. Ich schaffe es nicht bis zum Klo.« Und zu Pete meine ich: »Wir kriegen dich gleich wach. Bleib ruhig liegen!«

»Wie sind wir ins ›Topas‹ gekommen?«, murmelt er schläfrig.

»Ja, wir wollen nicht, aber enden doch jedes Mal hier«, sagt Frank und verteilt die letzten Reste Kokain auf der Sofalehne und wirft das leere Briefchen auf den Boden. Er gibt Pete einen zusammengerollten Schein in die Hand. »Du musst dich nur rumdrehen, und dann liegt es direkt vor dir.«

Pete wälzt sich auf meinem Schoß und liegt schließlich auf dem Bauch, mit der Brust auf meinen Beinen und mit dem Kopf direkt über den Drogen. Er zieht eine Line, dann nehmen Frank und ich die beiden anderen.

Mir fällt ein, dass ich später noch arbeiten muss.

»Um 14 Uhr habe ich einen Kunden«, sage ich schniefend. »Ich glaube, ich muss ein paar Stunden schlafen.«

Ich lege Frank meine Hand auf die Schulter. »Kommst du mit?«, frage ich.

Er schüttelt den Kopf. »Ich kann nicht.«

»Wie meinst du das?«, Ich bin schlagartig klar.

»Ich bleibe bei Maurizio. Wir feiern seinen neuen Job.« Er deutet auf den Typ, der immer noch gegenüber steht und zu uns hersieht. Jetzt erst erkenne ich ihn: Der kleine hässliche Vogel war nach dem ›EDK‹ auch hier gelandet. Wer hat den denn hier reingelassen? »Er hat eben ein paar Pillen gekauft und wir legen jetzt noch ein oder zwei Runden nach. Der Tag ist sowieso verloren.«

Frank streicht mir über den Kopf. Ich schlucke. Nur nicht heulen, Marc. Auf keinen Fall darfst du bedürftig und schwach erscheinen, sage ich mir. Sonst verlierst du ihn garantiert.

Er zwinkert mir zu und geht zu seiner neuen Errungenschaft. Maurizio grinst zu uns rüber. Er hakt seine Hand in eine von Franks Gürtelschlaufen.

Mein Mund schmeckt bitter. Als sie sich küssen, krampft sich mein Magen zusammen, und ich muss würgen.

»Wer hat die Garderobenmarken?«, presse ich hervor.

»Ich.« Pete dreht sich auf den Rücken. Er gibt mir einen Papierfetzen und sieht mitleidvoll zu mir hinauf. Er zieht meinen Kopf herunter und gibt mir einen Kuss. »Mir war von Anfang an klar, dass aus euch nichts werden würde.«

Ich fühle mich leer. Ausgekotzt. Schmutzig. Benutzt. Dumm.

»Dann werde ich jetzt wohl alleine gehen«, sage ich. »Ich nehme an, du bleibst?«

Pete nickt. Er richtet sich von meinem Schoß auf. »Ist alles in Ordnung?«

Was für eine blöde Frage. Wie sieht es denn aus? Mir geht es beschissen. Wortlos stehe ich auf. Meine Knie zittern.

Jetzt nur nicht hinfallen!

Vorsichtig setze ich die Füße voreinander. Meine Beine sind kraftlos. Bei den ersten Schritten schwanke ich. Erst als ich mir eine gerade Linie auf dem Boden vorstelle, der ich folgen kann, laufe ich stabil. Fürs Gleichgewicht strecke ich die Arme rechts und links aus. Ich gebe einen jämmerlichen Anblick ab. Klar, dass mich keiner haben will. Ich würde mich auch nicht wollen.

Ohne mich noch einmal umzudrehen, balanciere ich zur Garderobe.

Die Chefin persönlich reicht mir meine Sachen. »Du musst dir zu Hause eine Gemüsebrühe machen«, rät sie besorgt. »Dein Körper braucht jetzt Salze und Mineralien.«

Wie in Zeitlupe ziehe ich die Jacke über und werfe dabei beinahe den Sektkühler mit den Streichholzschachteln vom Tresen.

»Wohnst du in der Nähe?«

Ich nicke.

»Geh schon mal vor. Ich sage Stefan, dass er dich nach Hause bringen soll.«

»Das schaffe ich allein«, murmle ich und drehe mich einmal um die eigene Achse. Ich weiß nicht mehr, in welche Richtung ich gehen muss.

Jemand hakt mich unter und führt mich zum Ausgang. Vor der Tür stehe ich einen Moment orientierungslos in der blendenden Sonne. Die frische Luft tut gut.

»Besser?«, fragt eine tiefe Stimme. Ich schaue mir meinen Helfer an. Es ist der brutale Typ aus der Toilette im ›Slut‹. Er hält mich fest, als ich mich loswinden will.

»Alles gut. Ich tu dir nichts. Die Chefin sagt, du wohnst um die Ecke. Also bringe ich dich jetzt da hin.« Er lacht. »Du musst mir aber sagen, welche Richtung.«

Ich deute die Straße hinunter.

»Ist es weit?«

Ich schüttle den Kopf.

»Soll ich dich noch ficken?«

Langsam setze ich einen Fuß vor den anderen.

JOCHEN: ALKOHOLFREIES

Als ob es nicht schlimm genug ist, den Tag mit einem Arztbesuch beginnen zu müssen, quillt auch noch das Wartezimmer über. Zwei Patienten stehen sogar im Flur und blättern gelangweilt in uralten Ausgaben von *MAX* und *GQ*. Auf meine Frage, ob es denn lange dauern würde, ich hätte doch einen Termin, verzieht die grauhaarige Sprechstundenhilfe ihre überschminkten Lippen zu einem hilflosen Lächeln. Dämliche Kuh. Ich mache ihr schöne Augen und lobe ihr Parfüm. Sie blickt verlegen in den großen Kalender vor ihr.

»Sie sind dann der Nächste, Herr Wagner“, sagt sie.

Mein Charme war schon immer meine beste Waffe.

Ich greife mir also eine *Runner's World* von vor drei Monaten und setze mich zwischen zwei ältere Damen zwischen fünfzig und sechzig, die offenbar ihre quietschbunten Klamotten in der Kinderabteilung von H&M kaufen, und einen Mittzwanziger im Punk-Outfit, der genauso ranzig aussieht, wie ich mir die autonomen Steinewerfer aus dem Schanzenviertel vorstelle.

Weswegen sind die wohl hier? Verdauungsprobleme? Schlafprobleme? Geschlechtskrankheiten?

Zumindest röchelt oder hustet niemand um mich herum. Eine Erkältung ist das Letzte, das ich jetzt kriegen möchte.

Krank zu sein, geht gar nicht. Diese Haltung habe ich von meinem alten Herrn. Mein Vater bläute mir ein, dass Männer nicht leiden. Niemals. Ich solle mich nicht so anstellen, was denn die Mädels von mir denken sollten? Die hielten mich doch sonst für einen Schwulen. Und dann ließ er mich noch zwei Runden auf der Aschenbahn laufen. Sommer und Winter. Heute nennen mich Freunde scherzhaft ›den Langstreckenläufer‹. Mein alter Herr würde nicht glauben, dass ich in meinem Leben bereits vierzehn Mal einen Marathon absolviert habe. Eigentlich ein Wunder, dass ich nach seinem Tod die Laufschuhe nicht verbrannt habe. Oder auch nicht. Vielleicht ist das eine ganz typische Reaktion: nachträglich den Stolz des Übervaters befriedigen? Ich werde meinen Therapeuten fragen.

Es ist zwei Jahre her seit meinem letzten Wettkampf, aber es kribbelt schon beim Gedanken daran in meinen Beinen. Oh, ich werde den Pennern zeigen, dass ich es immer noch draufhabe. Dass mich ein paar Schicksalsschläge nicht in die Knie zwingen können.

»Dr. Behrens erwartet Sie jetzt«, ruft die Sprechstundenhilfe. Ich zwinkere ihr zu, als ich an ihr vorbeigehe. Der Punk lässt verwundert seine Zeitschrift sinken und schaut erst auf seine Uhr und dann zu mir. Als mein Blick seinen trifft, verzieht sich sein Mund zu einem Lächeln. Nicht einmal die Schwulen können mir widerstehen.

Der Doc wirkt heute mitgenommen. Er begrüßt mich langsam und tonlos. Seine grauen Stoppelhaare sind stumpf und müssten mal wieder rasiert werden. Er kann seine Augen nur schwer offenhalten, und seine Mundwinkel hängen schlapp wie der Kragen seines weißen Polo-Shirts nach unten. Ein gewaltiger Knutschfleck am Hals ist nur zum Teil verdeckt, und ich meine, durch den hellen, transparenten Stoff sehen zu können, dass seine Brustwarzen geschwollen sind. Hat da etwa wieder jemand ein hartes Wochenende voll schmutziger Spiele verlebt?

Wie das Sprichwort sagt: *It needs one to know one.* Du musst einer von ihnen sein, um einen zu erkennen. Dr. Henk Behrens und ich teilen eine Leidenschaft: die Privatpartys im ›Club de Sade‹. Das ist ein Klassiker der SM-Szene: Fetisch, Lack und Leder. Klinik und Militär. Bondage und Spanking. Sklaven und Herrinnen. Atemkontrolle und Wachsbehandlung. Jeder mit jedem und alle übereinander: Sados, Masos, Swinger, Heteros, Homos und die dazwischen.

Aber ich bin im Vorteil: Ich weiß, was er dort tut, und er hat keine Ahnung, dass ich das weiß und was ich dort tue. Informationen sind die Währung des 21. Jahrhunderts, sie bedeuten Macht.

»Die Blutwerte sind wie erwartet«, sagt er und reicht mir einen Zettel über den Schreibtisch. »Die HCV-RNA ist negativ, obwohl Sie positiv auf die Antikörper getestet wurden.«

»Und was bedeutet das?« Ich will es eigentlich gar nicht wissen, wenn ich ehrlich bin. Ich sinke tiefer in meinen Stuhl. Hinter dem Doc hängt ein *GEO*-Wandkalender vom vergangenen Jahr. Das aufgeschlagene Motiv zeigt eine Luftaufnahme eines bunten Feldes irgendwo in Asien, eine unruhige, überdimensionale Patchworkdecke. Ich mag Dinge, die nicht in geordneten Bahnen verlaufen. Schachbrettmuster machen mich nervös.

Er bemerkt meinen Blick und dreht sich um. Wahrscheinlich sieht er jetzt zum ersten Mal, dass bereits ein Jahr vergangen ist, seitdem er den Kalender zuletzt beachtet hat.

»Das sind auf alle Fälle gute Nachrichten«, meint er und sieht mich wieder an. »Die Hepatitis C ist wahrscheinlich ausgeheilt. Das Ergebnis sagt ziemlich eindeutig, dass es einen Kontakt zu dem HCV-Virus gegeben hat, aber dass die Infektion nun weg ist. Wir können die Medikamente also absetzen.«

Ich schließe die Augen und genieße das Lächeln, das sich auf meinem Gesicht ausbreitet. Endlich keine Pillen mehr. Ein Stück Freiheit ist zurückerobert.

»Allerdings muss der Nachweis der Virus-RNA mindestens zweimal negativ ausfallen, um absolut sicher zu sein«, redet der Doc weiter. »Wir werden daher innerhalb der nächsten zehn Monate noch weitere Kontrollen durchführen. Das ist also keine Absolution, aber sicher eine Entwarnung.«

»Wie lange gilt das Alkoholverbot?«, frage ich. »Ich würde töten für ein echtes Bier.«

Er lacht kurz auf.

»Nach Ende der Interferontherapie noch eine ganze Weile. Sie können die Messer noch nicht wetzen.« Er beugt sich zu mir und fragt: »Fällt es Ihnen so schwer, beim alkoholfreien Bier zu bleiben? Ich schmecke wirklich keinen Unterschied.«

Ich seufze. Der Mann hat keine Ahnung von Bier.

»Bier ohne Drehungen ist wie Sex mit Kondom«, sage ich und erhebe mich. »Kann ich den Zettel mit den Werten mitnehmen? Den würde ich gerne in mein Tagebuch kleben. Sozusagen als Erinnerung.«

Der Doc nimmt mir das Papier ab und geht in Richtung Tür. »Natürlich, ich lasse nur für meine Akten schnell eine Kopie machen.«

Dann dreht er sich noch mal um. »Sie meinten das doch eben im Scherz, oder? Sie würden nicht ungeschützt Verkehr haben? Die Wahrscheinlichkeit der Infektion ist bei Hepatitis C nicht wahnsinnig groß, aber sie besteht. Da tragen Sie durchaus eine Verantwortung.«

Eine Safer-Sex-Predigt fehlt mir gerade noch. Aber das ist zu erwarten, wenn man zu einem Arzt auf St. Pauli geht. Wahrscheinlich wird hier jeder Arzt zum Spezialisten für Geschlechtskrankheiten: mitten im Krisengebiet, direkt auf der Reeperbahn.

»Die vielen Nebenwirkungen werden dann jetzt also nachlassen?«, wechsle ich das Thema.

»Wenn wir Interferon absetzen, sollten Appetitlosigkeit, Übelkeit und Durchfall rasch aufhören. Es dauert aber sicher eine Weile, bis sich die trockene Haut wieder erholt.« Er geht an den Wandschrank und nimmt eine Tube heraus: »Nehmen Sie die für die Hände und die wunden Stellen. Sie sagten, Sie betreiben Marathon und Triathlon? Dann warten Sie bitte noch zwei Wochen mit dem Schwimmen. Das Chlor wäre zu aggressiv.«

Ich nehme die Creme und verabschiede mich mit einem Händedruck. »Bis zum nächsten Mal«, sage ich. »Entweder in einer Woche hier oder am Wochenende im ›Club de Sade‹.« Am liebsten würde ich ihn noch in die Brust kneifen, bis er um mehr wimmert. Kleine Jungs zu dominieren, fällt mir bei meiner Größe und meinem trainierten Körper nicht schwer. Dieser muskulöse Grauhaarige wäre eine interessante Herausforderung.

Er verzieht keine Miene, aber in seinen Augen blitzt Panik. Und Lust. Er würde nicht Nein sagen zu mir. So mag ich das. Federleicht gehe ich zu seiner Sprechstundenhilfe und flirte noch ein wenig, während ich auf meine Kopie warte.

Der Arztbesuch hat mir Appetit gemacht. Da ich schon auf dem Kiez bin, will ich zum Mittagessen mal wieder im ›Louis' Deli‹ vorbeischauen, das ist die St. Pauli-Version eines amerikanischen Diner. Dort gibt es leckere Sandwiches und kleine gesunde Gerichte. Und natürlich Kaffee in allen Varianten: Espresso, Latte macchiato, mit und ohne Sirup, mit und ohne Koffein, zum Gehen oder Hiertrinken. Ein Überbleibsel der New-Economy-Blase, als Marketing-Spezialisten ohne Pappbecher mit Caffè Latte nicht aus der Mittagspause kommen durften. Ich kann mich gut daran erinnern. Ich war einmal einer von ihnen.

Viel ist mir von meinem früheren Leben nicht geblieben, aber auf meine E-Mails kann ich nicht länger als ein paar Stunden verzichten. Auf dem Weg von der Reeperbahn zum Neuen Pferdemarkt kehre ich in einem Internet-Shop ein – vielleicht sind ja ein paar Jobangebote eingetroffen. Oder eine Nachricht von meiner neuen Internet-Freundin Busenwunder. Die erfreulichen Neuigkeiten beim Doc sollten gefeiert werden.

Der türkische Telefon- und Internet-Laden ist schäbig, aber billig: sechzig Minuten für zwei Euro. Dafür sitzt man dann an klapprigen Dell-Rechnern von vor der Jahrtausendwende. Ein paar Russen diskutieren draußen mit dem Besitzer, einem aufgeregten Türken, über irgendetwas, zu laut, als dass es nur um die Handy-Modelle im Fenster gehen kann. Ob solche Läden Schutzgelder bezahlen müssen? Der Schwarze sieht jedenfalls eingeschüchtert aus, während die Anzugträger grimmig um ihn herum stehen. Türken gegen Russen, Polen gegen Deutsche, Neureiche gegen Altarme: Alles rund um die Reeperbahn ist ein Kriegsschauplatz. Der Kiez ist kein großes Bordell, wie manche denken.

Ich drängle mich durch und setze mich gleich an den ersten freien Computer an der Tür. Der Stuhl ist durchgesessen und das gelbe Polster hat dunkle Flecken. Als hätten auf ihm Generationen von blasenschwachen Rentnern die Weiten des Internets nach billigen Einwegwindeln durchsucht. Leise wabern Songs von *Schiller* aus dem Ghetto-Blaster auf dem Tresen und nerven. Mit solch hochgeistiger Musik kann ich nichts anfangen, ich bevorzuge ehrlichen Rock oder harte elektronische Musik.

Ich gebe meine E-Mail-Adresse und mein Passwort ein. In der Inbox sehe ich eine Nachricht von Jobpilot und eine von Job24. Vielleicht ist heute mein Glückstag und ich finde auch noch meinen Traumjob? Aber die Mail von Jobpilot hat nur ein Computer geschrieben: »Wir haben kein Angebot gefunden, das auf Ihr Suchprofil passt«, steht da. »Wenn Sie Ihre Kriterien allgemeiner fassen, erhalten Sie mehr Ergebnisse.«

Klasse, welch eine Verarschung! In den vergangenen Wochen habe ich mein Profil bereits von »Erfahrener Diplomkaufmann freut sich über neue Herausforderung bei Hamburger mittelständischem Unternehmen« reduziert auf »Suche Stelle in Hamburg«. Aber nicht einmal so gibt es hier irgendwelche Jobs für mich. »Kriterien allgemeiner fassen ...«

Quatsch! Nicht die Suchparameter müssen neu konfiguriert werden: Die wollen, dass ich meine Ansprüche ändere.

Klar, ich könnte beispielsweise den Suchradius vergrößern: warum nicht gleich deutschlandweit? Ich habe gehört, in München würde es im Moment für Leute wie mich mit gescheiterter Dotcom-Karriere besser aussehen. Die Branche ist zwar wohl auch dort nach dem großen Hype zu einem Häufchen Elend verkommen, aber sie liegt nicht so am Boden wie in der angeblichen Medien-Hochburg Hamburg. Hier hatten die New-Economy-Firmen auf Inhalte gesetzt, dort auf Verkauf von Produkten. Keine Frage, wer heute finanziell besser dasteht: Das ist der Online-Buchversand und nicht der literarische Salon im Internet mit seinen schöngeistigen Buchrezensionen.

Die Mail von Job24 hat zumindest eine Stelle im Angebot: Executive Director einer nicht genannten Firma bei Reinbek. Zu schön, um wahr zu sein. Und mein Instinkt trügt nicht: Das angehängte PDF verrät, dass es sich bei dem angeblichen Job nur um ein Lockangebot einer Zeitarbeitsfirma handelt. Von einem Foto lächelt gequält natürlich ein dynamischer Anzugträger. Er sitzt an einem Designer-Schreibtisch und telefoniert mit Head-Set. Darunter steht sein Zitat: »Ich habe mit Zeitarbeit begonnen und schon nach drei Monaten hatte ich wieder eine feste Anstellung!« Natürlich ist das frech gelogen. Der abgebildete angebliche Arbeitnehmer ist in Wahrheit ein gut gebuchtes Modell mit einem Tagessatz von mindestens tausend Euro – ohne Spesen.

Tausend Euro. Das wollte meine Exfrau Jessica jeden Monat von mir.

»Und woher genau soll ich die nehmen?«, fragte ich.

»Von deiner Abfindung. Diese Internetseite wirft doch genug Geld ab.«

»Meine Mitgesellschafter haben mich rausgeworfen. Ich muss um jeden Cent klagen. Das kann sich über Jahre hinziehen.«

»Dann ist doch gut, wenn wir uns außergerichtlich einigen«, schlug sie lächelnd vor. »Oder willst du zwei Verfahren gleichzeitig austragen?«

»Ich habe aber kein Geld!«

»Dann leih dir etwas. Oder verkauf deinen Wagen. Den brauchst du sowieso nicht mehr. Du bewegst dich doch außerhalb St. Paulis gar nicht.«

»Ich werde doch für dich nicht das Auto verkaufen«, protestierte ich.

Aber Jessica versteht die Bedeutung des Wortes *Nein* nicht. Und sie ist nachtragend. »Wer hat unsere Ehe kaputtgemacht?«, fragte sie eisig.

»Ich.«

»Und wie?«

»Ich habe dich betrogen.«

Wenn Blicke töten könnten, ich wäre in diesem Moment zu Staub zerfallen. Diese Antwort reichte ihr nicht. Wenn nicht tot, wollte sie mich wenigstens im Staub vor ihr sehen. Zu ihren Füßen sollte ich kriechen und um Vergebung winseln.

»Betrogen?«, rief sie verächtlich. »Jochen, du hast hinter meinem Rücken jahrelang auf irgendwelchen SM-Partys rumgefickt. Du hast dir eine Hepatitis geholt bei irgendwelchen Praktiken, die ich mir nicht einmal vorstellen möchte. Du hast mich gedemütigt. Du hast mich wie den letzten Dreck behandelt. Aber nicht mit mir! So kannst du mit diesen Flittchen umgehen, die dir Nadeln durch deinen Sack stechen. Und wenn du die bezahlen kannst, dann kannst du auch deine Exfrau bezahlen!«

»Ich habe niemals bezahlt«, wetterte ich. »Das habe ich nämlich nicht nötig.«

»Das wirst du noch. Nämlich für mich. Allein dein Gesundheitszustand reicht für eine Anzeige wegen fahrlässiger Körperverletzung. Tausend Euro im Monat sind mein letztes Wort. Nimm den Deal besser an. Du fährst damit besser als mit einem weiteren Gerichtsverfahren.«

Also verkaufte ich den Jaguar. Natürlich weit unter Wert. Aber was sollte ich sonst machen? Von Hartz IV leben?

Der Streit mit meinen ehemaligen Mitgesellschaftern wird so schnell nicht beendet sein, schließlich verlange ich ein Drittel des Firmenwertes. Eigentlich viel zu wenig. Schließlich habe ich den Laden aufgebaut: Pic-a-date.com. Eine kostenpflichtige Dating-Site mit über fünftausend zahlenden Mitgliedern. Alles habe ich entwickelt: die Idee, den Namen, die IT-Architektur, das Marketing und die Nutzerdatenbank. Von den anderen stammt nur das Startkapital. Ich werde nicht zusehen, wie sie damit reich werden. Vorher lasse ich den ganzen Laden hochgehen.

Ich könnte das tun.
Ich habe immer noch Zugriff auf den Server.
Ich kann alle ihre Daten sehen.
Wenn ich wollte, könnte ich alle Mitglieder löschen. Oder die Männer zu Frauen machen. Oder die Gebühren auf ein Konto des Inselstaates Tuvalu überweisen. Dazu bräuchte ich nur ein Programm einzuspielen. Danni würde sich vielleicht wundern. Mein Schulkamerad aus Buchholz, der mich aus meiner eigenen Firma drängte. Aber das bleibt als letzter Ausweg. Ich nutze meine Möglichkeiten lieber anders.
Noch fünfzig Minuten Online-Zeit übrig. Ich melde mein Mail-Account ab und rufe Pic-a-date.com auf. Keine neuen Nachrichten für mein Profil Pacman_HH. Keine Verehrerin, keine neue, keine alte. Ich klicke das Gästebuch an, in dem aufgeführt wird, wer sich zuletzt für mein Profil interessierte. Jawoll! Der heutige Tag scheint es gut mit mir zu meinen. Der letzte Eintrag ist tatsächlich von meinem zuckersüßen Busenwunder. Neben ihrem Namen steht in Klammern Datum und Zeit, wann sie das letzte Mal mein Profil angesehen hat: heute Morgen um sieben Uhr.
Sie dachte gleich nach dem Aufstehen an mich.
Aber sie hat mir nicht geschrieben.
Sie ziert sich.
Gut. Das macht die Jagd spannend.
Ich wähle mich als Pacman_HH ab und melde mich gleich darauf erneut an – diesmal aber unter meinem Zweit-Namen Triathlet_HH. Aber auch er hat keine Nachricht von Busenwunder erhalten.
Dabei hat sie ihm vor zwei Tagen noch eine Mail geschickt, dass sie ihn ja so gerne kennenlernen würde: »Du scheinst ein Netter zu sein. Will dich unbedingt bald treffen!«
»Sehr gerne. Jederzeit!«, antwortete ich und seitdem blieb sie stumm.
Enttäuscht melde ich mich ab.

Im ›Louis' Deli‹ ist nichts los. Noch nicht. Denn der Ansturm aus den Bürogebäuden der Umgebung zum Mittagstisch wird jeden Moment beginnen und den Laden zum Überquellen bringen.

Ich nehme mir eine Cola aus dem Kühlschrank und bestelle das Fischgericht von der Tageskarte: Seelachsfilet auf Kartoffeln mit Käse überbacken. Ich steuere auf meinen Lieblingsplatz am Fenster zu. Aber da hockt Marc, dieser Fitnesstrainer, auch ein Stammgast, und rührt müde in seinem Milchkaffee. Ich kenne ihn von seinen Werbepostkarten, auf denen er lächelnd behauptet: »Ich bringe Sie in Bestform!«

Ich wollte mir von ihm sogar schon ein paar Tipps geben lassen, aber zum einen kann ich mir im Moment keinen Trainer leisten, und zum anderen macht er aus der Nähe betrachtet keinen vertrauenerweckenden Eindruck: Ich habe ihn zum Beispiel rauchen sehen, was ein guter Fitnesstrainer niemals tun würde, und dann läuft er ständig in schmuddeligen Adidashosen herum, die vom vielen Waschen und Trocknen an den Nähten auseinanderfallen. Da nutzen die besten Versprechungen auf einem Flyer nichts.

Ich setze mich also nicht ans Fenster, sondern suche mir am entgegengesetzten Ende des Lokals einen Bistrotisch. Der Chef dekoriert in der offenen Küche Teller mit Salatblättern und Cocktailtomaten. Als er mich erkennt, nickt er mir freundlich zu. Ich schenke ihm ein Lächeln.

Mir ist langweilig und ich ziehe mein Telefon heraus. »Wollen wir heute an der Elbe joggen?«, tippe ich an Christian, meinen treuen Trainingspartner. Seine Antwort folgt prompt: »Gerne. Passt dir um 19 Uhr?«

»Geht auch früher?«, schreibe ich zurück. »Therapie.«

Pling! »Auch gut. Dann wie immer vorm ›Alten Elbtunnel‹. Bis später!« Christian beweist erneut, dass unkompliziert und flexibel definitiv männliche Attribute sind.

»Hier ist der Seelachs!« Louis stellt einen randvollen Teller vor mir ab. Liebevolle *Nouvelle Cuisine* sieht anders aus. »Lass ihn dir schmecken. Er sollte ohne Gräten sein, aber besser, du passt dennoch auf.«

»Danke. Für jede, die ich finde, will ich einen Kaffee aufs Haus«, schlage ich vor.

Er lacht. »Das würde mich ruinieren. Keine Chance! Maximal für jede fünfte!«

»Einverstanden. Das ist ein Deal.«

Ich mache mich hungrig über das Essen her. Der Fisch ist etwas trocken, schmeckt aber klasse. Auf alle Fälle erheblich besser als das Seelachsfilet aus der Tiefkühltruhe von Lidl, das ich mir zu Hause in der Mikrowelle warm mache.

Und tatsächlich: Wie bestellt finde ich nach drei Bissen schon zwei Gräten. Der Freikaffee ist in greifbarer Nähe. Ich durchforsche mit der Zunge in meinem Mund gerade ein Stück nach weiteren, als die Türe aufgeht und eine Frau mit einem Stapel Zeitschriften das Lokal betritt.

Ich vergesse zu kauen. Mein Mund steht offen. Von allen Cafés dieser Stadt sucht sie sich ausgerechnet das ›Louis' Deli‹ aus: Busenwunder! Ich erkenne sie sofort: die langen Haare, die freche spitze Nase und die vollen geschwungenen Lippen. Und ihr Name hält auch der Prüfung in der Wirklichkeit stand. Sie ist wirklich süß. Das ist der einzige Unterschied: Auf den Bildern im Internet wirkt sie beinahe kühl und unnahbar. In der realen Welt ist sie ein atemberaubendes Vollweib. Meine Intuition hat mich nicht getäuscht, als ich sie mir ausgesucht habe.

Ich rutsche mit dem Stuhl zurück bis an die Wand, sodass ich weitgehend hinter dem Regal mit den Nudeln verschwinde. So kann ich den Raum überblicken, aber von ihr nicht gesehen werden.

Sie begrüßt den Fitnesstrainer mit einer Umarmung und einem schwungvollen Kuss auf die Wange und setzt sich neben ihn. Er robbt sich gleich an sie heran und legt seinen Arm um sie. Soweit ich das beurteilen kann, herrscht zwischen den beiden keine erotische Spannung. Sie nimmt zwar seine Hand, aber das sieht eher so aus, als wolle sie ihn trösten. Er ist garantiert schwul. So nah lässt eine Frau einen Mann nur ran, wenn er hundertprozentig ungefährlich ist.

Ich bin erleichtert. Gleichzeitig wird mir heiß. Das ist der falsche Zeitpunkt und der falsche Ort für ein Treffen. Sie soll mich nicht sehen.

»Zu viele Gräten oder schmeckt es nicht?« Ich schrecke hoch. Louis mustert mich kritisch. Mein Mund steht immer noch offen.

»Alles prima«, murmle ich mit vorgehaltener Hand. »Bis auf die Gräten. Fehlen noch drei für das versprochene Freigetränk.«

Ich schlucke den Brei aus Kartoffeln und Fisch herunter und spüle mit einem Schluck Cola nach.

»Hast du bei eurem Fitnesstrainer eigentlich jemals eine Stunde gebucht? Oder weißt du, ob er was taugt?«, frage ich und deute nach vorne. »Würde mich interessieren, ob er sein Geld wert ist.«

Louis schüttelt den Kopf. »Keine Ahnung. Ich weiß von zwei anderen Gästen, dass sie sehr begeistert sind. Wenn du willst, mache ich euch bekannt. Vielleicht kommt er dir dann ja im Preis etwas entgegen. Fängst du wieder mit dem Marathon-Training an?«

»Ich überlege noch.« Ich bemühe mich um einen beiläufigen Tonfall: »Ist das da vorne seine Freundin? Hübsches Mädchen.«

Louis sieht mich streng an. Habe ich zu viel Interesse gezeigt?

»Ganz sicher nicht«, meint er. »Die erzählen sich gegenseitig ihre Männergeschichten.«

»Ah«, mache ich erstaunt. »Da haben sie sicher eine Menge zu bereden, sind ja beide ganz ansprechend.«

»Das sind sie.« Louis Stimme klingt belegt. Ohne einen weiteren Kommentar dreht er sich um und geht zurück in die Küche.

Zu schade, dass ich nicht hören kann, was sie sagen. Ob sie mit ihm auch über ihre Internet-Bekanntschaften spricht?

Die Spannung verursacht mir Gänsehaut. Ich reibe über meine eiskalten Unterarme, um sie zu wärmen. Am liebsten würde ich sofort aufstehen und gehen, aber auf keinen Fall käme ich von den beiden unbemerkt auch nur bis zur Tür. Ich drücke mich also weiterhin an die Wand und versuche, unsichtbar zu bleiben, bis sie endlich gehen.

Sie haben sich offenbar eine Menge zu erzählen. Es dauert eine halbe Stunde, bis sie aufbrechen.

Kaum sind sie aus der Tür, springe ich auf und zahle.

»Und?«, fragt Louis. »Wie viele Gräten waren es?«

»Nicht genug.« Ich zwinkere ihm zu.

Er grinst. »Was soll's. Ich mache dir noch einen Espresso aufs Haus.«

Mir kann einfach niemand widerstehen.

Ich beeile mich, nach Hause zu kommen. Ich will Christian nicht warten lassen. Im Treppenhaus hält mich jedoch eine wunderschöne Frau auf: Nadja, meine kleine polnische Nachbarin. Sie hält eine Aldi-Tüte, was so gar nicht zu dem teuer wirkenden schwarzen Rock und dem hochgeschlossenen Oberteil mit Gucci-Logo passt. Ich öffne den Briefkasten und hole die Telefonrechnung heraus.

»Du hattest gestern Nacht wieder viel Spaß?«, fragt sie und presst verärgert die dunkelroten Lippen zusammen. Nadja und ich hatten mal kurz eine Affäre, nachdem Jessica ausgezogen war, und ich weiß nicht, ob sie jetzt sauer auf mich ist, weil ich mit anderen Frauen poppe oder weil sie sich über den Lärm aus meinem Schlafzimmer aufregt. Klassisches Altbau-Problem: Die Wände zwischen unseren Wohnungen sind extrem dünn und so schalldurchlässig, dass man das Aufreißen der Kondomverpackung hört.

»Entschuldigung, wenn wir zu laut waren«, antworte ich reumütig und bemühe mich um mein freundlichstes Lächeln. »Ich habe mir wirklich Mühe gegeben, aber ich konnte ihr ja nicht ein Kissen auf den Kopf drücken!«

»Warum eigentlich nicht? Das wäre eine Maßnahme gewesen, die dem ganzen Haus zur Nachtruhe verholfen hätte.« Nadja streicht sich über die kurzen blonden Haare. Natürlich sieht man die Chemotherapie noch. Aber seit sie vor zwei Monaten mit der Misteltherapie begonnen hat, ist ein dünner Flaum wieder nachgewachsen. »Sag ihnen, sie sollen ihre Klappe halten, oder du gehst künftig mit zu ihnen. Dort tut ihr, was ihr wollt, und ich kann ohne Schreie, Klatschen und Quieken schlafen.«

»So schlimm war sie nicht, oder?«

»Doch. Wie in einem billigen Porno.« Sie ahmt ihre Stimme nach: »Ja, ja, ja … Uuuuh. Ja, ja, ja …«

Wir lachen beide. Auch wenn sie sich jetzt so gibt, sie ist mir nicht wirklich böse.

»Wo hast du sie abgeschleppt?«

»Im ›Albers Eck‹.«

Nadja weicht einen Schritt zurück. »Aber keine von den Mädels, die am Albers-Platz anschaffen …«, fragt sie erschrocken.

»Ich zahle nie, das weißt du doch.«

»Eines Tages wirst du. Da nutzt dir all dein Charme nichts. Du weißt, was Zuhälter mit ihren Mädels machen, wenn sie …«

»Es war wirklich keine Nutte«, lüge ich.

Nadja atmet erleichtert auf. »Dann ist gut. Die Jungs sind super gereizt. Seit die Häuser dieses Immobilienhais zwangsversteigert werden, machen sich die Russen auf dem Kiez breit. Das ist nicht die Zeit, heimlich mit ihren Mädchen rumzumachen.«

Dann war das sicher das letzte Mal. Vor einigen Jahren hat Nadja selbst angeschafft. Jetzt verkauft sie Jeans und Westernstiefel auf der Reeperbahn. Sie kennt sich aus auf dem Kiez, und sie kennt jeden. Wenn sie sagt, ich soll mich vorsehen, dann tue ich das.

Ich lege meine Hand auf ihren Arm und wechsle das Thema: »Lass uns über etwas anderes sprechen. Wie geht es dir? Wann ist die nächste Untersuchung?«

»Alles o. k.« Sie zieht ihren Arm zurück. »Kommende Woche ist wieder Termin. Jedes Mal wie eine Urteilsverkündung. Ich fühle mich klasse, aber das heißt ja nichts. Wird schon alles gut sein.«

»Hast du jemanden, der mitkommt? Wenn du magst: Ich begleite dich und halte Händchen.«

»Danke, aber ich glaube nicht, dass das nötig sein wird. Zum Aufbauen brauche ich keinen Mann, dafür habe ich Bukowski!« Bukowksi ist Nadjas Hund, ein dreijähriger Weimaraner-Rüde. Sie wischt sich übers Gesicht, als würde dort eine Spinnwebe hängen. »Und was macht dein Leiden? Darfst du dich endlich wieder betrinken?«

»Nicht, wenn ich meine Leber behalten möchte«, sage ich. »Und daran wird sich in der nächsten Zeit auch kaum etwas ändern. Ich werde bald bei *Wetten dass?* auftreten können: Der Kandidat, der die Marken aller alkoholfreien Biere am Geruch erkennt!«

Sie lacht. »Wenn du dazu eine Assistentin brauchst: Ich bin dabei. Aber ich ziehe nichts tief Ausgeschnittenes an!«

Es ist ein Reflex. Kaum spricht sie ihre Brust an, starre ich darauf. Wo sich früher zwei pralle Kugeln durch den Stoff drückten, ist nur noch eine. Ich verstehe immer noch nicht, warum sie nach der Operation das Silikon-Implantat oder was immer man da heute einsetzt ablehnte. Es sieht jetzt so unsymmetrisch, so verwirrend aus.

Nadja bemerkt meinen Blick. »Nein. Immer noch nicht. Aber ich habe in der letzten Zeit häufig über eine neue Brust nachgedacht. In drei Monaten werde ich wieder anfangen zu arbeiten. Bis dahin habe ich dann vielleicht sogar Größe B.« Nach einer kurzen Pause fügt sie hinzu: »Wenn es keinen neuen Befund gibt. Dann nämlich verkaufe ich meine Lebensversicherung, packe meinen Hund ein und ziehe auf die Caiman Islands.«

Ich grinse. Nadjas Humor ist ein Leuchtturm in der Nacht. »Darf ich mitkommen? Dort kann man prima Porno-Internetcompanys gründen und dumme Nutzer mit Dialern und schlechten Hardcore-Bildern abzocken. Statt teuren Models lichten wir uns dann selbst ab, und wer weiß, vielleicht gibt es sogar einen Markt für solche Typen wie uns: er gelb wie ein Postkasten und sie mit nur einer Titte. Womöglich werden wir damit reich und berühmt!«

Kichernd nimmt sie ihre Tüte. »Jochen, mit dir gehe ich garantiert nicht auf eine Insel. Vergiss es! Schließlich kenne ich dich und weiß, dass sich hinter der freundlichen Maske ein Ungeheuer verbirgt.« Sie strahlt mich an. »Ein nettes Monster, aber ein Monster.«

Dann beugt sie sich vor und gibt mir einen flüchtigen Kuss. »Ich muss das schnell nach oben bringen, den Hund füttern. Ciao.«

»Machs gut!«, verabschiede ich sie und beobachte ihren knackigen Po, als sie vor mir die Treppe hinaufläuft, zwei Stufen auf einmal nehmend.

Endlich joggen mit Christian. Letztes Jahr hat er sein Diplom gemacht, im Moment schreibt er an seiner Doktorarbeit. Er freut sich, wenn er nachmittags vom Schreibtisch wegkommt. Wir laufen die Landungsbrücken entlang Richtung Fischmarkt. Auf der Elbe ist Hochbetrieb: Ein Kreuzfahrtschiff wird von Schleppern in ein Dock geleitet. Es ist keines dieser riesengroßen Luxuskreuzer, für deren Eintreffen ein Volksfest in der Hafen City veranstaltet wird. Trotzdem blockieren die Touristen mit Videokameras das Ufer, um das Spektakel für die Daheimgebliebenen zu filmen. Wir weichen auf den Trampelpfad direkt am Kai aus.

»Mann, das brauchte ich«, stöhne ich. »Nachher habe ich noch eine Sitzung bei Doc Freud.«

Christian weicht neben mir einer Pfütze aus und rempelt mich dabei an.

»Sorry«, entschuldigt er sich und bemüht sich um mehr Abstand. Er zieht dabei das Lauftempo an. »Ich verstehe nicht, warum du überhaupt eine Therapie machst«, sagt er. »Du bist der normalste Mensch, den ich kenne. Klar, du hast eine schlechte Phase: Die Frau ist weg, der Job futsch ... Aber du tust doch was: Bewirbst dich, machst Sport, du trinkst nicht einmal Alkohol. Wozu also?«

»Planung«, schnaufe ich ein wenig atemlos. »Falls es mal hart auf hart kommt, kann ich sagen: Ich bin unzurechnungsfähig. Seht her: Ich war in Therapie!«

»Unzurechnungsfähig?«, wiederholt er ungläubig. Manche Menschen sind einfach zu gut für diese Welt. Christian ist einer von ihnen. Seit Jahren trainieren wir zusammen, und er hat immer noch keine Ahnung von der dunklen Seite des ›Langstreckenläufers‹.

»Fürs Arbeitsamt zum Beispiel«, erkläre ich. »Oder wegen Jessica, wenn ich wieder Geld habe und sie plötzlich die Hand noch weiter aufhält. Man weiß nie. Und wenn so was passiert, zücke ich nur lässig meine Krankengeschichte und alle sehen: Der arme Kerl ist ja in Behandlung. Der kann ja gar nichts dafür.«

»Wie vorausschauend.« Seine Stimme klingt anerkennend. »Aber ich dachte, Jessica und du, ihr hättet euch geeinigt?«

»Wer weiß, wie lange sich ihre gute Laune hält. Ich will vorbereitet sein, wenn sie auf dumme Gedanken kommt. Immerhin: Sie ist eine Frau und damit unberechenbar.«

Eine Zwanzigjährige in einem super knappen T-Shirt und ohne BH kommt uns entgegen. Mein Blick hängt sofort an ihren lecker wippenden Titten.

»Aber ohne Frauen ist das Leben für dich doch langweilig!«, lacht Christian und erhöht noch etwas das Tempo.

Ich richte mich auf, spanne die Bauchmuskeln an und versuche, das Tempo zu halten. »Da hast du Recht. Unbedingt.« Ich schnaufe. Mein Puls ist für ein ruhiges Gespräch bereits zu hoch.

»Was macht der Prozess gegen deine ehemaligen Mitgesellschafter?«, fragt er. »Habt ihr euch endlich geeinigt?«

»Nicht wirklich. Sie behaupten nach wie vor, dass pic-a-date.com keinen Profit abwirft.«

»Und das stimmt nicht?«

Der Ärger beschleunigt meinen Herzschlag weiter. »Die lügen ... diese Mistkerle ...«, keuche ich.

Christian bremst ab. »War ich zu schnell?«, fragt er besorgt. »Sag doch was.« Ich winke ab. Das bisschen Joggen bringt mich schon nicht um. Wir traben. Mein Puls beruhigt sich sofort.

»Alles wieder o. k.«, gebe ich schwer atmend Entwarnung.

»Woher weißt du eigentlich, dass sie lügen?«, fragt er.

»Ich habe den Laden schließlich gegründet, und ich kenne die Mietverträge und die Vereinbarungen mit dem technischen Dienstleister. Die meisten habe ich selbst verhandelt.«

»Das ist mir schon klar. Aber du klingst, als hättest du dort noch Spione sitzen.«

Ich grinse. »Hübsche Spioninnen, die mir aus der Hand fressen.«

Es ist nicht nötig, ihm von meinem Zugang zu erzählen, mit dem ich immer noch das ganze System beobachten kann. Und jede Adresse, jeden Kunden und jedes Passwort. Christian denkt, keine Frau könnte mir einen Gefallen abschlagen. Ich belasse es dabei.

Ich denke an Busenwunder. Sie heute Nacht wäre gut. Phänomenal wäre das.

Schweigend joggen wir weiter bis zum Augustinum in Oevelgönne, einem imposanten Bau, der mit seiner dunkel schimmernden Kuppel an eine Sternwarte erinnert. Darin verbirgt sich jedoch ein modernes Luxus-Altersheim.

»Wenn schon ein Pflegefall, dann hier drin«, sagt Christian wie jedes Mal, wenn wir an dieser Stelle die Richtung wechseln. Wäre es möglich, würde er jetzt bereits sein Zimmer reservieren.

»Spießer«, spotte ich. Wie immer. Ich werde mich erschießen, bevor mir jemand den Hintern abwischt.

»Das ist eben meine Natur: grundsolide. Wie die Steinmauern dieses Turms.« Er gibt mir einen Klaps auf die Schulter. »Wer zuerst zurück an den Landungsbrücken ist!«

Erschöpft falle ich eine halbe Stunde später in meinem Arbeitszimmer in den Schreibtischstuhl. Mein Herz rast. Es wird noch eine Weile dauern, bis ich mein altes Leistungsniveau wieder erreiche.

Ich pelle mich aus der nassen Laufkleidung. Das Lederpolster kühlt angenehm meinen nackten Hintern. Mein Schwanz richtet sich auf und reckt sich zum Schreibtisch. Eine Mischung aus Hoffnung und Vorfreude kribbelt in meinem Bauch.

Ich schalte meine beiden Notebooks an. Auf dem iBook startet pic-a-date.com. Ich melde mich als Pacman_HH an.

Jawoll! Sie ist online.

In der Favoritenliste meiner gespeicherten Freunde steht ein einziger Name: Busenwunder. Im Nachrichteneingang warten neue Mails auf mich, aber die müssen warten: Zunächst rufe ich auf dem zweiten Notebook, Jessicas altem Sony, noch einmal pic-a-date.com. Jetzt melde ich mich als Busenwunder an. »Schön dass du wieder hier bist, Busenwunder!«, begrüßt mich die Startseite. Ihr Passwort habe ich mir schon längst heimlich aus der Datenbank geladen. Meine lieben Ex-Mitgesellschafter werden sich über ihre Sicherheitslücken noch mächtig ärgern. Außerdem ist das System schmutzig programmiert.

Es lässt nämlich zu, das man sich für ein einziges Profil mit demselben Namen und Passwort gleichzeitig von verschiedenen Rechnern einwählt. Es gab noch nicht einmal einen Warnhinweis, dass man eigentlich bereits längst eingeloggt ist, wenn man das tut. Mein kleines Busenwunder hat also keine Ahnung, dass ich jede ihrer Nachrichten lese: die im Posteingang genauso wie die im Postausgang.

Aussenalster_34HH hat ihr hinterlassen: »Tolle Frau! Gibt es dich wirklich? Kann man dich auch treffen? Würde gerne mit dir einen Kaffee trinken gehen und dich kennenlernen. Melde dich doch mal, wenn du Lust hast. Lorenz.«

Hättest du mal ihr Profil genauer gelesen, Lorenz! Sie schreibt unmissverständlich, dass sie auf trainierte Kerle steht. So wie du dich präsentierst, hättest du dir die Anmache wirklich sparen können. Zu fett, zu unförmig, zu langweilig.

Das mitgeschickte Bild von Lorenz in Badehose überzeugte die anspruchsvolle Dame erwartungsgemäß nicht. Sie schickte ihm eine klare Absage: »Hi, Lorenz. Danke für deine Nachricht. Aber leider passen unsere Profile nicht zusammen. Noch viel Spaß und Erfolg hier im Netz!«

So höflich, so respektvoll. Sie ist einfach zu nett, mein Busenwunder.

Seit mittlerweile zwei Monaten kenne ich sie. Ihr Profil fiel mir wegen ihres Namens auf, klar. Busenwunder. Ich erwartete eine Schlampe auf Beutezug. Stattdessen fand ich ein verletzliches Mädchen mit Liebeskummer. Frisch getrennt und noch mitten drin im Verarbeiten der letzten Beziehung. Sie ist Anfang dreißig, der Ex war Mitte zwanzig. Das hätte ich dir vorher sagen können, dass du einen Kerl und kein Kind brauchst, Mädchen.

Ich weiß alles von ihr. Ich erfahre, mit wem sie chattet, wem sie ihre Telefonnummer gibt, und ich könnte Buch führen, mit wem sie sich wann und wo verabredet.

Ich kenne ihre Adresse, ihre Kontonummer und weiß, dass ihre Lieblingsfarbe blau ist. Ihre Lebensgeschichte reimte ich mir aus den Mails, die sie ihren Verehrern schrieb, zusammen. Wenn sie darin nicht lügt, zog sie vor fünf Jahren von München nach Hamburg, weil ihre Firma hier ein Büro aufmachte. Das gefiel ihr aber nicht und sie machte sich selbstständig. Sie führt zwei Galerien und plant, einen Klamottenladen aufzumachen. Bis vor etwa vier Monaten führte sie eine Beziehung mit einem Jungspund namens Thomas. Aber der las nur Donald Duck. Das füllt eine Vollblutfrau wie sie auf Dauer natürlich nicht aus, und so gab sie ihm nach einem gemeinsamen Trip nach New York den Laufpass. Seitdem sucht sie nach einem neuen Mann in ihrem Leben und den hofft sie, im Internet zu finden. Er soll um die dreißig sein (ist 32 in Ordnung?), groß (1,88 m!), sportlich bis sehr sportlich (Marathon sollte wohl reichen, oder?) und sexuell experimentierfreudig (oh ja!) sein. Und treu und ehrlich.

Das sind vier Richtige von fünf. Ich finde, wir passen ganz hervorragend zusammen, Busenwunder!

»Hallo schöne Frau. Ich freue mich, dich zu sehen! Wie geht es dir heute?«, schreibe ich ihr als Pacman_HH, seinen Angaben nach ein sportlicher, aber häuslicher Dreißiger, der wenig ausgeht und deshalb per Kontaktanzeige nach seiner Traumfrau sucht. Sein Bild habe ich aus einer Zeitschrift eingescannt. Das Gesicht stimmt natürlich nicht, das habe ich sowieso abgedunkelt, aber der Körper könnte wirklich gut passen. Nicht ganz so definiert wie meiner, aber sonst kriege ich zu viele Angebote von verzweifelten Frauen.

Nach wenigen Sekunden kündigt der Sony durch Klicken an, dass mein Busenwunder die Nachricht erhalten hat. Mir gefällt der Gedanke, dass sie exakt zur gleichen Zeit bei sich dieses Geräusch hört. Eine erste gemeinsame Erfahrung.

Die Antwort kommt prompt: »Danke, sehr gut. Du bist auch ständig hier, scheint mir!«

»Den Computer lasse ich beim Arbeiten im Hintergrund im Büro laufen – wenn ich nicht draußen im wahren Leben attraktive Damen zum Kaffeetrinken ausführe«, schreibe ich vom iBook zurück.

»War das die Vorbereitung einer Einladung?«

»Ganz genau. Was machst du denn heute Abend?«

»Bisher noch keine konkreten Pläne. Irgendwelche Ideen?«

Mein Jagdinstinkt ist beleidigt. Das ist viel zu einfach.

Ich öffne ein neues Browser-Fenster auf dem iBook und melde mich nun als Triathlon_HH an, ein fleißiger Ausdauersportler, für dessen Profilbild ich einen Teilnehmer des »Mann des Jahres«-Wettbewerbs von *Men's Health* genommen hatte.

»Hi, Süße!«, schreibe ich sie unter meiner Lockvogel-Identität an. »Wollten wir uns nicht bald mal sehen?«

Ich schicke zunächst diese Anfrage los und erst dann antworte ich auf ihre letzte Nachricht an Pacman_HH: »Bin offen von Kino bis Kneipe. Beides hat Vorteile: Im einen kommt man sich näher, im anderen kann man reden. Was ist dir lieber?«

»Hi, Sportler! Das wollten wir wirklich. Bist du denn spontan?«, antwortet sie unterdessen Triathlon_HH.

Gleich danach landet im Briefkasten von Pacman_HH: »Sorry, kurze Pause. Telefoniere gerade mit einer Freundin. Melde mich gleich wieder.«

So so. Sie telefoniert. Die älteste Ausrede seit Erfindung des Online-Dating. Meine Mundwinkel spannen, so breit grinse ich. Ihre freche Lüge klingt, als würde heute Abend Triathlon_HH das Rennen machen.

Ich heuchle keine Eifersucht, sondern antworte so diplomatisch wie möglich: »Mach das. Ich warte so lange, Pacman!«

Und als Triathlon_HH schreibe ich: »Ich bin sehr spontan. Was schlägst du vor?«

Gleich zwei Verehrer für einen Abend: Nun mein Busenwunder, wer wird dein Herzblatt sein?

Sie muss wohl überlegen, und ich nutze die Zeit, um auf dem Sony-Notebook nachzusehen, ob sie noch mit anderen Männern flirtet.

Ihre letzten Besucher waren Pieter35, ein magerer Langweiler, der garantiert schon 42 ist, und die Nervensäge Einsamer_Neu, der nicht einmal ein Bild von sich im Profil hat und in seinem Profil schreibt: »Einsamer sucht Einsame zum Einsa …«

Die beiden Jungs sind zwar keine Konkurrenz, aber ich blocke sie dennoch. Ich habe schon vor drei Wochen Busenwunders Einstellungen so geändert, dass sie selbst nicht mehr automatisch darauf hingewiesen wird, welche Verehrer auf ihrer Blacklist stehen, sozusagen dem Gegenteil der Favoriten-Sammlung. Die Typen auf dieser Liste erhalten statt einer Antwort von ihr nur noch die Meldung: »Dieser Teilnehmer empfängt keine Nachrichten mehr von Ihnen« – während sie von diesen Typen nie wieder etwas hören kann. Busenwunders Blacklist ist in den vergangenen Wochen auf über 70 Nervensägen angewachsen.

Im Ordner ihrer gesendeten Nachrichten finde ich allerdings außer den Mails an meine beiden Profile keine weiteren. Offensichtlich sind ihr im Moment zwei Chat-Partner genug.

Das Klicken des anderen Laptops kündigt einen Vorschlag für Triathlon_HH von Busenwunder an: »Kennst du die ›St. Pauli Theater Bar‹ auf der Reeperbahn? Wir könnten uns um 23 Uhr dort treffen, wenn du magst.«

Sie schlägt eine der belebtesten Szene-Kneipen von St. Pauli vor. Besser hätte ich das selbst nicht planen können.

»›St. Pauli Theater Bar‹. Ich werde da sein. Dann bis heute Abend und noch einen schönen Nachmittag! Freue mich!«, bestätige ich und melde mich zufrieden und ohne weiteren Kommentar ab. Pacman_HH würde sie vermutlich sowieso nichts mehr schreiben und ihn gnadenlos umsonst auf das Ende ihres ach so wichtigen Telefonats warten lassen. Und mit Triathlon_HH ist jetzt alles geklärt.

Ich gehe unter die Dusche. Mein Ständer platzt gleich.

Mein Seelenklempner spickt in seine Karteikarten. Er denkt sicher, ich bemerke das nicht, aber mir ist seit der ersten Sitzung klar, dass er sich weder meinen Namen noch die Geschichte merken kann, die ich ihm erzähle. Eigentlich verdient der Mann sein Geld buchstäblich im Schlaf. Zwischen tiefen Träumen schreckt er zwar manchmal hoch und fragt schnell, wie ich den letzten Satz meine und wie ich mich dabei fühle. Aber danach pennt er sofort weiter, und die eigentliche Arbeit leiste ich ganz allein.

»Herr Wagner, ich hatte Sie gebeten, Situationen zu sammeln, in denen Sie in den vergangenen Jahren ein schlechtes Gewissen hatten«, sagt er und lehnt sich in seinem abgewetzten Ikea-Schreibtischstuhl zurück. »Haben Sie denn welche gefunden?«

Ich habe brav meine Hausaufgaben gemacht und breite eine eng beschriebene DIN-A4-Seite vor mir aus.

»Eine ganze Menge«, sage ich stolz. »Wollen wir nach zeitlicher Reihenfolge vorgehen? Oder nach Wichtigkeit?«

»Am liebsten so, wie Ihnen die Situationen eingefallen sind. Aber wenn Ihnen das schwerfällt: Machen Sie, wie Sie mögen.« Er öffnet seinen Block und nimmt sich einen Schreiber aus einem Metalligel zwischen uns, dessen Stacheln Stifte sind. Vermutlich ein Geschenk zur Praxis-Einweihung. Genau wie die rote Glasfiber-Rakete aus *Tim und Struppi*, die freudianisch-phallisch auf der Chromkommode neben mir steht. Niemand würde sich solche Dinge selbst kaufen. Es gibt Läden, die nur solchen Kram anbieten – wahrscheinlich echte Goldgruben.

»Spontan eingefallen ist mir, dass ich von meiner Mutter erwischt wurde, wie ich aus ihrem Geldbeutel Münzen für Zigaretten geklaut hatte. Da war ich zwölf Jahre alt, glaube ich«, beginne ich. »Und dann in der Schule, als mir das Reclamheft mit der Übersetzung der Abiturarbeit in Latein aus der Tasche fiel. Direkt vor die Füße der Lehrerin. Ich erinnere mich sogar noch an das Thema: Gedichte von Catull! *Liebesbriefe von Lesbia* und so was.«

Dr. Sewert macht sich fleißig Notizen. Wegen Catull musste ich im Internet recherchieren, doch das Ergebnis lohnt sich: *Liebesbriefe von Lesbia* sollten einen Therapeuten eigentlich beschäftigen.

»Aber ein wirklich superschlechtes Gewissen hatte ich, als Jessica die SMS entdeckte«, erzähle ich. »Plötzlich baute sie sich vor mir auf. Ich saß vorm Fernseher und sah eine Triathlon-Übertragung aus Chicago auf DSF, da erinnere ich mich noch dran. Sie verdeckte mir den Blick und fuchtelte mit ihren Händen herum. Als ich mein Handy dann sah, wurde mir sofort klar, worum es ging. Ich hatte kurz vorher eine Party in einem Swinger-Club im Alten Land klargemacht: Ich, Martina und drei andere Pärchen. Mit allem Drum und Dran: Spielsachen, Videokamera und so. Als die Übertragung aus Chicago begann, hatte ich noch kurz daran gedacht, alle SMS aus dem Speicher zu löschen – aber dann habe ich es schließlich doch vergessen, als der Startschuss fiel.«

Dr. Sewert unterbricht mich. »Wem gegenüber hatten Sie denn da ein schlechtes Gewissen? Ihrer Frau? Ihrer Geliebten? Oder war es, weil Sie vergessen hatten, Ihre Spuren zu verwischen?«

Ich sehe an ihm vorbei aus dem Fenster auf eine Kastanie, deren Blätter von Windböen durchgewirbelt werden und fühle mich wie dieser Baum: Fest verwurzelt trotzt er den Kräften des Chaos.

»Das hatte ich eigentlich erst, als ich Jessicas Gesicht sah. Und natürlich fühlte ich mich ihr gegenüber schuldig.«

»Wie haben Sie dann reagiert?«

Ich sehe ihm direkt in die Augen. »Ich habe nicht gewartet, bis sie mich rausgeschmissen hat. Stattdessen bin ich aufgestanden und gegangen. Geradewegs ins Schlafzimmer. Dort habe ich einen Koffer vom Schrank genommen, ihn gepackt, meinen Laptop aus dem Arbeitszimmer geholt und meine Sportsachen aus der Wäsche gefischt, reingeworfen und bin aus der Wohnung. Wortlos, was hätte ich auch sagen sollen. Ich weiß nicht mehr, was sie mir alles an den Kopf geworfen hat. Sie war jedenfalls sehr laut und ich fühlte mich erleichtert, als sie die Wohnungstür hinter mir zugeworfen hat. Dann bin ich in ein Hotel gezogen und zweimal um die Alster gerannt.«

»Sie haben nicht versucht, sich zu entschuldigen?«

»Nein, wozu?« Im Nachhinein ist die Szene doch urkomisch. Aber das sage ich natürlich nicht. »Alles war doch jetzt klar: Ihr Mann hatte nicht nur ein Verhältnis mit ihrer besten Freundin, er fuhr mit ihr auch noch regelmäßig in Swinger-Clubs, um dort SM-Spiele zu filmen. Und dabei verwendeten wir sogar ihren Namen. Allerdings wurde ihr das erst später klar, als sie die Videos auf dem Speicher fand.«

Dr. Sewert schaut kurz von seinen Notizen auf. »Warum eigentlich ihr Name? Warum nicht der ihrer Geliebten?«

»Es war wegen des Spitznamens. Als ich Jessica kennenlernte, nannte sie mich immer ihren Roger Rabbit, wie der Hase in dem Film, der mit dieser Klassefrau namens Jessica verheiratet ist. «

»Ein Hase?«

»Weil ich schnell laufe wie ein Hase. Ich bin Ausdauersportler. Langstreckenläufer.« Hat der Mann mir irgendwann einmal zugehört?

»Jessica und Roger Rabbit«, wiederhole ich. »Den Namen Roger benutzte ich als Decknamen später auch in der Szene. Und als ich dann zum ersten Mal mit Martina auf einer Party war und mich vorstellte, fragte ein Witzbold: ›Und das ist dann deine Jessica?‹ Wir fanden das im ersten Moment sehr witzig und schließlich sind wir dabei geblieben.«

»Aber Sie wussten doch, dass das die echte Jessica noch zusätzlich verletzen würde?«

Ich nehme einen Schluck Wasser aus dem Glas vor mir. Es ist abgestanden und schmeckt nach Staub. »Daran dachten wir in dem Augenblick nicht. Kurz überlegte ich mir sogar, dass das eine prima Tarnung wäre: Sollte mich wirklich jemand hier zufällig treffen, der mich kannte, würde der doch denken, die maskierte Dame bei mir wäre tatsächlich meine Ehefrau Jessica.«

»Ich muss noch einmal nachhaken«, brummt Sewert. »Wann genau und wem gegenüber hatten Sie denn nun ein schlechtes Gewissen? Und warum?«

Heute ist er wirklich besonders schwer von Begriff.

»Natürlich ihr gegenüber. Ich hatte sie immerhin betrogen«, sage ich ungeduldig.

»Und warum denken Sie, war das nicht Ordnung?«

»Was ist das denn für eine Frage?« Was bohrt er denn so? Ich trinke noch einen Schluck von der schalen Plörre vor mir und stelle mir vor, es sei ein schottischer Malt. »Es ist nun einmal falsch, seine Frau zu hintergehen. Das lernt man schon in der Schule.«

Sewert lehnt sich nach vorne. »Das lernt man schon in der Schule?«, wiederholt er und spickt in seinen Unterlagen. »Wissen Sie, worauf ich hinauswill? Zwei Jahre lang haben Sie Ihre Frau betrogen – ohne jedes schlechte Gewissen. Dann werden Sie ertappt und denken nun: ›Das war nicht in Ordnung‹. Aber nicht, weil Sie das so empfinden, sondern weil *man* das eben nicht macht. Und das wissen Sie schließlich schon seit der Schulzeit.«

Ich starre ihn an. Zum ersten Mal in diesen Sitzungen verstehe ich nicht, worauf er hinauswill. Verärgert wende ich den Blick ab und schaue auf den Baum vorm Fenster. Die Windböen sind stärker geworden.

»Sie haben vor sich eine Liste mit Situationen, in denen Sie ein schlechtes Gewissen hatten.« Er nimmt sich meinen Zettel und hält ihn hoch. »Das glauben Sie vielleicht. Aber im Grunde ist dies nur eine Liste von Situationen, in denen Sie ertappt wurden. Und das war Ihnen zum Teil extrem unangenehm, aber zum Teil fühlten Sie sich dadurch sogar befreit, wie bei der SMS, die der Anlass für Ihren Auszug war. Das ist kein schlechtes Gewissen: Dazu gehört nämlich, sich wegen etwas schuldig zu fühlen und einen Fehler einzugestehen. Herr Wagner, das tun Sie aber nicht.« Seine Stimme klingt plötzlich donnernd. Er erinnert mich an einen Pastor auf einer Kanzel. Und wie damals als Junge in der Kirche fühle ich mich sehr klein. Er schüchtert mich ein.

»Sie glauben doch auch heute nicht für eine Sekunde, dass es falsch war, auf diese Partys zu gehen. Nein, Sie ärgern sich, dass Sie vergessen haben, diese SMS zu löschen, und Sie verdammen vermutlich Ihre ehemalige Geliebte immer noch dafür, dass sie Ihnen diese Nachricht geschickt hat. Die Partys selbst haben ihnen viel zu viel Spaß gemacht, um ein schlechtes Gewissen zu bekommen. Und außerdem war ihre Frau auch selbst schuld: Sie hätte doch mitgehen können, wäre sie nicht so spießig.«

»Das habe ich niemals gesagt«, meine ich mit trockenem Mund.

Sewert lehnt sich wieder zurück. »Ich glaube nicht, dass Sie diese Therapie ernst nehmen, Herr Wagner. Wenn ich Ihnen helfen soll, dann müssen Sie schon mitarbeiten. Sie wollen doch, dass ich Ihnen helfe?«

Ich blicke verlegen auf den Boden. »Natürlich. Deshalb bin ich doch hier.«

»Dann lassen Sie uns nächste Woche noch mal neu beginnen.«

Er steht auf und reicht mir über den Schreibtisch die Hand.

Er wirkt gar nicht mehr verschlafen auf mich.

»Keine Hausaufgaben dieses Mal. Machen Sie sich die folgenden Tage bewusst, dass Sie hier an sich arbeiten wollen. Dann bekommen wir Ihr Problem auch in den Griff.«

Seine Hand ist trocken und angenehm warm. Meine ist kalt und feucht, aber er verzieht keine Miene bei unserer Verabschiedung.

»Bis nächste Woche dann«, sage ich und trete den Rückzug an.

Diese Runde ging an den Seelenklempner.

Ich sollte aufhören, andere Menschen zu unterschätzen. Nicht alle sind dumm.

Als ich zu Hause ankomme, bleibt mir noch etwas über eine Stunde Zeit zum Vorbereiten, nochmals Duschen, Kleidung auswählen und Losfahren. Ich beeile mich also besser.

An meiner Wohnungstür finde ich einen Zettel von Nadja: »Das mit dem Monster meinte ich nicht wirklich so. Entschuldige. Wenn du spontan Lust auf einen Spaziergang mit Bukowski und Kaffee mit mir hast: melde dich. Gruß und Kuss, deine Nachbarin.«

Die kleine Nadja. Wenn eine Frau Heilige und Hure zugleich sein kann, dann sie. Eine wundervolle Ausnahme. Warum es mit uns nicht klappte? Schlechtes Timing. Unsere Affäre begann kurze Zeit vor ihrer und meiner Diagnose. Wir fickten ein paar Mal ganz normal und kurz, bevor ich vorschlagen konnte, einige andere Dinge auszuprobieren, fand der Doc heraus, dass ich mir eine Hepatitis-Infektion eingefangen hatte. Mein Interesse an Sex-Partys verschwand. Mein Interesse an Nadja ebenfalls. Ich hatte einfach andere Dinge im Sinn. Beispielsweise: Wie verberge ich das alles vor meiner Ehefrau? Das Ende meiner Affäre mit Nadja verlief dann klassisch: Auf ihre Anrufe reagierte ich nur noch sporadisch, ihre SMS ignorierte ich weitgehend und im Treppenhaus ging ich ihr eine Zeit lang aus dem Weg. Unnötig, denn Nadja machte keinen Stress. Sie verfügt über ausreichend Selbstwertgefühl und rennt keinem Mann hinterher.

Natürlich zogen wir dann doch noch einmal die Sex-mit-dem-Ex-Nummer durch, aber das war zumindest von meiner Seite aus reiner Zufall. Wir trafen uns auf einer Veranstaltung im ›Café SittsaM‹. Der Barmann stellte uns vor, aber ich erkannte sie trotz der schwarzen Latexmaske sofort an ihrer Tätowierung: eine große rote Rose, die direkt zwischen ihren Brüsten blühte. Ich bin mir sicher, sie hatte an diesem Abend Drogen genommen, denn sie kicherte ständig und ihre Pupillen waren größer als normal.

Ich schickte den Barmann mit den Worten davon: »Danke, wir kennen uns schon.« Wir lachten. Sie nahm die Maske ab und wir küssten uns. Sie sah einfach hinreißend aus und ich legte meinen Arm um ihre Hüfte. »Ich wusste nicht, dass du in solchen Lokalen verkehrst.«

Nadja strahlte. »Du weißt kaum etwas von mir. Ich bin für viele Überraschungen gut!«, flüsterte sie und führte mich in den Nebenraum mit dem Andreaskreuz.

Es wurde unser letztes Mal, ein krönender Abschluss. Ich hatte ihr nie im Detail von meinen Vorlieben erzählt und ich hätte sie nie auf einer solchen Party vermutet. Aber sie bewies mir schnell, dass sie sich auskannte. Sie war wirklich gut. Nein, sie war große Klasse. Perfekt, wo und wie sie das heiße Wachs und die Eiswürfel einsetzte.

Tags darauf sandte sie mir eine rührende Mail, in der sie mich zum Abendessen einlud. Aber dann entdeckte sie den Knoten in ihrer Brust und die Ärzte erklärten, der Krebs hätte bereits die Lymphknoten erreicht und gestreut. Jetzt hatte sie andere Dinge im Sinn.

Ich denke gerne an Nadja. Vielleicht hätte aus uns etwas werden können, aber einen dritten Anlauf starteten wir auch dann nicht mehr, als es uns beiden wieder besser ging. Die fehlende Brust war es nicht, das dachte ich zuerst. Aber das stört mich wenig, im Gegenteil: Es turnt mich sogar an. Wahrscheinlich weil der Rest an ihr perfekt ist.

Aber für Wehmut ist jetzt nicht die Zeit. Ich entsorge Nadjas Zettel im Altpapier und bereite mich auf den Abend mit meinem Busenwunder vor.

Die ›St. Pauli Theater Bar‹ ist um diese Zeit gut gefüllt. Niemand nimmt Notiz von mir. Ich trage tief in die Stirn gezogen ein schwarzes Basecap mit dem Totenkopf-Aufdruck des FC St. Pauli. Dazu ein dunkelblaues T-Shirt ohne Aufdruck und eine alte schwarze Jeans. Mein Outfit und die billige verspiegelte Sonnenbrille lassen mich aussehen wie der typische Schanzenviertelbewohner um Mitte zwanzig: einer wie Hundert auf dem Kiez und einer wie fünf allein hier im Laden.

Von meinem Platz in der Nähe des Eingangs überblicke ich den Tresen und die Tür. So kann ich schnell reagieren, wenn es Zeit wird.

Ich muss nicht lange warten. Sie ist pünktlich. Ein seltener Charakterzug bei Frauen. Ich schätze das. Sie glaubt nicht, sie sei etwas Besseres und ihre Zeit mehr wert als meine.

Sie sieht spitze aus. Ich bin in ihre Haare verliebt. Die langen blonden Strähnen sind kunstvoll aber nicht aufdringlich auf wild frisiert. Tina Turner trug früher eine solche Frisur.

Fast alle Kerle in der Bar sehen ihr nach, als sie in einem unnachahmlich aufrechten Gang zum Tresen schlendert: Brust raus, Schultern zurück, Bauch rein ... Auf schwarzen Pumps stöckelt sie zum Tresen. Ihre ausgewaschene Jeans könnte auch angemalt sein, so knackig sitzt sie. Ihr tief ausgeschnittenes schwarzes Trägershirt kann ihre perfekten Titten kaum halten, als sie den Cocktailmixer mit einem Kuss auf die Wange begrüßt.

Mittlerweile starren alle auf ihren Hintern oder ihren Ausschnitt. Die neidvollen Blicke machen mich stolz. Die Jagd ist interessanter, wenn die Beute von vielen begehrt wird.

Obwohl neben ihr ein Barhocker frei ist, bleibt sie lässig am Tresen gelehnt und reckt ihren Arsch in die Luft. Ihre Beine sind dabei überkreuzt. Es gibt ein Foto von Helmut Newton, auf dem sich eine Frau über einen Hocker lehnt, während man am Bildrand unscharf eine Hand mit einer Reitgerte sieht.

Genau so steht sie nun vor mir. Ich habe zwar keine Gerte dabei, aber ich werde ihr schon zeigen, wo es langgeht. Mein Schwanz steht und pumpt. Ich legte diskret ein Sweatshirt über meinen Schoss und rutsche ein Stück zurück in meine Ecke.

Sie bestellt sich einen Longdrink. Irgendetwas mit Cola. Hoffentlich schüttet der Mixer ihr viel Eis ins Glas.

Sie sieht zwar alle paar Minuten auf die Uhr, aber noch macht sie einen gelassenen und zufriedenen Eindruck. Sie scheint auch nicht nervös zu sein. Ihr Fuß wippt ein wenig im Takt des harmlosen Depeche-Mode-Geplätschers.

Sie mustert regelmäßig über den Raum und beobachtet genau die Tür. Mir fällt auf, dass ihr Blick bei niemandem hängenbleibt.

Mich nimmt sie nicht wahr, so sehr verschmelze ich mit meiner Ecke. Um ihre Mundwinkel spannt sich ein Lächeln, als ein biederes Touristen-Pärchen um die vierzig vorsichtig durch die Tür tritt, nur um beim Anblick des jungen Publikums eilig wieder zu gehen.

Ich könnte ihr stundenlang so zusehen. Jede ihrer Bewegung bereitet mir Freude.

Der Barkeeper bietet ihr eine Zigarette an. Sie lächelt, schüttelt aber ablehnend den Kopf. Dann holt sie aus ihrer kleinen ockerfarbenen Handtasche ein Handy. Sie drückt einige Tasten und liest wohl eine SMS. Mit einem zufriedenen Gesichtsausdruck tippt sie eine Antwort, vielleicht an eine Freundin, der sie erzählt, dass sie gerade auf ihr Date mit einem Triathleten aus dem Internet wartet.

Meine rechte Hand liegt unter meinem Mantel. Die Hose drückt meinen harten Schwanz ab und ich muss ihn umlegen. Ich wickle mir das Sweatshirt um die Hüften und lasse die verknoteten Ärmel als Sichtschutz über meinem Schritt hängen.

Sie verstaut das Telefon wieder und richtet sich ein wenig auf. Gott, der Name Busenwunder verspricht wahrlich nicht zu viel. Sie sieht sich erneut um. Dann schiebt sie ihr Cola-Glas neben die Strohhalme, ruft ihrem Bekannten hinter dem Tresen etwas zu und geht durch die Menge in Richtung Toilette.

Mein Herzschlag schießt in die Höhe. Ich atme schneller. Das ist mein Moment.

Ich hole das Fläschchen mit GHB aus meiner Tasche. GHB heißt auch Liquid Ecstasy und der Name ist Programm. Einige Tropfen davon in den Drink und du verlierst deine kirchlichen Moralvorstellungen und möchtest flachlegen, was Körperwärme abgibt. Viele Tropfen und du verwandelst dich in einen willenlosen Fickfrosch. Du wirst dich jedoch an nichts erinnern können. Sehr viele Tropfen und dein Herz bleibt stehen. Es braucht Wissen und Erfahrung, GHB richtig zu dosieren. Ich verfüge über beides.

Der Barmann unterhält sich drei Meter entfernt mit einer angetrunkenen Dunkelhaarigen mit viel zu großen Ohrringen. An dem frei gewordenen Platz von Busenwunder drängeln sich zwei unauffällige Jungs in *FC-St.-Pauli-Retter*-T-Shirts, um Getränke zu bestellen.

Niemand achtet auf mich. Ich stehe langsam auf. Das Fläschchen trage ich in der linken Hand, der Verschluss ist bereits geöffnet. Ich halte es mit Daumen und Zeigefinger und verberge es in meiner Faust.

An der Bar stelle ich mich hinter die Fußballfans und greife mit dem rechten Arm nach einem Strohhalm. Doch statt einen zu nehmen, kippe ich die Hand und schütte das GHB in ihre Cola. Sie schäumt nur kurz auf. Die Eiswürfel verhindern, dass die Cola überläuft. In lauwarmen Getränken hinterlässt GHB manchmal eine verräterische Schaumkrone.

Ich greife jetzt einen Strohhalm und gehe einen Schritt zur Seite: Niemand beachtet mich oder das Glas, das bereits wieder völlig normal aussieht. Die Flasche stecke ich zurück in die Hosentasche. Mein Mund schmeckt säuerlich vor Aufregung.

Der Rest ist nur noch ein Kinderspiel.

Mit einem sexy Hüftschwung läuft sie von der Toilette wieder zurück an ihren Platz am Tresen, und kurz berührt sich die nackte Haut unserer Oberarme, als sie sich an mir vorbeischiebt. Ich kann ihr Parfüm riechen: fruchtig, nicht zu süß, und schwer.

Der Kellner flirtet immer noch mit der Dunkelhaarigen, und die Jungs warten geduldig auf ihr Getränk. Sie greift nach ihrer Cola und stellt sich neben mich.

Ihr Blick wandert von ihrer Uhr auf die Tür. Sie atmet enttäuscht aus.

Ich kann sie nicht länger warten lassen.

»Zum Wohl!«, sage ich und proste ihr mit meinem alkoholfreien Bier zu.

Sie blickt mich erstaunt an, lächelt aber. »Zum Wohl!«, wünscht sie und nimmt einen Schluck aus ihrer Cola.

»Alleine hier?«, frage ich. »Oder wartest du auf jemanden? Mir ist aufgefallen, dass du ziemlich häufig zur Tür schaust.«

»Eigentlich bin ich verabredet. Aber ich fürchte beinahe, ich werde versetzt.« Sie nippt erneut an ihrem Glas. Ein klein wenig nervös ist sie also doch.

Ich schenke ihr mein charmantestes Lächeln. »Ein Internet Date?«

»Allerdings.«

»Ja, manche verlieren in der letzten Sekunde noch den Mut. Obwohl ich mir nicht vorstellen kann, warum jemand dich versetzen würde.«

Sie bedankt sich für das Kompliment mit einem artigen Lächeln.

»Rauchst du?«, frage ich und biete ihr eine meiner Luckys an.

»Nur ab und an mal.« Sie nimmt eine Zigarette.

»Dann hast du wahrscheinlich auch kein Feuer.«

»Oh, eine Frau ist immer gut vorbereitet«, sagt sie stolz und angelt mit einem Handgriff aus ihrer Tasche ein Zippo und reicht es mir. Ich stelle das Bier weg und gebe uns beiden Feuer.

Sie inhaliert zu tief, um wirklich nur eine Gelegenheitsraucherin zu sein, aber das lasse ich unkommentiert. Schweigend und zaghaft grinsend rauchen und trinken wir nebeneinander.

Nach der halben Zigarette zittert ihr rechtes Bein.

»Schwindlig?«, erkundige ich mich. »Vielleicht doch besser kein Nikotin?«

Sie ist bereits ein wenig blass, und ihre Augen beginnen zu tränen. »Mir ist wirklich ein wenig mau«, sagt sie. »Nikotin bekommt mir einfach nicht.«

Sie lässt die Zigarette fallen und tritt sie aus.

Dabei knickt sie fast mit den Pumps ein. Ich umfasse sie mit der rechten Hand an der Hüfte.

»Bist du in Ordnung?«, frage ich. »Möchtest du einen Schritt vor die Tür?«

Ihr Blick zielt an mir vorbei. Sie kann mich bereits nicht mehr scharf sehen. »Luft«, flüstert sie.

Ich stütze sie und führe sie langsam zur Tür. Sie bewegt sich vorsichtig, aber nicht auffällig. Ich sehe mich kurz um: Der Kellner steht immer noch bei seiner Flamme und beachtet uns nicht.

Vor der Tür gibt ihr die frische Luft den Rest.

Sie schmiegt sich an mich und schlingt ihre Arme um meinen Hals. Ihre Lippen saugen sich an mein Ohr.

»Wohin führst du mich?«, haucht sie.

Ich antworte ihr nicht. Es ist zwar unwahrscheinlich, dass sie sich morgen an mich oder irgendetwas in dieser Nacht erinnern kann, aber besser kein Risiko eingehen.

»Nimm die Mütze ab, ich will dein Gesicht sehen.« Kichernd greift sie nach meiner Mütze. Ich halte ihre Hand fest und sehe sie mit festem Blick an.

»Willst du dich hinlegen?«, frage ich.

Sie nickt.

Ich ziehe sie in eine Seitenstraße. Ein Pärchen kommt uns entgegen. Wir bleiben stehen, ich umfasse ihre Hüfte mit beiden Händen und küsse sie. Ich schmecke Cola und einen bitteren Rest der Droge. Sie spürt meine Erektion und reibt sich an ihr.

Wir sehen aus wie ein angetrunkenes Liebespaar auf dem Heimweg.

Einen halben Block weiter kenne ich eine Baustelle in einem Hinterhof. Immobilien-Spekulanten sanieren dort ein Haus aus der Jahrhundertwende zu einem Luxusapartment-Bunker für Neureiche.

Die Haustür steht immer offen. Die polnischen Schwarzarbeiter haben das Schloss ausgebaut, damit sie nicht ständig bei den verbliebenen Altmietern klingeln müssen.

Auf der Dachterrasse habe ich Decken deponiert.

Der Blick von dort oben reicht über den ganzen Stadtteil, von dem grünen Gürtel ›Planten un Blomen‹ bis hin zu den beleuchteten Docks im Hafen.

»Das ist wunderschön«, seufzt sie, als ich endlich in sie eindringe.

Gegen vier Uhr morgens bin ich zu Hause. Sie war unersättlich. Mein Körper ist erschöpft vom Sex. Dennoch gibt sich mein Verstand wach, aufgedreht und voller Energie.

Ich setzte sie in einer Seitenstraße der Reeperbahn, in der Nähe der ›St. Pauli Theater Bar‹, in ein altes Taxi ohne Videoüberwachung. Der schwarzafrikanische Fahrer sprach gebrochen deutsch, und seine Augen klebten in ihrem Ausschnitt. Er achtete weder auf mich noch auf den Zehner, den ich ihm mit der Adresse gab. Er würde niemandem sachdienliche Hinweise geben können.

Ich wasche mir die Hände und steige aus meinen verschmutzten Klamotten. Das Cap werfe ich in eine Mülltüte. Hose, Schuhe und T-Shirt wandern ebenfalls in je einen Sack. Ich werde sie am Vormittag über drei Stadtviertel verteilen. Das Sweatshirt habe ich bereits auf dem Heimweg entsorgt.

In der Küche hole ich ein Glas Wasser und nehme meine Medikamente. Dann starte ich ein Notebook und wähle mich über eine anonyme Verbindung ins Netz ein. Ich umgehe zwei Firewalls und lösche aus der Datenbank von pic-a-date.com mein Profil Triathlon_HH.

Keine Spuren hinterlassen.

Ich will schließlich nicht, dass mir jemand ein schlechtes Gewissen macht.

Aber süß ist sie, mein Busenwunder.

THOMAS: UNGESEHEN

»Hast du gesehen, wie blöd dieser Wachmann geschaut hat?«, lacht Stefan. »Unbezahlbar. Nächstes Mal lassen wir einen von diesen Bonzenwagen hochgehen!«

Wir laufen durch die Parkanlage am Grünen Jäger, als ich einen Polizeiwagen mit Blaulicht um die Ecke biegen sehe. Ich will Stefan eine Warnung zurufen, als der sich bereits hinter einen Busch duckt.

»Los, mach dich unsichtbar!«, flüstert er.

Ich ziehe den Kopf ein. Schwer atmend kauern wir zwischen zwei mannshohen Sträuchern.

»Das stinkt nach Pisse«, flüstere ich.

»Sei kein Mädchen. Das sind Buchsbäume. Die riechen immer wie Katzenklo.« Stefan nimmt die dunkle Mütze ab und grinst mich an. »Das hat echt Spaß gemacht. Das müssen wir öfter tun.«

Ich ringe nach Luft. Mehr Sport wäre gut, meine Ausdauer ist miserabel.

Stefan dagegen atmet bereits wieder normal. Vielleicht stimmt das Gerücht ja doch, dass er im Kosovo als Söldner gedient hat. Auf alle Fälle sieht er so aus: Er trägt kurz geschorene Haare, eine schwarze Armeehose und ein dunkelgraues Shirt. Es fehlt nur noch ein Stirnband und er würde als junger Rambo durchgehen.

»Sie haben uns nicht gesehen«, sagt er. »Wollen wir noch ins ›Topas‹?«

»Klar. Ich liebe den Laden. Unser Sieg gegen das Kapital muss schließlich gefeiert werden.«

Die Sirene ist kaum mehr zu hören und wir verlassen unsere Deckung. Ich ziehe meine schwarze Trainingsjacke aus und verstaue sie in meinem Rucksack.

»Geiles Motiv«, lobt Stefan den Aufdruck meines T-Shirts. *Macht kaputt, was Euch kaputt macht!*, fordert ein zorniger Donald mit ausgestreckter Faust. Das muss man mir nicht zweimal sagen, aber manche verstehen die Sprache der Vernunft ja nicht. Nicht umsonst ist Donald nur die angepasste Geheimidentität seines Alter Ego Phantomias, dem unbesiegbaren Superhelden von Entenhausen. Aber das wissen nur Donald-Fans wie ich.

Eben haben wir in der Tiefgarage des ›Art Hotel Hamburg‹ einen Brandsatz im Müllcontainer gezündet. Das ›Art Hotel‹ ist die neueste Bettenburg für Superreiche in Hamburg, gebaut in einer ehemaligen Fischräucherei, die, bevor die Investoren kamen, von der alternativen Szene als Veranstaltungszentrum genutzt wurde. Die Eröffnung musste bereits zweimal verschoben werden, weil die so genannten linken Chaoten immer wieder die Arbeiten in Verzug brachten. Mit den Chaoten meinen sie uns.

Wir achten natürlich darauf, dass bei unseren Aktionen niemand verletzt wird, also zumindest niemand Unbeteiligtes wie Bauarbeiter. Wer sich jedoch als Bulle verpflichtet, weiß, was ihn erwartet. Null Toleranz für die Exekutive des Kapitals! Die provozieren, knüppeln und prügeln. Mitleid ist da wirklich nicht angebracht. Die haben vorher gewusst, welche Seite sie wählen.

Zwei Feuerwehrwagen rasen an uns vorbei. Wir sehen uns an und lachen.

»Meinst du, die Hütte brennt jetzt ab?«, frage ich.

Stefan schlägt mir kumpelhaft auf die Schulter. »Hey, entspann dich. Das ist nur ein kleines Feuerchen, das die Sprinkleranlage sofort löscht. Macht einen Heidenlärm, ist aber ungefährlich. Hauptsache die Gäste beschweren sich morgen früh über ihre ruinierte Nachtruhe und kommen nie wieder!« Er mustert mich skeptisch. »Du schiebst jetzt keine Panik, oder?«

»Ich bin cool. Lass uns was trinken gehen.«

Mit klopfendem Herzen trotte ich hinter ihm her Richtung Reeperbahn.

Das ›Topas‹ ist der geilste Club auf St. Pauli. Jedes Wochenende wird die Feiergemeinde von diesem Edelstein angezogen. Während der brave Familienvater gerade mit der kreischenden Familienbande den wöchentlichen Ausflug diskutiert, zucken wir auf der Tanzfläche zu Elektro-Beats. Angetrieben von allem, was an Brennstoffen, legal und illegal, zu kriegen ist: Speed, Koks, Pillen, Liquid Ecstasy und Ketamin.

Die meisten Gäste sind zwischen zwanzig und dreißig und gehen unter der Woche geregelten Jobs nach. Sie wollen sich beim Feiern richtig verausgaben und dabei sind sogar doppelt so alte Szenehasen gern gesehen. Wie die beiden fünfzigjährigen Ladys, die regelmäßig pro Samstagnacht ein Gramm Crystal vernichten und dann bis zum Sonntagabend herumflitzen wie aufgezogene Spielzeugmäuse. Mit fast allen Besuchern verstehe ich mich prächtig, aber meine Favoritin ist Nadja, eine bildhübsche Polin mit einer tätowierten Rose zwischen zwei großartigen Titten, die allerdings angeblich falsch sein sollen. Sie ist immer gut drauf, gibt immer ab, wenn jemand sie nach Drogen bittet und hat immer Zeit für einige liebe Worte.

Heute steht sie unbeweglich auf der Tanzfläche und schnüffelt an einer Flasche Poppers. Drei Jungs springen um sie herum, aber sie scheint das nicht mitzubekommen.

»Was ist denn mit Nadja los?«, frage ich Stefan, der hinter den Tresen gelaufen ist und uns zwei Bier aufmacht. Stefan hat bei der Chefin einen Stein im Brett und darf sich aufführen, als würde *ihm* das ›Topas‹ gehören.

»Die? Keine Ahnung. Ich habe zur Zeit eine Braut von außerhalb, die mich beschäftigt.« Er stößt mit mir an. »Auf unseren kleinen Sieg gegen das Establishment. Was schaust du so?«

»Hattest du mal was mit Nadja?«

Stefan lacht laut auf. »Du etwa nicht? Dann hast du etwas verpasst.«

Ich schüttle den Kopf. Ich feiere gerne, aber herumhuren überlasse ich anderen. Das liegt mir nicht. Für Sex brauche ich Gefühl, sonst lasse ich es lieber. »Sie ist süß«, sage ich.

Stefans Augen weiten sich. »Süß? Lass das niemals eine Frau hören, Kumpel. Die serviert dich schneller ab, als du dich entschuldigen kannst. Bist du in echt ein Romantiker oder ist das hier dein einsamer Protest gegen die kopulierende Mehrheit?«

Gute Frage. »Ich bin über jemanden noch nicht hinweg«, sage ich und gehe in den Chill-out-Raum. Stefan kommt mir nicht hinterher.

Das ist auch gut so. Ich lasse mich in eines der Ledersofas fallen und sehe mich um.

Es ist wenig los: Gegenüber hockt ein Anzugträger auf einem Sessel und starrt in die Luft. Auf seiner Stirn glänzen Schweißtropfen, die er sich ständig in die blonden Haarstoppel wischt. Rechts neben mir sitzen zwei Schwule, die ungeschickt versuchen, einen Joint zu drehen. Der eine, groß, mit Glatze, einer Trainingshose und einem weißen Unterhemd, gibt die Anweisungen, während der andere, ein kleiner, schlanker Dunkelhaariger, mit zittrigen Händen mit Papier und Tabakkrümeln kämpft. Der Große zickt: »Mensch, Maurizio, wird das heute noch was?« Der muss wohl wirklich dringend von was auch immer runterkommen.

Links neben mir auf dem Sofa liegt Lukas, einer der bekanntesten Dealer der Stadt. Seine weiße Hose sieht aus, als hätte er sich auf dem Boden gewälzt. Von Lukas kann man kaufen ohne Angst zu haben, dass Rattengift in der Pille ist. Denn Lukas ist sich selbst sein bester Kunde und probiert jeden Stoff erst einmal aus, bevor er ihn vertickt. Wenn nicht er, dann seine ebenfalls immer breite Freundin Geli, die ich aber bisher noch nicht entdecken konnte. Meine Exfreundin Sibylle erzählte, die beiden sind die Nachbarn der Chefin, was erklären würde, warum Lukas im ›Topas‹ offen und unbehelligt seinen Drogengeschäften nachgeht.

Ich schubse sein Bein an und grinse.

Er schreckt hoch. Seine tellergroßen Augen kleben an meinem T-Shirt. »Donald Duck will Drogen bei mir kaufen?«

Ich nicke.

Er setzt sich stöhnend auf und fummelt in seiner rechten Hosentasche. »Weißt du, wie viele Pillen ich heute verkauft habe?«, fragt er. Eine Antwort wartet er in seinem Drogenrausch nicht ab. »Mindestens hundert. Ich war bis eben auf dieser Party am Hafen. Die Techno-Freaks fressen die Dinger wie wir Aspirin. Unglaublich, was die alles abkönnen.«

Er sackt wieder in sich zusammen. »Ich bin viel zu breit. Du musst mal selber in meiner Tasche wühlen.« Mit geschlossenen Augen murmelt er: »Aber kein Taschenbillard spielen. Da steh ich nicht drauf.«

In Lukas Tasche ertaste ich zunächst viel Kleingeld. In einer Ecke fühle ich außerdem einige Geldscheine und in der anderen finde ich schließlich einen Lederbeutel und ziehe ihn heraus. Er sieht aus wie der Tabaksack, den mein Großvater für seine Pfeife nutzte, riecht aber nach Chemie: Desinfektionsmittel oder so ein Zeug.

Tatsächlich fällt mir eine einzige Pille entgegen. Sie ist extrem klein und froschgrün. Ich drehe sie zwischen Daumen und Zeigefinger und halte sie vor Lukas' Gesicht.

»Ist das wirklich o. k., wenn ich die nehme?«

Er öffnet nicht einmal die Augen. »Süßer, ja doch. Ich hatte genug. Nimm nur. Schenke ich dir!« Dann rollt er sich zur Seite und legt seinen Kopf auf meine Schulter.

Ich kann es nicht leiden, wenn mich jemand ›Süßer‹ nennt, nicht einmal der einzige Dealer im Club. So nannte mich meine Ex, wenn sie klarstellen wollte, dass sie die Erwachsene ist und ich das Kind bin. Mit solchen Worten werden Menschen im Gespräch abgewertet, verkleidet in Niedlichkeiten. Oh ja, als die Transaktionsanalyse in der Uni besprochen wurde, habe ich zugehört und keine Comics gelesen.

Mit einem Schluck Bier spüle ich die Pille herunter. Morgens um neun schmeckt Bier bitter und schal. Dieser Schluck ist jedoch noch fieser als sonst: salzig, als würde Astra jetzt mit Meerwasser brauen.

Ich schiebe Lukas sanft zur Seite und stehe auf, um die Toiletten aufzusuchen. Sein Zeug ist in der Regel wirklich gut und wirkt sofort. Ich möchte unbedingt gepinkelt haben, bevor die Wirkung einsetzt.

Etwas schwindlig ist mir bereits, als ich die Stufen vom Chill-out-Raum zum Tresenbereich und Dancefloor heruntergehe. Stefan applaudiert mir spöttisch, als ich mich an den kurzen Lehnen der Barhocker entlanghangle.

Die Pille knallt erstaunlich schnell und heftig. Auf dem Klo will ich meinen Zustand in einem Spiegel checken, aber es gibt keine mehr. Jemand, der mit der Wahrheit nach einer durchgefeierten Nacht wohl nicht klarkam, hat sie abgerissen.

In dem engen feucht-warmen Raum tummeln sich die üblichen Verdächtigen: ein mit Pillen handelndes Mädel mit italienischem Akzent und zwei kurdische Halbstarke, die stolz am Waschbecken ihre neuesten Klappmesser zeigen und damit den ganzen Betrieb aufhalten. Vor allem die Jungs an den Pissoirs, die nur selten herkommen, starren in Panik auf die gebogenen Klingen und bringen keinen Tropfen aus ihren ängstlich geschrumpften Pimmeln.

Vor mir fallen zwei Feierkids aus der Kabine, kichernd und schniefend. Sie halten mir die Tür auf und ich schlüpfe an einem teilnahmslos Kacheln zählenden Zwerg ohne T-Shirt vorbei aufs Klo.

Als ich meine Jeans aufknöpfe, verkrampft sich plötzlich mein Magen wie bei einem Schluckauf. Metallisch-scharfe Flüssigkeit drückt sich durch meine Speiseröhre nach oben. Ich spucke die Brühe in die Schüssel und schnappe nach Luft. Dann kommt die nächste Welle: In einem dicken Strahl schießt hellbraun mein Mageninhalt heraus.

Das Würgen dauert an. Es steigert sich. Als müsste ich mich von innen nach außen stülpen. Nach fünf solcher Attacken höre ich auf zu zählen.

Und dann ist alles plötzlich vorbei.

»Alles in Ordnung da drin?« Jemand klopft an die Tür. »Sag mal was!«

Ich wische mir den Mund mit Klopapier ab. »Kein Problem«, rufe ich. »Gleich fertig.«

»Drüben ist alles frei«, meint eine weibliche Stimme. »Lasst uns mal lieber aufs Damenklo gehen. Kommt schon, Jungs!«

Den Fußgeräuschen nach verlässt eine zehnköpfige Reisegruppe die Herrentoilette. Ich spüle, warte einen Moment, dann öffne ich die Tür. Der Gang vor den Pissoirs ist leer, auch vor dem Waschbecken steht niemand mehr.

Ich brauche jetzt eine Cola und muss mich setzen.

Auf der Tanzfläche tobt das Leben. Der DJ hat mal wieder *Nighttrain* ausgegraben, ein durchgekauter Mix, den man nur breit ertragen kann, aber das ultimative Lieblingslied der Chefin. Niemand hier würde wagen, etwas gegen diesen Song zu sagen, obwohl wir ihn alle nicht mehr hören können. Ab und zu ist er o. k., aber zwei- bis dreimal pro Abend? Wahrscheinlich machen sie zu diesen Klängen den Laden eines Tages dicht …

Die Meute auf der Tanzfläche zappelt dennoch ekstatisch. Und ständig knallt mir jemand eine Hand ins Gesicht oder tritt mir auf die Füße, als ich wieder zurück zu meinem Sofa gehe.

Lukas hat sich mittlerweile auf die Seite gelegt und beansprucht den Platz von drei Personen. Ich erzähle ihm nächste Woche, dass seine Pille Dreck war. Dafür waren die beiden Jungs mit ihrem Joint endlich erfolgreich und sorgen für einen süßlichen Geruch im Raum. Stumm und friedlich liegen sie nebeneinander und chillen.

Müde sehe ich mich um. Alle Plätze sind belegt. Vielleicht sollte jemand der Chefin sagen, dass sie noch ein paar Sofas anschaffen muss.

Niemand beachtet mich. Ich stehe in der Mitte des Raums und drehe mich einmal um die eigene Achse.

Es ist Zeit, nach Hause zu gehen.

Der fette Schwarze am Eingang ist wie immer zu faul, mir die Türe aufzuhalten. Er bekommt nicht einmal die Klappe auf, um mir »Tschüß!«, zu sagen. Als ich mich mit einem launigen »Ciao« verabschiede, sieht er mich nur verblüfft an, sagt aber nichts.

Das Elsterpärchen im Hinterhof hat wieder Stress und weckt mich. Der hässliche kleine Wecker in früher Bauhausoptik, den Sibylle hier gelassen hat, zeigte 17 Uhr 12 an. Zeit zum Aufstehen.

Neben mir liegen die neuesten Ausgaben von *Spider-Man, X-Men* und *Fantastic Four*. Comics sind meine Leidenschaft. Ich verschlinge die Abenteuer von allem, was von Zeichnern in hautenge Spandexkostüme gehüllt wird und übermenschliche Fähigkeiten besitzt – oder in Entenhausen wohnt. Das konnte meine Ex nie nachvollziehen. Für Sibylle sind Comics etwas für Kinder.

Ich schleppe mich Richtung Badezimmer. Der erste Blick in den Spiegel nach einer durchgefeierten Nacht ist immer eine Härteprüfung: In der Regel hat jemand während meines Schlafs über dem Waschbecken ein Loch gehauen und dort den Gollum aus *Herr der Ringe* eingeschlossen. Ich erwarte den Anblick eines grüngelbbraunen Gesichts mit riesigen rot geäderten Augen und tiefen Knautschfalten um den Mund herum.

Ich öffne die Badezimmertür – und sehe nichts.

Alles ist an seinem Platz: Wanne, Becken, Handtuchhalter und Spiegel. Aber kein Gollum. Und kein Thomas.

Ich starre in den Spiegel, aber niemand starrt zurück. Das Bad ist leer. Dabei stehe ich mittendrin. Ich sehe an mir herunter: Füße, Beine, Schwanz, Bauch, Arme, Brust – noch da. Ich stütze mich auf dem Waschbecken ab, um mich drehen sich weiße Kacheln. Ich schließe die Augen. Dann zähle ich bis drei, bevor ich sie wieder öffne.

Nichts.

Ich bin nicht mehr da.

Auf dem Badezimmervorleger komme ich wieder zu mir. Mein erster Gedanke ist: »Hübsches Muster!« Dann fällt mir ein, dass ich gerade die Vision hatte, ich würde die Hauptrolle in der Neuverfilmung von *Der Unsichtbare* spielen. Darüber bekam ich ganz offensichtlich einen Kreislaufzusammenbruch. Mein Vater, ein Apotheker, hatte ja so recht, als er meinte, Drogen seien nicht gesund.

Ich ziehe mich am Badewannenrand nach oben. Ich bereite ein Lächeln vor und blicke erneut in den Spiegel.

Irgendwie habe ich es erwartet: immer noch nichts zu sehen. Obwohl ich mich beim Herunterblicken sehr wohl erkennen kann, reflektiert der Spiegel nur die Wand hinter mir.

Meine Hand tastet nach dem Handtuch und ich halte es hoch. Im Spiegel tut sich nichts. Ich lasse es ins Waschbecken fallen. Und da ist es wieder.

Nächster Test: die elektrische Zahnbürste. In dem Moment, in dem ich sie anfasse, verschwindet ihr Spiegelbild. Kaum lasse ich sie los, wird sie wieder reflektiert.

Das ist entweder der Trip meines Lebens oder ein verfluchtes Wunder.

»Du bist unsichtbar?« Sibylle schnauft wütend ins Telefon. »Thomas, ich bin unterwegs und habe wirklich keinen Bock auf deine Scherze. Ich sitze gerade mit Freunden bei McDonalds. Ich rufe dich morgen zurück, ja?«

Dann legt sie auf. Ich drücke die Wahlwiederholung. Nach einigen Sekunden geht sie ran. Sie ist jetzt wirklich sauer. »Wir essen gerade! Gib doch mal Ruhe! Und was soll das Gerede von unsichtbar? Was ist das denn für ein Trip? Melde dich wieder, wenn du klar im Kopf bist!«

»Leg bitte nicht auf«, flehe ich. »Das ist keine Drogenfantasie! Ich bin wirklich nicht mehr im Spiegel zu sehen.«

»Dann hat dich wohl ein Vampir gebissen. Was hast du denn genommen?«

»Nur eine letzte Pille im ›Topas‹. Von Lukas. Aber die habe ich gleich wieder ausgekotzt. Und das war es auch an Drogen gewesen.«

Sibylle stöhnt. »Wahrscheinlich erinnerst du dich nur nicht mehr. Vielleicht hat dir jemand LSD verabreicht und du fliegst gerade.« Im Hintergrund höre ich ein klapperndes Tablett. »Aber ich muss jetzt Schluss machen. Leg dich ins Bett und schlaf. Morgen früh ist alles wieder bestens. Wenn nicht, gehst du zum Arzt. Wir essen jetzt unsere Burger, bevor sie kalt werden. Machs gut, Thomas.«

Und wieder klick, dann Freizeichen.

Die Frage ist: Bin ich wirklich unsichtbar? Oder habe ich nur kein Spiegelbild mehr? Und wie kann ich das herausfinden? Wenn mir nicht einmal meine Ex glaubt, muss ich mir keine Illusionen machen, dass ich bei meinen anderen Freunden auf mehr Verständnis treffe. Ich winke dem leeren Badezimmerspiegel zu. Nichts, aber auch gar nichts ist darin zu sehen.

Es bleibt also nur der Selbstversuch und raus ins Freie! Aber vorher muss ich unter die Dusche. Bestimmt riechen selbst Unsichtbare nach totem Otter, wenn sie lange genug gefeiert haben.

Das heiße Wasser ist eine Wohltat. Pfeifend brause ich mir den alten Schweiß vom Körper. Vielleicht bin ich über Nacht ein Superheld geworden? Ob mich irgendeine geheimnisvolle Strahlung erwischt hat? Und was, wenn noch mehr mit mir geschehen ist? Die Unsichtbare in *Die fantastischen Vier* kann unsichtbare Kraftfelder aufbauen.

Oder vielleicht kann ich wie Professor Xavier von den *X-Men* durch Telekinese Gegenstände bewegen? Ich sehe mich vor dem Comic-Laden, wie ich die Regale leer räume und alle Erstausgaben des *Silver Surfer* ordentlich verpackt direkt in meinen nagelneuen Jeep fliegen lasse. Das wäre hammergeil.

Ich trockne mich vor dem leeren Spiegel ab. Sibylle würde jetzt garantiert eine tragische Kafka-Erzählung herauskramen, in der ein Unsichtbarer ein grauenhaftes Ende erleidet. Sie kann so grässlich erwachsen tun.

Apropos erwachsen: Besser, ich ziehe etwas an. Als Outfit wähle ich eine Jeans und ein Puma-Shirt in signalgelb.

Ich entscheide mich für McDonalds als Testlauf. Ich bin sowieso hungrig und vielleicht ist Sibylle ja noch da. Von meiner Wohnung zur Burger-Filiale an der Davidstraße sind es nur ein paar hundert Meter.

Wie immer am frühen Abend ist auf dem Kiez kaum etwas los: Die meisten Wochenendtouristen bereiten sich auf das Abendessen vor oder wurden gerade in ihren Bussen zum Hotel gekarrt, die Anwohner liegen geschafft auf dem Sofa vor der Glotze, die Freier zählen noch die Einnahmen vom Vortag und die Nutten sind eben erst aufgestanden.

Der Kiosk an der Ecke ist menschenleer. Die Blödzeitung schimpft: »Wieder feiger Anschlag auf neues Hotel! Bürgermeister verspricht mehr Polizei.« Soll er nur. Irgendwann werden die letzten Schafe erkennen, dass Steuergelder nicht für den Spaß einiger Bonzen verbrannt werden dürfen.

Aus einem Keller, in dem früher der angesagte Club ›Tiefenrausch‹ war und in dem seit Eröffnung des ›Topas‹ zehn verschiedene Läden pleitegegangen sind, kommen zwei Lesben Hand in Hand. Ich bleibe stehen und winke ihnen zu. Sie nehmen mich nicht wahr. Aber das liegt vielleicht daran, dass sie nur Augen für einander haben. Ein wenig schwanken sie dabei, bestimmt sind sie einfach breit.

Ich gehe weiter zu McDonalds.

Als Erstes bekomme ich die Tür vor die Nase geknallt. Drei Fleischberge, entweder Türsteher oder russische Zuhälter, stürmen lachend aus dem Laden, während ich gerade durch die Glasscheibe nach Sibylle suche, und reißen die Tür auf – nach außen! Peng! Direkt auf die Nase! Die Gorillas halten natürlich nicht an und stampfen die Davidstraße weiter, als sei nichts passiert.

Ungesehen – oder unsichtbar?

Ich betrete den halb leeren Raum und finde nur betrunkene Kids und hungrige Freier: Meine Ex habe ich verpasst. Bevor ich mich ärgere, entdecke ich einen Bluttropfen neben dem Puma-Logo auf meinem neuen Shirt. Klar habe ich kein Taschentuch dabei. Also aufs Klo.

Wer auf der Reeperbahn mal muss, hat schlechte Karten, denn es gibt hier keine kostenlosen öffentlichen Toiletten. Deshalb pissen die Besoffenen auch gerne mal in den Hauseingängen in die Briefkastenschlitze. Alle anderen gehen auf die WCs bei McDonalds. Damit dort nur anständige Menschen ihre Notdurft verrichten, muss der Stoffwechselgeplagte am Tresen darum bitten, dass ihm die Toilettentür geöffnet wird. Das funktioniert wie eine normale Schließanlage und ist immer mit viel Spaß verbunden:

»Machen Sie mir die Tür für die Toiletten auf, bitte?«, fragt der Kunde, der sich tänzelnd an der Schlange der Wartenden vorbeigedrängt hat.

»Natürlich«, antwortet das freundliche Personal, ohne beim Einpacken von Cola und Salat überhaupt aufzusehen.

Der Kunde bedankt sich artig und geht in den hinteren Raum, um dort an der immer noch verschlossenen Metalltür zu zerren. Er zählt bis drei, dann versucht er es noch einmal. Nichts passiert.

Also wieder zurück: »Haben Sie vergessen, mir die Türe zu öffnen?«, fragt der Gast.

»Natürlich nicht«, meint der junge Mann, dessen Gesicht auch auf dem Plakat MITARBEITER DES MONATS zu sehen ist, ohne den Blick von seiner Kasse zu nehmen. »Sie müssen vielleicht etwas schneller an der Tür sein.«

Die bessere Lösung wäre, das Personal würde einen Moment länger warten, bis es den Summer betätigt. Aber diesen Kommentar verschluckt der Gast und rennt stattdessen schnell wie der Rote Blitz aus dem berühmten Comic an die Klotür.

Dieses Spiel kann über viele Runden gehen, bis man endlich pinkeln kann. Bestimmt soll so verhindert werden, dass überhaupt jemand die Örtlichkeiten dort aufsucht. Man muss keineswegs unsichtbar sein, um nicht beachtet zu werden!

Aber wie soll ich jetzt auf die Toilette kommen, wo mich doch offenbar niemand sehen kann?

Ich versuche es mit direkter Ansprache. Hören würde man mich ja wohl.

»Würden Sie mir die Tür zum Klo aufmachen, bitte?«, frage ich mit leicht zittriger Stimme.

»Klar«, sagt teilnahmslos ein etwa zwanzigjähriges Mädchen am Pommesbecken, während sie mit Konzentration die Kartoffelstäbchen aus dem Fett fischt.

Zumindest hört sie mich. Ich flitze zur Toilette. Das Summen des Türöffners stoppt gerade, als ich dort ankomme. Ich bin zu spät.

Als ich mich gerade auf einige Wiederholungen einstelle, kommt jemand aus dem Klo. Sofort nutze ich die Chance und husche nach ihm in den gelb ausgeleuchteten Raum. Die Beleuchtung soll verhindern, dass die Crack-Nutten ihren Stoff erkennen, sodass sie ihn hier nicht nehmen können. Allerdings verwandelt dieses Licht jeden Menschen mit Spiegelbild in ein Monster mit Hepatitis.

Statt Papiertücher gibt es einen Automaten mit einer Endlos-Textilrolle zum Abtrocknen. Ich ziehe ein großes Stück zu mir heran und schniefe vorsichtig hinein. So muss es aussehen, wenn jemand eine offene TB hat: Das Handtuch ist danach sehr dunkel und aus meiner Nase tropft es im Gelblicht dunkelbraun nach. Ich taste vorsichtig mein Gesicht ab. Diese blöden Türsteher haben mir hoffentlich nicht die Nase gebrochen! Ich hole mir von der Toilette etwas Klopapier, um damit die Blutung abzudrücken. Ein wenig benommen setze ich mich auf einen Klodeckel. Im Hintergrund säuselt Justin Timberlake in einer Musikendlosschleife den Burger-Werbesong.

Bin ich tot und das ist das Fegefeuer?

Nach der zweiten Wiederholung von *I love it* bleibt das Papier endlich blutfrei und ich flüchte aus der Toilette. Am Tresen warten drei Mädels im Camouflage-Outfit auf ihr Essen und balzen ein paar Jungs an einem Stehtisch an. Sie kichern schrill und zupfen nervös an ihren viel zu kurzen H&M-Shirts, die knapp über dem Bauchnabelpiercing enden. Dabei tänzeln sie auf ihren Plateauschuhen von rechts nach links, um ihr Gleichgewicht zu halten. Kleine junge Dinger eben, völlig abgelenkt. Beschäftigt mit ihrer Wirkung auf die Jungs, bemerken sie nicht, wie ich hinter ihnen eine Cola und einen BigMac von ihrem überladenen Tablett klaue.

Mit einem breiten Grinsen stolziere ich an ihnen vorbei und füttere meinen knurrenden Magen in einer Ecke gleich neben dem Haupteimgang. Ich schlinge den Burger im Stehen herunter. Er ist heiß, fettig und lecker. Und umsonst.

So gefällt mir das: Unsichtbar sein ist auf alle Fälle billig!

Plötzlich ein Schmerz wie ein Stich im Rücken. Der Burger fällt aus meiner Hand und landet auf meinen Turnschuhen. Stöhnend krümme ich mich zusammen, während sich ein Bodybuilder im Trainingsanzug brutal an mir vorbeidrängt. Der Schwachkopf hat mir seine Tablettkante mit Schwung zwischen zwei Wirbel gejagt. Ohne Entschuldigung, als wäre nichts geschehen, läuft er weiter, die Augen auf die H&M-Mädels gerichtet, die ihm jetzt aus dem Gang zum Nebenraum zuwinken.

Der Schmerz beginnt gerade nachzulassen, als mich der nächste anrempelt: Ein Älterer, Typ Feierabendfreier im billigen Anzug, der einen freien Platz am Tresen entdeckt hat, trifft mit dem Ellbogen meine Nieren. So tief, dass mir Tränen in die Augen schießen.

Ich brauche keine Beweise mehr. Die sehen mich alle tatsächlich nicht. Rücksichtslos, als sei ich Luft.

Das ist ernsthaft gefährlich. Davon habe ich bisher nichts in den Comics gelesen. Es wird Zeit zu flüchten.

In einem Moment, in dem niemand rein oder raus will, nutze ich die freie Passage und schiebe mich durch die Tür. Draußen lehne ich mich an die Wand: Meine Wirbel beschweren sich noch immer und senden meinem Gehirn die Information, jemand hätte eine Klinge zwischen sie geschoben. Dafür lässt der dumpfe Schmerz meiner Nieren allmählich nach. Ich atme einige Male tief ein und aus.

Ohne weitere Blessuren schlängle ich mich an der Davidwache vorbei. Auf dem breiten Bürgersteig habe ich endlich genug Platz zum Ausweichen. An den Tischen vor den Lokalen hocken Reeperbahnbummler und essen schlechte Pizza. Auch wenn der Kiez nicht die erste Adresse für ein romantisches Essen unterm Sternenhimmel ist: Es gibt eine Menge zu gucken, wenn man dort sitzt.

Vor der immer gut gefüllten ›St. Pauli Bar‹ sind die orange-gelb gestreiften Liegestühle unbesetzt. Der Türsteher raucht gelangweilt und beobachtet zwei Bullen, die einen betrunkenen Penner vertreiben wollen. Eine niedliche, kleine Tabledancerin, vermutlich aus dem Striplokal nebenan, lehnt an einem Barhocker und lässt sich von einer Kollegin Holzperlen zwischen die Rastalocken flechten.

Ein paar Meter weiter muss ich einer Menge von Menschen, die alle in dunkles Leder gekleidet sind, ausweichen. Gesittet in einer ordentlichen Schlange stehen sicher hundert Menschen hinter einem Absperrgitter und warteten auf Einlass. Die Outfits sind allerdings gar nicht gesittet; schwarz dominiert, als Leder, Latex oder Lycra. Und natürlich viel nackte Haut, kunstvoll tätowiert und gepierct. Das ›Docks‹ ruft wieder zur Fetisch-Party und alle SM-Freunde aus Stadt und Umland folgen.

Aus sicherer Entfernung beobachten einige Operettenhausbesucher den Auflauf. Mit ihren neuen Fotohandys schießen sie Erinnerungsbilder über die bizarren Rituale der Großstadt für die Nachbarn ihrer Doppelhaushälfte im Grünen.

An der Kreuzung zur Tankstelle kauern wie immer ein paar spitzfrisurige Punks mit ihren struppigen Hunden um ein paar Flaschen Wodka und den unvermeidlichen Ghetto-Blaster herum, aus dem irgendein deutschsprachiger Schweinerock dröhnt. Zum ersten Mal schaffe ich es an ihnen vorbei, ohne dass sie mich um Kleingeld anhauen.

Dafür klingelt als Kontrastprogramm zu ihrer Musik gleich nebenan aus den Lautsprechern vor dem Operettenhaus *Dancing Queen*. Fünfzehn Jahre spielte man hier *Cats*, bis den Kram dann endlich niemand mehr sehen wollte. Jetzt läuft *Mamma Mia*. Mamma mia!

Auf der Treppe mit dem roten Teppich stehen kleine Grüppchen in Abendgarderobe mit Sektgläsern in der Hand. Sie freuen sich auf die Vorstellung und achten nur auf sich.

Ich habe genug von Menschen und steuere die Wallanlagen an, ein Grünstreifen, der sich vom Anfang der Reeperbahn bis zur Alster zieht. Vor zig Jahren fand hier in ›Planten un Blomen‹ die Bundesgartenschau statt. »Die Anlage ist geöffnet bis 23 Uhr. Radfahren verboten«, steht auf dem Schild vor dem Eisentor. Mein Zeitgefühl habe ich verloren, aber der Park ist noch gut besucht: Mir bleiben sicher ein paar Stunden, bis die Türen abgeschlossen werden.

Direkt vor mir liegt ein kleiner See, der von einem Dutzend Wasserfontänen gespeist wird. Er schlängelt sich in kleinen Wasserfällen von der Anhöhe hier am Millerntor. Die Wiese ist vor wenigen Tagen gemäht worden und es riecht nach geschnittenem Gras.

Ich weiche im großen Bogen um den Schwarm Tauben vor dem Papierkorb und lege mich neben einen Bambusstrauch. Hinter mir donnert ein LKW den Holstenwall entlang und stört kurz das beruhigende Geräusch von prasselndem Wasser. Ein paar Enten schnattern irgendwo: Sonst ist jetzt alles ruhig und friedlich.

Ein Joint wäre genau das Richtige, aber ich habe nichts zum Rauchen dabei. Mir bleibt nur, den beleuchteten Wasserfontänen zuzusehen.

Die Szene erinnert mich schwer an meine New-York-Reise mit Sibylle: Am dritten Tag hatten wir die Touristenrouten satt. Wir wollten die Stadt aus einer originelleren Perspektive erkunden und recherchierten Alternativen im Internet. Ich schlug eine NYC-Comic-Bookstore-Tour vor, die mich in jeden Comic-Laden der Stadt und vermutlich in den finanziellen Ruin geführt hätte. Sibylle entschied dann aber für die NYC-Waterfountains-Tour: alle Brunnen in Manhattan, Block für Block, Garten für Garten. Anfangs war das ja witzig, später wurde es supernervig. Dass wir das bis zum letzten Wasserloch durchzogen, lag einzig an den Joints, die wir dabei rauchten. Elf Stunden waren wir unterwegs, bis wir schon leicht hysterisch den ersten Wasserspender im Kaufhaus fotografierten. Am Ende streikten unsere Beine und wir legten uns in einen kleinen Park, um die Füße ins Wasser zu halten.

Ich glaube, da wurde mir klar, dass unsere gemeinsame Zeit vorbei war. Wir hatten zwar viel Spaß miteinander – aber eigentlich waren unsere Interessen doch viel zu verschieden.

Und es lag nicht am Altersunterschied! Den betonte sie permanent, dabei machten diese acht Jahre wirklich nichts aus.

»Hast du die Originalserie eigentlich jemals gesehen?«, fragte sie mich, als wir im Kino in *Starsky & Hutch* saßen, einer Neuverfilmung mit dem herrlich komischen Ben Stiller.

Ich war ehrlich erschüttert über diese Frage. Was dachte sie wohl, warum ich den Streifen unbedingt hatte ansehen wollen? Um vergleichen zu können, natürlich. Warum sonst sollte man Geld für solchen Trash ausgeben?

Und wenn wir in einem Club waren, dozierte sie ständig: »Das ist übrigens die Cover-Version eines Hits von vor fünfzehn Jahren. Das war vor deiner Zeit!« Oder: »Auf den Song habe ich schon einmal getanzt. Da war ich allerdings achtzehn!«

Es nervte. Jedoch mich nicht so sehr wie sie, sonst wäre sie nicht immer wieder darauf herumgeritten.

Am Ende war es schließlich ihre Masche: Immer wenn ihr irgendwas nicht passte, lag das garantiert an meinem Alter.

»Eigentlich hängst du nur bekifft in deiner Wohnung herum und liest Comics«, maulte sie, um mich im nächsten Atemzug zu entschuldigen: »Aber das ist schon o. k., die harte Zeit kommt noch früh genug, genieß das Studium mal so gut es geht.«

Wenn wir über Politik sprachen, war ihr Lieblingssatz: »Als ich so alt war wie du, habe ich das auch so gesehen!«

Damit beendete sie natürlich jede Diskussion, denn was könnte ich darauf erwidern?

Wenn ich sie darauf ansprach, leugnete sie einfach und meinte, sie hätte mit dem Altersunterschied keine Schwierigkeiten. Außerdem sei ich für mein Alter ja doch ganz schön reif.

Im Bett störte sie mein Alter allerdings gar nicht mehr, da bekam sie dann kaum genug von mir. Ich glaube, immer wenn sie an unserer Beziehung zweifelte, lenkte sie sich mit Sex ab.

Und der war wirklich gut. Ich hatte vorher und nachher niemals besseren Sex als den mit Sibylle. Poppen mit ihr war reiner Spaß, und vor allem verzichtete sie auf das ewige Vorspielgetue, das die Girls immer wollen. Vielleicht bin ich untypisch, aber ich stand noch nie auf Gefummel und Geblase: Sex ist Ficken. Und das war genau das, was sie wollte, wie sie mir gleich beim ersten Mal klarmachte.

Sibylle und ich haben uns bei einem Konzert von *Faithless* im ›Docks‹ kennengelernt. Es war zu *God is a DJ*: Maxi Jazz stand auf der fast dunklen Bühne, die Arme hochgerissen, und von hinten beleuchteten ihn einige Strahlenfinger wie eine Krone aus Licht. Eine Atmosphäre, als wären wir in einer Kathedrale und auf dem Altar würde jemand eine wilde, abgefahrene Messe feiern.

Ich lehnte an einer Säule und ließ mich von einem Joint und der Musik wegtragen. Da kam Sibylle auf mich zu und die Szene war irgendwie sakral, als sie lächelnd vor mir stand, sich die verschwitzten Haare aus dem Gesicht strich und fragte, ob sie einen Zug abhaben könnte.

Nach dem dritten Zug schon knutschten wir, als ob wir unser Leben lang aufeinander gewartet hätten. Ich mochte vor allem, wie sie roch und schmeckte: Sie benutzte kein Parfum, nur so ein hippes Deo von ihrem schwulen Freund Marc, dessen herber Duft ihr etwas Maskulines gab, aber umso femininer war ihr Geschmack: Wenn ich sie küsste, dachte ich an Ananas. Zuerst vermutete ich, sie hätte einen Kaugummi mit Aroma im Mund, aber als ich sie am Morgen danach darauf ansprach, weil sie immer noch nach dieser Frucht schmeckte, sagte sie, sie würde täglich Enzyme schlucken, die aus Ananas gewonnen werden. Das wäre wohl gut für das Immunsystem.

Wir warteten nicht die Zugabe von *Faithless* ab, sondern gingen gleich um die Ecke zu mir. Die erste Runde auf dem Sofa war ein echter Quickie. Danach machten wir im Bett weiter, und als ich das dann langsamer angehen wollte, erklärte sie mir: »Vergiss, was du jemals über Frauen und Vorspiel gehört hast. Vergiss Kerzenlicht und stundenlange Massage: Ich will dich in mir drin spüren, alles andere ist nur Kinderkram!«

Das merkte ich mir, und ich glaube, wir haben nie länger als fünf Minuten gebraucht, bis wir endlich fickten.

Aber irgendwann war der Sex nicht mehr genug. Wir gingen zusammen feiern, aber sonst wussten wir wenig miteinander anzufangen. Nach einer Stunde auf dem Sofa griffen wir zum Joint und poppten. In dieser Woche in New York, die wir ununterbrochen miteinander verbrachten, stellten wir fest: Ohne Unterhaltungsprogramm langweilten wir uns in kürzester Zeit.

Wir mussten danach unsere Beziehung noch nicht einmal richtig beenden, sie ebbte einfach ab. Wir trafen uns noch einige Male für Sex, aber schließlich haben wir auch das gelassen. Es gab keinen Streit, kein Drama: alles ganz smooth und relaxed.

Wenn ich ganz ehrlich bin: Manchmal vermisse ich sie.

Sehr sogar.

Ich beobachte einige Enten, die am Seeufer Fangen spielen, und wünsche mir dringend einen Joint. Ich kann kaum einen klaren Gedanken fassen, ständig verliere ich die Zusammenhänge. Enten. Unsichtbar. Ein Kind füttert Fische. Niemand sieht mich. Ein Hund jagt einen Schwarm Tauben. Die Enten schnattern aufgeregt, weil das Kind ihnen kein Brot zuwirft. Ich lasse mich ins Gras fallen und starre in den Himmel. Wie soll das jetzt weitergehen? Wie wird mein Tagesablauf als *Der Unsichtbare* aussehen?

Morgens aus dem Bett und erst einmal an den Rechner: Mails checken. Dann ein wenig recherchieren für die Diplomarbeit. Kein Problem, denn die Profs wollen mittlerweile sowieso niemanden mehr sehen. »Schicken Sie mir lieber die Datei!«, ist deren natürliche Abwehrreaktion auf studentische Annäherungsversuche. Rechnungen kann ich online bezahlen. Aber wo kommen die Eingänge her? Wovon soll ich wohl leben? Das Bafög reicht gerade mal für die Miete und lange werde ich es sowieso nicht mehr bekommen. Was für einen Job kann ein Unsichtbarer erledigen? Promotion-Tätigkeit sicher nicht: »Entschuldigung, möchten Sie ein Glas Sekt unseres Sponsors? Wundern Sie sich nicht, dass Sie das Tablett nicht sehen, aber wissen Sie, alles ist unsichtbar, was ich direkt berühre. Genau wie ich selbst.«

Das wäre sicher ein großer Spaß!

Vielleicht soll ich einfach zur Blödzeitung gehen? Der Klassenfeind zahlt doch garantiert etwas für die Exklusiv-Story des Unsichtbaren. Aber was, wenn das Geld dann weg ist? Ich kann nicht einmal betteln, denn wer legt mir etwas in den Hut? Das Schild »Unsichtbarer findet keinen Job« kriegt höchstens einen Preis für Originalität.

Oder aber ich quartiere mich bei McDoof ein und kämpfe als Superheld gegen den Drogenmissbrauch auf der Toilette: »Das Phantom vom Burger-Grill«. Ich bediene mich von den Tabletts und halte zum Dank den Mädels und Jungs die Toilettentür auf. Wer dann zum Schniefen aufs Klo geht, wird den Zorn des Phantoms kennenlernen: Gerade die Line ausgebreitet und schon vom Winde verweht! Mit Panik geweiteten Augen werden die Kokser aus den Kabinen rennen.

Ein sehr junges Pärchen, höchstens achtzehn oder neunzehn Jahre alt, Arm in Arm und verliebt schnäbelnd, läuft in leichten Schlangenlinien auf mich zu. Ihre Füße finden keinen gemeinsamen Rhythmus: Er ist sicher einen Kopf größer als sie und muss sich für jeden Kuss weit hinunterbeugen, und jedes Mal, wenn sie sich ihm entgegenstreckt, bleibt sie dabei auf den Zehenspitzen einen Moment stehen und bremst ihn dadurch aus. Manche Menschen passen schon rein äußerlich nicht zueinander. Sie stoppen zwei Meter vor mir und sehen sich um, ob sie ungestört sind. Er strahlt sie an und zieht aus seinem Rucksack eine große Bundeswehrdecke, die er stolz auf der Wiese ausbreitet. Es sind typische Goa-Kids: Er trägt ein rotes *Astra – Was sonst?*-T-Shirt und eine weite Baggyjeans, sie schwarze Strümpfe mit einem kurzen karierten Rock und ein weißes Unterhemd mit dem Kreuz-Logo der Betty-Ford-Klinik.

Die beiden liegen keine Minute, da kramt er auch schon den obligatorischen Joint heraus. Die Tüte ist nicht zu verkennen. Ich rutsche ein wenig näher, so dass mir der Rauch in die Nase weht. Wenn ich schon nichts abbekomme, wenigstens dran riechen will ich.

»Du musst ihn langsam rauchen«, ermahnt er sie freundlich. »Genieß ihn!«

Ich höre, wie sie die Luft durch den Joint einzieht, tief inhaliert und hustend versucht, den Rauch möglichst lange in der Lunge zu halten. Sie keucht und kichert verhalten.

»Das war schon besser!« Er legt den Arm um ihre Schultern und zieht sie näher an sich. Ich bin etwa drei Meter hinter ihnen. Näher will ich nicht, damit sie mich nicht hören.

Ihr Rücken richtet sich auf, als sie erneut inhaliert. Dieses Mal gelingt es ihr problemlos, und sie reicht den Joint wieder an ihren Freund, der keine Schwierigkeiten hat und wohl über einiges an Erfahrung verfügt. Er lässt sich zurücksinken und zieht sie mit, bis ihr Kopf seitlich auf seinem Bauch liegt. Wortlos schauen sie auf die beleuchteten Wasserfontänen und rauchen abwechselnd.

Ich bin neidisch. Die beiden wirken so glücklich, dass es schmerzt. Sie sind hip, verliebt, aufgeschlossen und haben alles noch vor sich. Bis über beide Ohren verknallt eben. Die Welt kann ihnen nichts anhaben.

»Siehst du die da?« Mit Schwung richtet sie sich plötzlich auf.

Ich weiche zurück und schaue mich um. Niemand außer uns ist hier. Am Eingang des Parks läuft ein Jogger, vor uns spielen die Enten.

Genau auf die deutet sie. »Was machen die denn da?«, ruft sie.

Er setzt sich auf und lacht. »Na, die poppen. Bei denen ist heute Abend Gruppensex angesagt.« Er flüstert ihr etwas ins Ohr, während seine Hand über ihren Rücken streicht. Sie kichert und küsst ihn.

Die Enten lassen sich nicht von ihren Beobachtern stören und steigen schnatternd übereinander. Die wissen eben, was Spaß macht, und gönnen sich eine schöne Zeit. Donald hätte das auch gemacht, hätte Disney ihn gelassen, da bin ich mir sicher.

»Was machen die denn jetzt?«, ruft sie plötzlich. Ihre Stimme ist hysterisch.

»Lass sie doch. Die amüsieren sich«, beschwichtigt er, ohne seinen Blick zu heben.

»Die amüsieren sich nicht. Schau doch einmal genau hin!«

Er brummt etwas und dreht den Kopf. In der Bewegung erstarrt er, als hätte er etwas Furchtbares entdeckt.

»Du musst sie trennen«, fleht sie. »Das ist doch widerlich.«

Ich muss mein Lachen unterdrücken. Die Kleine ist wirklich noch sehr jung. Gewisse natürliche Bedürfnisse sind ihr wohl noch fremd.

Dann fällt mir etwas auf. Ganz freiwillig scheint die Ente sich nicht besteigen lassen. Sie schleppt sich mit gespreizten Federn übers Gras, eine andere hackt schnatternd nach ihr. Sie versucht ganz eindeutig zu fliehen, aber die Erpel sind schnell und brutal. Ein eingespieltes Team: Einer drängt die Ente ab, der andere stellt sich ihr in den Weg und der dritte springt immer wieder auf sie drauf und hackt mit seinem Schnabel nach ihr. Das sieht auf den zweiten Blick keineswegs nach romantischem Liebe machen aus. Das ist eine Gruppen-Vergewaltigung! Die braun gefiederte Entenfrau kriecht jämmerlich fiepend über den Boden, aber jetzt hockt ein bunter Erpel auf ihr drauf. Er hat sich an ihrem Hinterkopf festgebissen, während er sie wild fickt. Die beiden anderen Erpel wackeln angeturnt um sie herum und schlagen mit ihren Flügeln. Jetzt steigt der poppende Erpel ab, und ohne ihr eine Pause zu gönnen, springt der nächste drauf. Vorspiel mögen die wohl nicht. Er rammelt sofort kräftig los und hackt dazu noch mit seinem Schnabel auf der gleichen Stelle an ihrem Schädel herum, die schon sein Vorgänger bearbeitete.

»Siehst du das denn nicht? Der bringt sie doch um!«, schreit die Kleine.

Und sie hat Recht. Ich sehe, dass der Hinterkopf der Ente blutig gebissen ist. Helles Fleisch hängt in Fetzen um ein Loch. Es kann nicht sein, denn sonst wäre sie tot, aber es sieht aus, als hätte er sich bereits zu ihrem Gehirn durchgehackt. Mein Schädel dröhnt, und mein Magen krampft sich zusammen.

Die Erpel scheint der blutige Anblick ihres Opfers nicht zu stören. Aber auch die todgeweihte Ente lässt die Vergewaltigung ohne jegliche Gegenwehr über sich ergehen.

Der Typ springt schließlich auf und rennt wild gestikulierend auf die Viecher zu. »Verschwindet! Macht, dass ihr wegkommt!«

Die Erpel lassen tatsächlich von ihrem Opfer ab und watscheln skeptisch ein paar Meter zur Seite. Als wollten sie noch abwarten, ob sie nicht vielleicht doch gleich weitermachen dürfen; dabei schnattern sie aufgeregt.

Die Ente läuft nun schnurgerade auf mich zu. Ihr Schnabel hängt schief, sie versucht, ihn zu schließen, aber die beiden Teile passen nicht mehr aufeinander. Aus der Seite quillt weißer Schaum, als würde ihr das Sperma aus dem Schnabel laufen. Orientierungslos schwankt sie auf ein Gebüsch zu, immer in Beobachtung der Erpel. Die waren wohl noch nicht fertig mit ihr, wie ein Dealer in einem Club: »Komm, nur noch ein Mal! Es wird dir gefallen!«

»Boah. Das ist ja so eklig«, zetert die Kleine und rudert mit den Armen. »Können wir uns einen anderen Platz suchen? Bis eben war es hier noch wirklich schön, aber jetzt will ich nur noch weg!«

Sie hat Recht: Die Stimmung ist dahin. Warum hat diese Ente sich eigentlich nicht gewehrt? Oder warum ist sie nicht wenigstens weggerannt? Sie hat das mit sich machen lassen, als sei es das Normalste der Welt, sich das Hirn aus dem Schädel ficken zu lassen.

Das gute Gefühl durch die Droge ist nun völlig weggewischt. Die Fontäne ist plötzlich nichts weiter als dreckiges Wasser, das in die Luft gepresst wird. Der Park nur ein Stück Wiese mit ein paar Bäumen und einem See, an dem sich Enten zu Tode poppen.

Nicht einmal in einem Park kann man unbeschwert Spaß haben. Nun, es ist wohl eher wie in einem Club: Erst geben dir die Dealer das Zeug, dann ficken sie dich. Mist, jetzt fühle ich mich wie diese gefickte Ente. Mir haben sie auch das Gehirn weggepustet, aber wenigstens sind sie mir von der Wäsche geblieben. Ich muss sofort zurück ins ›Topas‹, um Lukas zu suchen. Sicher weiß der, was mit mir los ist und was ich dagegen tun kann.

Die beiden packen Rucksack und Decke zusammen. Im Gras qualmt der weggeworfene Joint.

Ich lasse ihn liegen.

Irgendwer hat den Kiez in der Zwischenzeit mit Menschen aufgefüllt. Eine ganze Völkerwanderung ist auf der Reeperbahn unterwegs. Und sie kommen mir entgegen. In der Menge würde ich niemandem auffallen, selbst wenn jemand mich anrempelte. Ich springe wie Donald in einem Sumpf voller Krokodile von einer Steinplatte zur anderen, um den Ellbogen und Füßen auszuweichen, die mich natürlich trotzdem treffen. Niemand weicht mir aus. Nicht einer.

Auf der Höhe des ›Imperial-Theaters‹ strömen die Massen von Kleinkunstliebhabern und *Mamma Mia*-Besuchern aus dem gegenüberliegenden Musical-Haus zusammen, und ich wechsle auf den äußersten linken Rand des Gehwegs. Hier sind weniger Menschen unterwegs, dafür aber ist der Balanceakt auf der Steinkante erheblich gefährlicher: Wenn mich jetzt jemand schubst, lande ich auf der Straße und unter einem der vorbeirasenden Taxen, die vermutlich nicht einmal dann für mich bremsen würden, wenn sie mich sehen könnten.

Vor den beiden Bankautomaten der Sparkasse bilden sich wie üblich lange Schlangen, die den Gehweg in voller Breite blockieren. Ich versuche, dem Pulk über die Bushaltestelle zu entgehen, aber da springt gerade die Fußgängerampel auf grün. Die lebende Mauer kommt als Phalanx auf mich zu, und ich rette mich auf die Verkehrsinsel in der Mitte der Straße. Hinter dem Ampelpfahl geschützt, sehe ich zu, wie die Meute Richtung Spielbudenplatz, dem Herz der Reeperbahn, drängt.

Die Ampel schaltet endlich auf rot. Zwei grauhaarige Fünfziger schaffen es nicht mehr auf die andere Seite und stehen neben mir auf der Verkehrsinsel. Ich schleiche an ihnen vorbei und positioniere mich am Rand so, dass ich während der nächsten Grün-Phase an den sich bereits wieder ansammelnden Kieztouristen vorbeikomme, ohne umgerannt zu werden.

Mit Herzklopfen erwarte ich das Umschalten der Ampel. Kaum stoppt der erste Wagen, renne ich auf der jetzt leeren Straße los. Es sind nur noch ein paar hundert Meter bis zum ›Topas‹. In der Schule war ich im Sprint immer ziemlich gut, während ich bei langen Distanzen jämmerlich versagte. Nach nur fünfzig Metern spüre ich ein Ziehen in der Leiste. Hundert Meter später zwingt mich das Seitenstechen zum Abbremsen, aber da bin ich auch schon kurz vor dem Ziel. Ich springe wieder auf den Gehweg, wo ich erst einmal Luft holen muss.

Vor dem ›Topas‹ steht der schwarze Türsteher mit seinem Kollegen. Sie unterhalten sich mit Stefan, der eine etwas kleinere Frau im Arm hält, die er als Steffi vorstellt. Nicht der Typ Frau, den er sonst abschleppt. Sie sieht aus wie eine Steuerberaterin vom Land, die mal Großstadtluft schnuppern will. Vermutlich versucht er, sie kostenlos mitzunehmen: Jemand wie er zahlt in keinem Club auf St. Pauli Eintritt. Nicht für sich und nicht für seine Begleitung.

Er sagt etwas, woraufhin die Wachleute lachen und der Schwarze den beiden die Türe aufhält. Das ist meine Chance: Ich halte die Luft an und zwänge mich hinter ihnen durch den Eingang. Bloß in meinem Zustand nicht auffallen. Ich muss jetzt unbedingt Lukas finden.

Am Tresen erkenne ich Sibylle, wie sie der Chefin etwas zuflüstert. Welch eine Erleichterung: Sibylle ist da! Und da, wo meine Ex ist, da gibt es auch einen Dealer: Sibylle ist schon lange Stammkundin von Lukas.

Ob ich sie ansprechen soll? Aber wahrscheinlich wird sie mich sowieso nicht bemerken. Außerdem sieht sie erschreckend fertig aus: Mit ihren zerrupften blonden Haaren und in dem fleckigen T-Shirt-Kleid wirkt sie, als sei sie bereits seit Tagen am Feiern. Sicher organisiert sie gerade Nachschub an Wachmachern, um den Abend zu überstehen.

»Lukas muss jeden Augenblick zurückkommen«, sagt die Chefin, die mich in ihrem gelben Federfummel an einen gerupften Bibo erinnert. »Ich schicke ihn dann gleich zu euch.« Ihre Stimme ist abschätzend und übellaunig wie immer, wenn sie jemand nach Drogen fragt.

Sibylle nickt und verschwindet durch den Vorhang in den Chill-out-Raum. Ich folge ihr. Bis Lukas kommt, werde ich nicht von ihrer Seite weichen.

Sibylle schreitet auffällig gradlinig, als müsse sie sich auf ihren Gang konzentrieren, in die rechte Ecke, wo auf dem Sofa zusammengerollt ein großer schlanker Typ liegt.

Meine Augen gewöhnen sich an die Dunkelheit, und ich erkenne, dass da Jochen liegt. Jochen, der New Economy-Yuppie, der alle mit seinen Marathon-Geschichten langweilt, wenn er etwas geraucht hat. Ich kenne Jochen nicht sonderlich gut, eine Party-Bekanntschaft eben. Einer von denen, die immer Geld für Drogen haben, selbst wenn alle anderen längst pleite sind.

Mit Jochen zieht sie also um die Häuser! Was will sie denn von dem? Keine gute Wahl, der Typ hat ein schlechtes Karma. Aber er hat Kohle.

Sibylle und Jochen kuscheln jetzt. Ich mag gar nicht hinsehen.

»Hast du was bekommen?«, fragt Jochen schläfrig.

»Nö«, meint Sibylle. »Lukas ist wohl eben raus, um das Zeug zu holen. Aber sie schickt ihn zu uns, sobald er den Laden betritt. Wir müssen ein bisschen Geduld haben, fürchte ich.«

»Hast du überhaupt noch Geld?«, fragt Jochen.

»Etwas. Aber nicht mehr viel!«

»Ich war heute am Automaten, nimm meines.« Er fummelt aus seiner Tasche einen Schein und drückt ihn ihr in die Hand.

Sibylle streicht ihm über den Oberschenkel. »Das musst du nicht …«

»Ich möchte aber.« Jochen stockt. Nach einer kurzen Pause sagt er: »Außerdem habe ich etwas zu feiern.«

»Was genau feiern wir noch mal?«, fragt Sibylle und lässt ihre Hand langsam höher in seinen Schritt gleiten.

Er atmet tief aus: »Den Sieg über meine verblödeten ehemaligen Kollegen. Die Spacken müssen mir in dieser Woche die Hälfte des Firmenwertes ausbezahlen, und das ist so eine Menge Kohle, dass wir heute doppelt so viel Zeug durch die Nase ziehen könnten wie gestern, wenn wir das wollen!«

Sie strahlt ihn an wie ein Kind am Geburtstag. Dann beugt sie sich über ihn und steckt ihm ihre Zunge in seinen Hals.

Ich höre nur noch Schmatzen und Schlecken. Ihre langen Haare verdecken mir den Blick, aber ich sehe dafür, wir sich ihre Finger an seinen Hosenknöpfen zu schaffen machen.

Die beiden wollen in dieser Nacht wirklich alles geben.

Jochen richtet sich plötzlich auf und schiebt Sibylle zur Seite.

»Ich brauche *jetzt* Nachschub«, beschließt er und windet sich vom Sofa. Seine Knie zittern und er wedelt mit den Armen, um das Gleichgewicht zu halten. Er trippelt durch den Vorhang in den vorderen Raum.

Sibylles Kopf kippt auf die Lehne. Ihre Gesichtszüge kann sie schon lange nicht mehr kontrollieren: Aus den Mundwinkeln fließen einige Tropfen Speichel. Hübsche Frau, hässlicher Anblick. Traurig. Erbärmlich.

Sehe ich so aus, wenn ich breit bin?

Auf dem Tisch liegt eine beinahe geplünderte Packung Gauloises Blondes. Ich angle mir die vorletzte Zigarette und suche vergeblich zwischen Bierflaschen, Gläsern und mit Kaugummi verklebten Flyern nach Feuer.

Ich stehe auf, um ein paar Streichhölzer zu holen. Auf dem Tresen liegen nur Bierdeckel, also gehe ich zur Garderobe, wo ein großer Kübel voller Schachteln steht.

Ich stoppe, als ich einen Schlag höre. Dann ein unterdrückter Schmerzschrei. Dahinten passiert irgendetwas. Jetzt kann ich mehrere Stimmen unterscheiden. Russisch, würde ich sagen. Sie klingen wütend. Der typische Tonfall von Zuhältern, die echt angepisst sind. Ich schleiche zwei Schritte um die Ecke und sehe drei Bodybuilder in dunklen Anzügen aufgeregt diskutieren. Sie stehen vor der Garderobe.

Dann erkenne ich auf dem Boden hinter dem Zigarettenautomaten einen Fuß. Da liegt jemand!

Einer der drei, der Kleinste und Breiteste, stopft sich etwas in die Taschen seiner Hose, dann sagt er: »засранец!«, die russische Version von

»Motherfucker!«, das einzige Schimpfwort in dieser Sprache, das ich kenne. Unter dem Gelächter der anderen beiden macht er einen Schritt vor und tritt wohl nicht zum ersten Mal auf sein Opfer ein, dessen Reaktion nur noch ein Wimmern ist.

Meine Luftröhre verengt sich und mein Atem rasselt. Da stehe ich nun: ein unsichtbarer Superheld mit Schiss. Mit diesen drei kann ich es nie aufnehmen. Warum sieht das in den Comics nur immer so verflucht leicht aus?

Etwas zum Werfen brauche ich. Ich sehe mich um: Zwei Meter entfernt steht ein Barhocker, aber der ist vor dem Tresen in den Boden eingelassen. Um zur Glasschale mit den Streichhölzern an der Garderobe zu gelangen, müsste ich an einem der Schläger vorbei.

Wo sind die Aschenbecher, wenn man sie braucht? Schließlich entdecke ich in der Vertiefung in der Wand vor mir eine abgestellte Bierflasche. Ich nehme sie. Sie ist fast voll und schwer. Ich hole aus und werfe.

Bier spritzt durch die Luft. Die Flasche knallt auf den Hinterkopf des Kleinen, als der eben zu einem weiteren Tritt ausholen will. Sie prallt ab und landet vor dem Zigarettenautomaten. Der kleine Russe torkelt und fasst sich an den Kopf. Wie ein abgesägter Baum fällt er auf den Boden und in die sich ausbreitende Bierlache. Die beiden anderen Russen brüllen etwas und sehen in meine Richtung. Können sie mich entdeckt haben? Aus Reflex drücke ich mich in die Ecke. Dann marschiert die Chefin mit zitternden gelben Federn und ihren beiden Türstehern an mir vorbei. Der Schwarze hat sich zu seiner vollen Größe aufgeblasen, seine Hände zittern und er erinnert an einen wütenden Gorilla.

»Was ist hier los?«, donnert er mit einer Stimme los, die jeden Kasernenhof wecken könnte.

Die Chefin keift: »Ich will in meinem Laden keinen Stress! Wer sich daran nicht hält, fliegt raus. Das gilt auch für euch!«

Ein Russe kümmert sich um den Kleinen auf dem Boden, während der andere mit geballten Fäusten dasteht und in seiner Sprache ohne Pause weiterzetert. Die Chefin geht ohne zu zögern auf ihn zu, holt aus und knallt dem meckernden Schläger die Hand ins Gesicht. Der Typ wurde garantiert noch nie in seinem Leben von einer Frau geohrfeigt:

Er wird starr und verstummt mitten in einem Wort, das wie ein rückwärts gesprochenes »Arschloch« klingt.

Die Chefin bleibt eine Handbreit vor ihm stehen und richtet sich zu voller Größe auf. Auch ohne ihre Absätze ist sie mindestens zehn Zentimeter größer als er. Durch die Schulterpolster wirkt sie allemal so breit wie er.

Eingeschüchtert weicht der Schläger einen Schritt zurück. Sie deutet auf die Verblendung über der Garderobe, wo das rote Licht der Überwachungskamera leuchtet. »Alles hier wird aufgezeichnet. Ich habe die Bänder und ich kenne eure Gesichter. Ihr verschwindet hier sofort und lasst euch nie wieder blicken.« Sie kickt ins Bein des auf dem Boden liegenden Russen. »Und jetzt kratzt euren Freund auf und macht, dass ihr wegkommt!«

Einer der Türsteher beugt sich unterdessen über den Kerl, der hinter dem Automaten liegt. Er macht mit der Hand ein Zeichen in die Luft. Sein Kollege, der Schwarze, zückt sofort sein Handy. Ich höre: »Rettungswagen«.

»Scheiß Russen-Mafia«, schimpft die Chefin. Die beiden lauffähigen Russen stützen ihren Kollegen und schleppen ihn zum Ausgang. Der Kragen seines weißen Hemdes hat im Nacken einen großen roten Fleck. Offenbar habe ich ihn gut getroffen.

Ein Russe dreht sich noch um und will etwas sagen, aber der andere hält ihn mit einem Griff auf die Schulter zurück. Wie die besiegten Panzerknacker schleichen sie aus dem Lokal. Dieser Punkt geht an mich. Ja, heute Abend war Donald in seiner Geheimidentität als Phantomias, der Superheld und Rächer der Gedemütigten, unterwegs.

Der weiße Türsteher zieht den zusammengeschlagenen Kerl hinter dem Zigarettenautomat hervor. Die Chefin schaut genervt auf ihn herunter und winkt den Schwarzen zu sich. Sie flüstert etwas und er nickt. Dann trägt er den Körper mit seinem Kollegen zum Ausgang. Als sie an mir vorbeikommen, erkenne ich den verprügelten Mann: Jochen.

Die drei Schläger haben ganze Arbeit geleistet. Sein Gesicht ist blau und rot: Bestimmt haben sie ihm die Nase gebrochen. Die Haut über einer Augenbraue ist gerissen und die Lippe ist aufgesprungen. Sein übriger Zustand ist durch die Kleidung hindurch nicht zu erkennen. Aber auf dem hellen Shirt sehe ich Abdrücke von Schuhsohlen.

Wo ist Sibylle? Ich suche sie im Chill-out-Raum, aber sie ist verschwunden. Auch auf der Tanzfläche oder am Tresen sehe ich sie nicht. Frustriert lasse ich mich auf das Sofa fallen.

Nebenan spielen sie schon wieder *Nighttrain*.

Ich will hier raus. Ich habe genug von Prügel, gefickten Enten und Superhelden.

Dann erkenne ich gegenüber an der Wand Lukas. Er kommt herüber und kniet sich vor mir hin. Sein Gesicht ist nur eine Handbreit von meinem entfernt, und ich rieche die Cola, die er gerade getrunken hat.

»Du hast die falsche Pille erwischt«, sagt er. »Ich habe dich schon erwartet.«

»Kannst du …«, setze ich an, aber er unterbricht mich. »Natürlich. Hiermit.«

Er schüttelt aus seinem Lederbeutel eine kleine rosa Pille und hält sie kurz in die Luft. Ich nicke und er steckt sie in meinen Mund. Sie schmeckt süß-sauer, wie die Sauce beim Chinesen. Und sie ist scharf wie Chili. Meine Zunge brennt und meine Augen tränen. Mir wird heiß, als habe ich einen Becher Tabasco-Sauce getrunken.

Lukas lächelt mich an und legt mir die Hand auf die Schulter. »Du wirst sehen, gleich ist alles wieder gut«, murmelt er.

Ich schließe die Augen. Mein Kreislauf tobt. Dicke Schweißperlen rinnen meine Stirn entlang, den Hals hinab, bis das T-Shirt sie aufsaugt. Kein Zeitgefühl. Ich weiß nicht, wie lange ich so sitze und meine Körperfunktionen bekämpfe.

Als ich die Augen öffne, erkenne ich neben mir auf dem Sofa Stefan. Er winkt mir zu. Ich winke zurück. Sein langweiliges Landei steht neben ihm und winkt ebenfalls.

Oh ja. Endlich. Es hat funktioniert. Sie können mich sehen!

Mein Magen verkrampft sich. Mein Verstand springt von Gedanken zu Gedanken und kann keinen einzigen fassen.

Neben Lukas erscheint die Chefin. Sie zieht ihn zu sich herauf und küsst ihn. Stefan flüstert Steffi etwas ins Ohr. Die vier mustern mich.

Bibos Federn wehen im Wind der Lüftung. Stefan zieht sein Shirt aus und setzt sich neben mich. Lukas beugt sich über mich. »Gleich ist alles wieder gut«, flüstert er.

Ich drücke ihn weg und springe auf. Ich renne und stoppe erst, als ich auf der Straße stehe.

Die hübsche Polin mit der tätowierten Rose stellt sich mir in den Weg, aber ich schiebe sie zur Seite. Heute nicht mehr.

Ich will keine kaputten Typen mehr sehen.

Gott, ich hasse diesen Laden.

FRANK: SPRÜNGE

»Das war Steffi«, sage ich gereizt ins Handy. »Sie hat mir zum Geburtstag gratuliert. An einem solchen Tag kann es schon einmal passieren, dass der Anschluss längere Zeit besetzt ist. Das muss nicht bedeuten, dass ich gerade mit einem anderen Kerl im Bett liege.«

»Das habe ich nicht einmal angedeutet«, mault Maurizio beleidigt zurück. »Ich fragte nur, mit wem du so lange telefoniert hast.«

»Und ich habe es dir gesagt.«

Stille. Keiner will nachgeben.

»Und was hat sie so erzählt? Wie geht es deinem Vater?«

Mein Freund flüchtet sich in Smalltalk. Das ist besser als streiten, also spiele ich mit. »Er ist seit gestern raus aus der Reha und zu Hause. Aber es wird noch dauern, bis er die Medikamente absetzen kann. Steffi und ihr Mann kümmern sich um ihn.«

»Auf mich macht sie eher den Eindruck der bösen Stiefschwester aus dem Märchen als den einer treu sorgenden Tochter«, bestätigt Maurizio meine Gedanken. Meine Halbschwester ist nicht gerade der selbstlose Typ. Eigentlich will ich mit ihr gar nichts zu tun haben, doch sie hat die Hand auf meinem Geld, seit mein Vater ein Pflegefall geworden ist.

»Ist sie immer noch auf ihrem Verschwörungstrip?«, fragt Maurizio.

»Aber ja. Alle Menschen sind schlecht und hinterhältig. Typischer Fall von Projektion: Nur wer selbst solche Gedanken hat, unterstellt sie auch den anderen. Ich meine, sie hat mich heimlich beim Koksen fotografiert. Mit dem Bild wollte sie bestimmt zu unserem Vater gehen.«

»Das traust du ihr zu?«

»Steffi würde ich noch ganz andere Sachen zutrauen. Die hat der Russenmafia regelrecht Rache geschworen. Du hättest ihr Gesicht sehen sollen, als sie sich über unseren blutenden Vater beugte. So sahen die griechischen Furien aus, zum Fürchten. Ich möchte nicht einer ihrer Feinde sein. Und deshalb will ich sie auch so weit entfernt von mir wie möglich wissen. Nicht mehr Kontakt zu ihr als unbedingt nötig, habe ich mir vorgenommen. Übrigens soll ich auf keinen Fall mehr ins ›Topas‹ gehen, meinte sie. Das sei nicht sicher. Gerade hätte die Russenmafia dort einen ehemaligen Mitschüler von ihr zusammengeschlagen, einfach so.«

»Woher weiß sie das denn? Verkehrt sie jetzt regelmäßig auf der Reeperbahn?«

»Vielleicht aus der Zeitung?« Ich sehe auf die Uhr. Nur noch eine halbe Stunde bis zur Mittagspause. »Hier tobt der Bär. Ich muss zurück zur Arbeit«, lüge ich. Um diese Zeit ist gar nichts los, aber das Gespräch langweilt mich.

»Aber du bist pünktlich für dein Geschenk fertig?« Maurizios Stimme klingt bedürftig, wie so oft in den letzten Wochen.

»Natürlich. Ich werde auf gepackten Koffern sitzen, wenn du kommst.«

Er lacht. »Du musst nichts packen. Die haben dort alles, was du brauchst. Den Rest bringe ich mit.«

»Das ist eine Redensart«, erkläre ich.

Wieder Stille. Ist er jetzt beleidigt?

»Ich freue mich auf dich«, sage ich, und ein Teil von mir meint es ehrlich.

»Ich auch.«

Er freut sich, das kann ich hören.

Wetten, dass ihm der kleine Finger nicht reicht und er gleich nach dem ganzen Arm greifen wird?

»Ich liebe dich«, fügt er wie erwartet hinzu. Männer sind so durchschaubar. Was antworte ich? Ich weiß, was er hören möchte. Es wäre so einfach, ihm eine Freude zu machen. Warum kriege ich diesen Satz einfach nicht über meine Lippen?

»Ja. Ich dich auch«, verabschiede ich mich schnell und lege auf, bevor er noch etwas sagen kann.

Ich stopfe das Handy zurück in meine Tasche. Mir gegenüber steht ein mittelgroßer Blonder mit unmöglicher Beckham-Irokesen-Frisur und strahlt mich über den Tresen an.

»Ich habe nicht zugehört«, sagt er. Wir wissen beide, dass das nicht wahr ist. Seine Stimme klingt wie die von Bruce Willis und sein Lächeln ist mindestens so frech. »Kann ich ein anderes Zimmer bekommen?«, fragt er. »Wir veranstalten in Ihrem Haus ein Seminar und ich würde gerne nicht in der Nähe der Teilnehmer wohnen. Sie wissen schon, die müssen nicht alles mitbekommen.« Er grinst breit und unmissverständlich. Gleich fragt er wahrscheinlich, wann meine Schicht zu Ende ist.

»Aber selbstverständlich. Meine Kollegin wird sich um Sie kümmern«, antworte ich und winke Katja, der Auszubildenden zu. Heute ist mein Geburtstag, da brauche ich nicht mit fremden Männern zu flirten.

Beckham bedankt sich. Seine Enttäuschung überspielt er mit Augenzwinkern. Während Katja den Kunden übernimmt, gehe ich ins Büro und lasse mich aufs Sofa fallen. Ich streife die Schuhe ab und lehne mich zurück. Meine Füße bringen mich noch um.

Bevor ich anfing, hier im ›Art Hotel Hamburg‹ zu arbeiten, fand ich Hotel-Lobbys, gerade die von den supernoblen Bettenburgen, einfach geil. Die vielen unterschiedlichen Menschen, die Geschäftsleute, die aussehen wie Agenten und Aktenkoffer austauschen, die ehemaligen Filmstars mit weißen Pudeln an der Leine und die Nutten, die an der Bar in langen Pelzmänteln warten.

Schade eigentlich, dass die Realität mal wieder ganz anders aussieht als so ein Hollywood-Schinken aus den Siebzigern. Die Banker kaufen alle ihre Anzüge beim Discounter, ein dunkelgrauer Mops einer nicht in Würde gealterten TV-Ansagerin kackt vor die Eingangstür und für eine Nummer mit der Alten im rotgelben Kleid an der Kaffee-Bar müsste der Freier bezahlt werden. Wäre ich als Gast in dieser Lobby, dann hätte ich vielleicht Spaß. Aber als Aushilfsconcierge sehe ich das Drama hier ungeschminkt und mit anderen Augen, und obwohl es ein gestylter Anblick ist, schön ist er nicht!

Warum ich mir das antue? Weil ich nicht weiß, was ich will. Das ist mein Problem. Schon immer gewesen und wird es immer sein. Bis sie mich einbuddeln. Und selbst dann werden sie rätseln, ob ich nicht doch lieber eingeäschert worden wäre.

Hinter diesen Rezeptionstresen aus Nussbaumholz geriet ich eher ungewollt, und zwar auf der Einweihungsparty dieses »neuen Glanzlichts der Hansestadt«, wie die Zeitungen schrieben. Der Grund war

Pete, mein bester Freund. Dessen Eltern beschlossen vor einigen Jahren, dass in der Umgebung der Reeperbahn ein modernes, trendiges Hotel fehlt. Eines, das von einem namhaften Designer entworfen ist und ein junges, feierwütiges Publikum anziehen kann, das sonst in New York, London oder Berlin auf Piste geht. Sie führten bereits ein immer ausgebuchtes Tagungshotel vor den Toren der Stadt, aber sie wollten zusätzlich was wirklich Geiles im Zentrum eröffnen, etwas, das auch ihren einzigen Sohn begeistern könnte. Damit wollten sie sicherstellen, dass Pete nach ihrem Tod ihr Lebenswerk nicht einfach verkauft und in Frühpension nach Ibiza abhaut. Also haben sie für ihn dieses abgefahrene Ding hingestellt, in der Hoffnung, dass sogar ihr Sohn sesshaft und seriös wird. Ich möchte das lieber nicht beurteilen. Nur so viel: Meiner Erfahrung nach wird Pete niemals seriös, nicht einmal unter Folter. Das ist eines der Dinge, die wir gemeinsam haben.

Zwei Jahre dauerte es, bis endlich aus einer ehemaligen Fischräucherei im Hinterhof ein echter Designtempel wurde. Ein Star-Architekt aus Chicago tobte sich aus und ließ von dem alten roten Backsteingebäude nur die Front und den hohen Räucherkamin stehen: Alles andere wich Stahl und Beton, farbig beleuchtet durch Ornamentfenster wie in einer Kathedrale. Ganz viel Feng Shui in den Zimmern und *Architectural Digest* in der Empfangshalle und dem Restaurant: dunkle Ledersessel an rotbraunem Holz und in der Mitte ein gläserner Teich, in dem die teuersten Kois schwimmen, die man in Europa kriegen kann. Hässliche Fische, die aussehen wie ungleichmäßig gehäutet, aber garantiert was Außergewöhnliches für den Kiez.

Nur das Publikum hält bislang so gar nicht mit. Am Morgen kam wieder eine Busladung von *König-der-Löwen*-Besuchern hier an: Ehepaare, die ihre goldene Hochzeit feiern wollen und aufgeregt quieken, wenn man sie auf das »Füttern verboten«-Schild hinweist und sagt, dass jeder dieser Goldfische mehr wert ist als ihre schrottige Secondhand-Abendgarderobe.

Von den Gästen der Eröffnungsfeier vor zwei Wochen ließ sich kaum einer wieder hier im Hotel blicken. Eine Schar von Promis aus Lokalpolitik, Fernsehen und Szene schnorrte sich durch das Sushi-Büfett, trank roséfarbenen Champagner und kokste auf den Milchglas-Ablageflächen in den Toilettenkabinen. Pete schleppte mich mit, er wollte nicht alleine feiern. Und wäre ich nicht bereits um zwei Uhr morgens abgeschossen gewesen, ich hätte mich nie auf diese doofe Diskussion eingelassen.

Wir saßen an der Bar neben dem alten Räucherkamin. Er lästerte über das Hotel und seine Eltern und darüber, wie sehr er es hasst, den Junior-Chef zu spielen.

»Andere würden sich für so 'nen lauen Job die rechte Hand abhacken!«, rief ich, während ich die asiatischen Essstäbchen auf einen Haufen türmte.

»Oh, du kannst ihn gerne haben, wenn du ihn willst«, fuhr er mich an.

Und zwei verlorene Runden japanisches Mikado und eine Flasche Taittinger später habe ich mich verpflichtet, einen Monat lang am Empfang auszuhelfen. Deshalb sitze ich nun hier, an meinem Geburtstag, in diesem Büro, starre an die Decke und warte auf meine Mittagspause.

Ich treffe Pete in einer neu eröffneten Gourmet-Kneipe irgendeines bekannten Sterne-Kochs, dessen Name ich natürlich noch nie gehört habe. Pete kennt sie alle: jeden Laden, der einen Stern trägt. Als wir noch zusammen waren, was etliche Jahre her ist, führte er mich ständig in solche Fresstempel. Teuer muss ihn nicht kümmern, und er ist wirklich großzügig. Manchmal ohne jedes Maß. So wie heute.

»Du bist völlig verrückt«, rufe ich und lasse die Gabel fallen. »Du kannst mir doch nicht einfach ohne Ankündigung ein Flugticket übers Wochenende nach London schenken.«

Pete kennt Widerspruch nicht. »Du wirst mein Geburtstagsgeschenk nicht zurückweisen«, sagt er und streicht sich über seinen Goatie, der an den Seiten bereits grau wird.

»Und was ist mit dem Geburtstagsgeschenk von Maurizio? Er wird superenttäuscht sein.«

»Du hast noch den ganzen Nachmittag und Abend. Wir fliegen morgen früh.«

»Ich kann nicht. Mein eifersüchtiger Freund würde mich … Ich glaube, er würde mich verlassen, wenn ich ihm das antäte. Mit dem Ex nach London. Das würdest nicht einmal du bringen.«

Pete seufzt. »Das Gleiche hast du gesagt, als wir nach Ibiza geflogen sind. Und? Was ist passiert? Er hat dir verziehen. Und war danach noch hingebungsvoller als zuvor.« Er lächelt, denn er weiß, dass ich auf Dauer Männer nicht ertrage, die sich mir permanent unterordnen. Nicht dass ich mich unterordnen würde: keinesfalls. Aber wenn sie gar keinen Widerstand zeigen, stirbt mein Interesse.

»Du bist der Teufel«, sage ich. »Wie schaffst du es nur, dass dich alle für einen Heiligen halten?«

»Wenn du etwas Schlechtes tust, sei zumindest nett und charmant dabei. Das ist das ganze Geheimnis. Gib dich selbstlos, dann können sie dir nicht böse sein. Und wenn es doch schiefläuft, kannst du immer sagen, das hättest du nicht gewollt und es täte dir leid. Menschen verzeihen, weißt du. Selbst die schlimmsten Dinge, wenn sie nur aus Liebe geschehen.«

Pete weiß genau, in welchen Gewissenskonflikt er mich bringt. Und ich kenne ihn gut genug, um dieses Geschenk nicht nur als die selbstlose Gabe zu sehen, die sie zu sein scheint. Vermutlich braucht Pete einfach nur wieder Abwechslung von den Groupies und Fans, die sich auf der Hamburger Piste um ihn scharen. Er muss mal wieder auf eine Feier abseits vom Kiez, wo ihn niemand kennt, wo er mit ein paar Tausend halbnackter, schwitzender Kerle in einer riesigen Lagerhalle tanzen und ficken kann bis zum nächsten Abend.

Die Idee ist durchaus verlockend.

»Ich rede nachher mit ihm und rufe dich dann an«, sage ich und konzentriere mich wieder auf meine Jacobsmuscheln auf Graupenrisotto. Sehr lecker, keine Frage, aber zickig. Risotto ist Risotto, ob Graupe oder Reis. Pete schüttelt den Kopf und schiebt seine gerade mal zur Hälfte aufgegessene Topinambursuppe mit Riesengarnelen zur Seite und legt seine Serviette auf den Tisch.

»Schmeckt es nicht?«

»Doch.« Er hält den Löffel hoch. »Aber bemerkst du, dass der Designer beim Geschirr komplett versagt hat?«

Tatsächlich ist der Suppenteller tief wie ein Brunnen. Die Biegung des Löffels jedoch ist zu gerade, um auf dem Grund des Tellers Suppe aufzunehmen. Jeder andere als Pete hätte ihn einfach in die Hand genommen und daraus getrunken. Wenn die Rechnung kommt, wird er so lange diskutieren, bis er entweder gar nichts oder nur die Hälfte des ganzen Essens bezahlen muss.

»Bist du aufgeregt?«, fragt er.

»Meinst du damit London oder das tolle Geburtstagsgeschenk von Maurizio?«, erwidere ich kauend.

»Das Geschenk von Maurizio. Dass dir meines gefällt, weiß ich! Und dass dir seines Panik bereitet, ist mir auch klar.«

»Ich frage mich, wie er auf diese Idee kam.«

»In seinen Augen gehört das vermutlich zu einer Beziehung dazu: Die Interessen des Partners teilen.«

»Ich habe Schiss«, gebe ich zu.

Pete lächelt befriedigt. »Willst du noch einen Kaffee?«

Ich nehme jetzt erst den Kellner wahr, der neben mir wartet. Es ist ein hübscher Kerl: schokoladenbraune Haut, volle Lippen, große, dunkle Augen und kurz rasierte Haare. Er trägt eine enge ausgewaschene 501 und seine Oberarme quellen wie Melonen aus dem schwarzen T-Shirt.

»Unbedingt«, antworte ich und strahle die Schnitte an.

»Hetero«, kommentiert Pete knapp, nachdem der Kellner die Teller abgeräumt und uns wieder allein gelassen hat.

»Woher willst du das wissen?«

»Ehering!«

»Das muss nichts heißen.«

»Tut es aber in der Regel. Außerdem: Was kümmert es dich? Du bist befreundet.« Seine Augen bohren sich in meine. »Oder?«

»Natürlich. Sollte sich das ändern, wirst du es zuerst erfahren.«

»Also habt ihr wieder Sex?«

Woher weiß er, dass Maurizio und ich seit drei Wochen nicht mehr miteinander geschlafen haben?

»Können wir das Thema wechseln?«, frage ich.

»Aber natürlich.« Pete greift nach meinen Zigaretten und steckt sich eine an.

»Seit wann rauchst du wieder?«, erkundige ich mich.

Er pustet kunstvoll zwei Ringe in die Luft. Jahrelang habe ich versucht, das zu lernen, aber es ist mir nie gelungen. Pete beherrscht all das, was ihn zum Mittelpunkt einer Runde, eines Restaurants und eines Clubs machen kann.

»Wieder mal was von Marc gehört?«, wechselt er unvermittelt das Thema. Gott sei Dank nicht, will ich sagen, aber schlucke den Ausspruch hinunter. Das hat er nicht verdient, auch wenn er mir am Ende unsäglich auf die Nerven gegangen ist mit seinen verliebten Augen, die mir jeden Wunsch erfüllen wollten. »Nicht mehr seit der Nacht, als ich ihn wegen Maurizio nach Hause geschickt habe. Ich glaube, das hat er mir nicht verziehen.«

»Ach ja, Marc«, sinniert Pete. »Nicht grundverkehrt, aber so voller Komplexe. Kein Selbstwertgefühl, macht sich immer kleiner, als er ist, und ist so bedürftig nach Liebe, dass man einfach flüchten muss. Warum hast du ihn eigentlich abgeschossen? Maurizio ist doch der gleiche Typ.«

»Findest du?«, frage ich und zünde mir ebenfalls eine Zigarette an. »Ich kann nichts dafür, dass sie immer zu mir aufblicken wollen.«

»Vielleicht brauchst du endlich jemand aus deiner Liga, auf den du nicht herabsehen kannst.«

»Jemand wie dich?«

»Hast du nicht immer gesagt, ich hätte einen schlechten Einfluss auf dich?«

Ich schüttle den Kopf. »Ich brauche einfach Freiraum. Wenn es zu eng wird, flüchte ich eben. Das habe ich wahrscheinlich von meinem Vater geerbt.«

»Bestimmt«, antwortet Pete spöttisch.

Ich verstehe nicht, worauf er hinauswill. »Wie kommst du jetzt darauf? Analysierst du heimlich meine Beziehungsmuster?«

Pete sieht mich erstaunt an. »Weshalb sollte ich? Solange du glücklich bist.« Er macht bedeutungsschwanger eine Pause, auf die ich aber nicht eingehe.

»Ich habe Marc gestern Vormittag gesehen, wie er aus dem türkischen Gemüseladen in der Talstraße kam«, erklärt Pete.

»War er breit?«

»Ich glaube nicht. Er sah gut aus. Wirklich. Auf alle Fälle besser als zu deiner Zeit. Und natürlich schlechter als zu meiner.«

Natürlich. Pete behandelt seine Freunde besser als ich. Pete ist erfolgreicher als ich. Pete ist beliebter als ich. Und niemand kann Pete lange böse sein. Wenn er einen Typ in die Wüste schickt, dann bleiben sie dennoch Freunde. Wenn ich das tue, sprechen sie nicht mehr mit mir. Ich bin die Nummer zwei. Ich nehme sogar seine abgelegten Affären.

Der knackige Kellner bringt unseren Latte macchiato und stellt die Gläser mit einem Blick in Petes Augen ab, genau eine Sekunde zu lang, um bedeutungslos zu sein.

Es ist wie immer: Alle Typen fahren zuerst auf Pete ab.

Er lächelt den Kellner an, dreht aber dann den Kopf zur Seite, nimmt mir fürsorglich die Kippe aus der Hand und drückt sie aus. Dann nimmt er einen Nusskeks und füttert mich demonstrativ über den Tisch.

Oh, ich weiß, was er damit bezweckt, ich weiß es ganz genau: Erst sorgt er dafür, dass er angeflirtet wird, und wenn das geklappt hat, sorgt er dafür, dass ich leer ausgehe, indem er uns als Paar zelebriert.

»Wann musst du zurück sein?«, fragt er.

Ich zermalme die Nüsse und spüle sie mit Kaffee herunter. Dann sehe ich auf das Display meines Handys. »Noch habe ich zehn Minuten Pause.«

Pete zieht ein Kuvert aus der Jackentasche und gibt es mir. »Deine Ausrüstung. Inklusive ein halbes Gramm Koks als Wegzehrung.« Er winkt ab, als ich etwas erwidern will. »Heute ist dein Geburtstag. Auch wenn du mittlerweile anständig geworden bist, darfst du ab und an feiern. Stell dich nicht so an!« Er zieht einen Zettel aus dem Kuvert. »Hier steht alles, was du für London wissen musst: Wann wir an welchem Terminal sein müssen, wann wir am besten losfahren, wann wir ankommen und wohin wir dann weiter fahren! Wir fliegen übrigens Lufthansa, Business Class! Ich habe dir auch aufgeschrieben, was du sonst noch für London mitnehmen musst, damit du nicht etwa die Kontaktlinsenflüssigkeit vergisst. Die Hotelkosten gehören ebenfalls zum Geburtstagsgeschenk, aber du solltest für die Partys in Deutschland vorher ein paar Pfund wechseln, die nehmen dort nämlich nur ungern Euro an. Und vor allem denk daran, deinen Personalausweis einzupacken!«

»Das könnte ein Problem werden«, fällt mir ein und krame in meinem Rucksack nach der Brieftasche. Ich finde Führerschein, Krankenkassenkarte und meinen Perso. Ich lege ihn auf den Tisch.

»Der ist abgelaufen. Kriege ich den bis morgen verlängert?« Ich hoffe, er hört mir meine Erleichterung nicht an.

»So was in der Art«. Pete macht eine Pause und trinkt seinen Kaffee aus. »Im Ortsamt geben sie dir einen Zettel mit einem Stempel, der belegt, dass dein neuer Ausweis gerade in Arbeit ist. Das dauert höchstens eine halbe Stunde. Sag ihnen, dass du heute Geburtstag hast, dann geben sie sich noch mehr Mühe.«

»Das wird knapp. Maurizio holt mich gleich nach der Schicht ab! Und ich weiß wirklich noch nicht, ob ich das bringen kann: ihn hier sitzen lassen und mit dir nach London düsen.«

»Das kannst du dir ja noch überlegen«, sagt Pete und lehnt sich mit hinter dem Kopf verschränkten Armen zurück. »Du hast bis heute Abend Zeit, sonst gebe ich das Ticket jemand anders. Ich könnte Marc fragen …«

Pete weiß genau, welche Hebel er bei mir betätigen muss.

Nach der Mittagspause fallen die Teilnehmer des Seminars im Hotel ein. Sie haben zwanzig Zimmer und die ganze Konferenzebene angemietet, alle vier Räume. Zuerst herrscht Chaos, denn Katja pennte bei der Reservierung und verteilte die Meute wild über alle Etagen. Das geht natürlich nicht. Also arrangiere ich ein wenig um.

Nach einer Stunde gehört das dritte Stockwerk komplett den Kreativen. Das habe ich so geschickt hinbekommen, dass nur ein Ehepaar aus München und zwei Rentner umziehen müssen. Mit einem Kaffeebecher in der einen und einer Zigarette in der anderen Hand belohne ich mich gerade im Hinterhof, als jemand am Tresen die Glocke betätigt. Ich werfe genervt die frische Lucky in den japanischen ZEN-Sandgarten, nippe einmal an dem heißen Milchkaffee und setzte mein *Herzlich Willkommen, was kann ich für Sie tun*-Gesicht auf. Am Tresen wartet die Beckham-Frisur mit der Bruce-Willis-Stimme.

»Darf ich Sie zwei Dinge fragen?«, sagt er, und sein Timbre beschleunigt meinen Puls.

»Natürlich«, sage ich und baue mich vor ihm auf. Er ist einen halben Kopf kleiner als ich und so wie seine Stirnader plötzlich hervortritt, gefällt es ihm offensichtlich, zu größeren Männern hinaufzuschauen.

»Ich benötige noch einige Dinge für die Seminarräume. Können Sie mir die besorgen?«

Alles kann ich dir besorgen, denke ich und sage: »Lassen Sie mich wissen, was Sie brauchen, und ich sehe, was ich arrangieren kann.«

»Fünf weitere Pinwände wären klasse. Wenn möglich, mindestens zwei Meter hoch und breit. Und dazu noch ausreichend Stecknadeln.«

Keine Ahnung, wie ich die auftreiben soll, aber das fällt mir schon noch ein. »Kein Problem. So gut wie fertig«, lüge ich. »Und Ihre zweite Frage?«

Er zieht einen Flyer aus der Innentasche seines Jacketts und legt ihn mir auf den Tresen. »Können Sie mir sagen, wie ich dorthin komme?«

Die Postkarte zeigt zwei halbnackte Männer, die auf einer Bank in einer Dampfsauna sitzen: Eine Werbung für ein schwules Badehaus in der Talstraße, einer Seitenstraße der Reeperbahn.

Ich mustere ihn. Seine Augen leuchten und die Ader über ihnen pulsiert. Der Mann gräbt mich gerade an.

»Ich markiere Ihnen gerne auf dem Stadtplan, wohin Sie müssen«, erkläre ich ungerührt, während ich auf unserer Straßenkarte mit ein paar Pfeilen den Weg beschreibe. »Das ist nicht weit von hier. Höchstens fünf Minuten zu Fuß.«

Er beugt sich zu mir. »Die Seminarteilnehmer haben den Abend zur freien Verfügung. Wollen Sie mir vielleicht den Weg nicht selbst zeigen, wenn Sie hier fertig sind? Ich würde selbstverständlich für alle Kosten aufkommen.«

Einen Moment zögere ich. Typen, die wissen, was sie wollen, gefallen mir. Ich stehe nicht auf Rumeiern, vor allem nicht, wenn es nur um Sex geht. Wir wollen alle poppen, da sollte man kein Gesellschaftsspiel draus machen, sondern es einfach tun. Seine Frisur ist zwar dämlich, aber seine Stimme macht das lässig wieder wett. Ich kann ja die Augen schließen.

»Geht nicht«, seufze ich und füge hinzu: »Heute Nachmittag bin ich bereits verplant.«

Wenn er enttäuscht ist, lässt er sich das nicht anmerken. »Das ist schade, aber ich sprach ja auch vom Abend.« Er greift nach einem Stift und streicht dabei kurz über meine Hand. »Ich schreibe Ihnen meine Nummer auf, falls Sie doch noch Zeit haben! Am besten, Sie schicken eine SMS, denn ich wollte später noch kurz in Ihren Fitness-Raum zum Trainieren und dabei bin ich nicht erreichbar.«

Dann legt er den Kopf schief wie ein kleiner Junge, der Süßigkeiten möchte, und reicht mir über den Tresen die Hand. Sein Druck ist kurz und fest.

»Vielleicht melde ich mich«, sage ich.

Ich sehe ihm nach, wie er am Koi-Teich vorbei in Richtung Seminarräume geht. Das Jackett bedeckt seinen Hintern, aber die Oberschenkel zeichnen sich deutlich in der engen Jeans ab: »Very fuckable«, würde Pete sagen, aber dieses eine Mal wäre ich nicht die Nummer zwei.

Beckham steigt in den Fahrstuhl und ich werfe seine Nummer in den Mülleimer.

Auch die modernste Technik hilft nicht gegen die Schlange im Ortsamt St. Pauli: Ich habe zwar extra im Internet auf deren Website nachgesehen, wie lange die Wartezeit voraussichtlich sein würde. »Aktuelle Wartezeiten: Es warten zur Zeit 2 Kunden im Arbeitskreis 1. Die durchschnittliche Wartezeit beträgt 9 Minuten und 33 Sekunden«, steht da. Aber entweder ist die Übertragung der Daten nur eine Verarsche, um potenzielle Besucher gnädig zu stimmen, oder in den vergangenen zehn Minuten, seit ich auf die Website geschaut habe, ist ein Bus vorgefahren. Acht Gestalten hocken mit mir im Flur und warteten darauf, dass sie aufgerufen werden.

Ein Jagdhund mit kurzem grau-braunem Fell wuselt um meine Beine und schnüffelt an den polierten Lederschuhen. Ich tappe ein paar Mal mit dem Fuß nach rechts und links und er folgt meinen Bewegungen mit seiner Schnauze wie ein Zuschauer beim Tennis am Rotherbaum.

»Er heißt Bukowski. Nach dem Schriftsteller. Ein Rassehund, ein Weimeraner. Willst Du ihn kaufen?«, fragt mich plötzlich jemand von rechts. Neben mich setzt sich eine Frau in etwa meinem Alter und strahlt mich an. Ich wirke vermutlich verständnislos, denn sie wiederholt ihre Frage.

»Nein«, antworte ich schließlich. »Ich brauche wirklich keinen Hund.«

Sie zuckt zurück. Das klang heftiger, als ich es meinte. Hund steht für mich als Sinnbild einer langweiligen Beziehung, in der ein Tier Kindersatz darstellen soll. Bereits die Idee, sich gemeinsam einen Hund anzuschaffen, würde mich in die Flucht treiben.

Mit sanfter Stimme frage ich nach: »Warum möchtest du ihn denn loswerden? Allergie?«

»So was in der Art«, sagt sie, und ihre Mundwinkel hängen traurig. »Aber ein guter Platz ist schwer zu finden und ich habe das schon viel zu lange hinausgezögert.«

Ich weiche ihrem Blick aus und meine Augen bleiben in ihrem Ausschnitt hängen. Sie trägt ein graues Top aus dünnem T-Shirt-Stoff, durch das sich die Nippel ihrer beachtlich großen Brüste abzeichnen. Irgendetwas an ihr kommt mir vertraut vor, aber ich kann sie nicht einordnen.

»Kennen wir uns vielleicht? Ich glaube, wir haben uns schon mal getroffen, oder?«

Sie mustert mich von oben bis unten und schüttelt den Kopf.

»Also, ich bin Frank«, stelle ich mich vor und ziehe mein Jackett aus. Ich habe zum Arbeiten ein schlichtes weißes T-Shirt an, durch dessen Gewebe sich die schon zu lange nicht mehr gestutzten Brusthaare bohren.

»Ich bin Nadja«, sagt sie. Bukowski stellt bei ihrem Namen die kupierten Ohren auf. »Und ich glaube, ich habe dich doch schon mal gesehen, im ›Topas‹, kann das sein? Im Anzug siehst du so anders aus. Ich glaube, ich kenne dich eher in Trainingshose und oben ohne.«

Auch beim näheren Hinsehen fügt sich in meinem Kopf kein Bild zusammen. Allerdings bin ich im ›Topas‹ selbst nie wirklich der Fitteste. In einem After Hour Club wie dem schlägt man schließlich nur unter Drogen auf, sonst würde man ja nach Hause ins Bett gehen und schlafen, wie jeder vernünftige andere Mensch auch.

Sie lacht und zieht den Ausschnitt ihres Tops ein Stück hinunter. »Klingelt jetzt etwas?«, fragt sie. Zwischen ihren Brüsten entdecke ich eine tätowierte Rose. Jetzt erinnere ich mich tatsächlich vage an eine ziemlich weggetretene Person, die auf der Tanzfläche eher ungelenk versucht, den Takt der Musik zu halten.

»Ich sehe, das war der Trick«, meint sie stolz. »Der funktioniert fast immer. Auch bei den schwulen Jungs.«

Nun lache ich. Nadja hat es auf alle Fälle raus, einen Eindruck zu hinterlassen. »Allerdings ist mein Bild nicht sehr schmeichelhaft, wenn ich ehrlich bin. Du bist immer ziemlich abgeschossen im ›Topas‹, oder?«

»Wer ist das nicht? Der Laden ist doch anders als breit nicht zu ertragen. Soweit ich mich entsinne, feierst du aber auch ganz gern. Bist du dort nicht häufig mit diesem Kleinen, der in der ›St. Pauli Theater Bar‹ arbeitet?«

»Maurizio. Ja, aber er kellnert dort nicht mehr. Er ist jetzt ein hohes Tier bei einem Catering Service.«

»Freund oder Bekannter?«

»Maurizio ist mein Freund«, bekräftige ich. Erstaunlich, wie leicht mir das von den Lippen geht, wo ich in diesem Moment doch eigentlich das Ende meiner Beziehung heraufbeschwöre.

»Ziehst du um?«

»Ich muss meinen Personalausweis verlängern lassen. Abgelaufen.«

Sie zieht Bukowski von meinen Schuhen. »Dann bist du also auf dem Sprung.«

»Nein«, antworte ich zögernd. Aber das stimmt nicht. »Doch. Ja. Fast. Ich weiß es nicht genau.«

Mein Stottern irritiert sie keinen Augenblick. »Es ist wirklich spannend, die Leute von der Piste dann auch mal tagsüber und nüchtern zu sehen«, sagt sie. »Es ist also doch kein Gerücht: Da gibt es ein Leben außerhalb der Reeperbahn!«

Sie streichelt dem Hund über den Kopf. Bukowksi setzt sich auf und glotzt mich erwartungsvoll an, als wäre dies das Signal zum Gassi gehen.

»Und was machst du so, wenn du dich nicht vom Feiern erholst?«, will ich wissen.

»Langweiligen, normalen Kram, der die Miete bezahlt. Nichts, was der Rede wert wäre.« Sie zeigt mit dem Zeigefinger auf zwei Mädels, die uns gegenüber sitzen und flüstert: »Ich gehe nicht auf den Strich wie die beiden dort. Auch wenn ich damit bestimmt gut verdienen würde.« Sie richtet den Ausschnitt ihres T-Shirts und streicht eine Falte über ihrer Brust glatt. Ich stehe vielleicht nicht auf Frauen, aber diese Titten sind fraglos klasse.

Nadja bemerkt meinen Blick und lächelt: »Falsch. Ich hatte die Wahl zwischen Lasern der Augen und epischen Formen. Ich dachte mir, was nutzt es, wenn ich andere gut sehe, aber niemand mich anschauen mag. Also investierte ich mein Geld in Titts de Luxe und Einweg-Kontaktlinsen.«

Sie beugt sich zu ihrem Hund und krault ihm das grau-braune glänzende Fell. Dann sieht sie auf die Nummer, die am Ende des Flurs blinkt. »Wir sind gleich dran. Nur noch einer vor uns.« Ich weiß nicht, ob sie mit mir oder dem Weimaraner spricht.

Maurizio hat schon recht: Auf Dauer macht Feiern schrullig. Es ist o. k., sich dann und wann richtig abzuschießen, aber Schäden bleiben zurück. Nadja ist ein lebendes Beispiel. Oder ist es etwa normal, einen Fremden im Ortsamt anzuhauen, ob der ihren Hund kaufen will. Ich kann mir nicht einmal sicher sein, ob das Tier wirklich ihr gehört. Und wenn ja: Das armes Vieh hat es bestimmt bei einem neuen Herrchen besser; vermutlich kommt es selten vor die Tür, weil Frauchen ihren Rausch ausschlafen muss oder wechselnden Leih-Herrchen ihre neue Investition ins Gesicht hält.

»Wir sind dran«, ruft Nadja erfreut und steht auf. Ihr Weimaraner bleibt artig sitzen und putzt mit seinem Schwanz wie wild den hellgrauen Linoleumboden. »Hat mich gefreut, Frank. Und wenn du demnächst mit deinem neuen Freund in die große Eigentumswohnung mit Elbblick ziehst und ihr vielleicht einen Hund als Ersatzkind haben wollt: Du findest mich Samstagnacht im ›Topas‹. Sprich mich einfach an, ich bin meist weniger breit, als ich aussehe!«

Sie haucht mir einen Kuss auf die Wange, als kennten wir uns schon ewig. Wie geht doch dieser Witz: »Das Gute an Alzheimer ist, dass man jeden Tag neue Menschen kennenlernt«?

Nadja verschwindet hinter einer weiß gestrichenen Holztür mit Milchglasscheiben. Auf meinen Schuhen klebt Hundesabber.

Maurizios silbergrauer Mercedes steht bereits vor dem Hotel, als ich mit meiner Jacke unter dem Arm in den Hof einbiege. Das Verdeck steht offen, obwohl ich ihm schon zigmal gesagt habe, dass er es hier auf dem Kiez besser immer schließen muss. Hier rennen überall Kids rum, für die ein Cabrio so was wie ein Selbstbedienungsladen ist.

Maurizio wartet am Tresen und blättert in der amerikanischen Ausgabe von *Vanity Fair*. Seine Jeans ist wie immer eine Nummer zu groß und schlabbert um seine Beine. Darüber trägt er ein kurzärmeliges kariertes Hemd, das bis zum Kragen zugeknöpft ist.

Vor einigen Monaten fand ich das süß. Heute schnürt mir der Anblick den Hals zu.

»Findest du nicht auch, dass es hier nach Fisch riecht?«, lästere ich und küsse ihn auf die Stirn.

Er lacht. »Wie in einer Hafenspelunke! Vielleicht hätte man dieses Hotel doch nicht auf den Ruinen einer Aalräucherei bauen sollen.«

Dann legt er die Zeitschrift zur Seite und umarmt mich. »Herzlichen Glückwunsch, mein Geburtstagskind«, flüstert er, und sein Blick bohrt sich verliebt in meine Augen.

Ich möchte ihm sagen, dass er etwas sucht, das nicht da ist. Stattdessen drehe ich mich aus seiner Umklammerung und lege meinen Arm über seine Schulter. Ich weiß, dass er das mag: Da er mir nur bis zum Kinn reicht, bestätigt diese Haltung in seinen Augen meinen Besitzanspruch an ihn, und genau das ist, was er sich von mir wünscht. Das ist keine große Erkenntnis. Natürlich weiß ich, wie wir nebeneinander aussehen. Er ist klein, ich bin groß. Er sieht hinauf, ich schaue herab. Die Rollenverteilung ergibt sich nicht, sie ist so gewünscht. Von ihm und von mir.

»Sind wir schon viel zu spät dran?«, frage ich. »Hast du meine Sachen dabei? Dann ziehe ich mich nämlich schnell um, und wir können sofort los!«

Er drückt mir meinen kleinen Rucksack mit Army-Tarnflecken in die Hand. »Hier«, sagt er. »Wo warst du eigentlich? Ich warte schon seit zwanzig Minuten auf dich.«

»Auf dem Ortsamt«, antworte ich und gehe ins Büro.

Er ruft mir hinterher: »Was hast du denn dort gemacht?«

Ich tue so, als würde ich ihn nicht hören. Er fragt nicht nach. Ich falte den Anzug ordentlich über den Bügel und lasse meine Arbeitskleidung in dem dunklen Loch des Schrankes verschwinden. Maurizio hat meine neue dunkelblaue Jeans mitgebracht, eine klassisch geschnittene Levis ohne Löcher und ausgewaschene Stellen. Er entwickelt in der letzten Zeit eine echte Abneigung gegen meine Sportklamotten von Adidas und Nike. Die Lockphase von potenziellen Partnern sei schließlich vorbei, meint er. Wir hätten uns gefunden und jetzt könnten wir wieder zivilisiert durch die Welt gehen. Der Tag ist nicht fern, an dem er ein gemeinsames Haus mit Garten und Hund vorschlägt.

Ich verstaue meine Brieftasche mit dem abgelaufenen und dem vorläufigen neuen Personalausweis in dem Rucksack. Die Frage, wie er wohl reagieren wird, wenn ich Petes London-Ticket tatsächlich annehme, verdränge ich. Da entdecke ich im Türrahmen meine Ablöse Katja.

Unsere Quoten-Lesbe, die mit ihren struppigen Haaren und in ihrem dunklen Anzug aussieht wie die junge Katherine Hepburn, lächelt spöttisch. »Du hast Angst, nicht wahr? Du darfst es gerne zugeben. Ich an deiner Stelle würde mir in die Hose machen.«

»Das ist genau, was ich jetzt hören möchte«, antworte ich gereizt und dränge mich an ihr vorbei.

»Ganz viel Spaß!«, ruft sie mir hinterher.

Viel fehlt nicht, dann ertrage ich es nicht mehr. Mein Wunsch zu flüchten, lässt mich durch die Halle rennen. Maurizio kommt kaum hinterher. Doch er denkt, ich würde mich aus Vorfreude auf sein Geschenk beeilen.

Katja winkt mir hinter dem Tresen zum Abschied zu, als wäre es das letzte Mal. Maurizio packt derweil meine Sachen ordentlich auf die schmale Rückbank, damit der Fahrtwind keine Unordnung in die Sachen bringen kann.

Ich lasse mich auf den dunkelroten Ledersitz hinter dem Lenkrad fallen.

»Wollen wir?«

»*Du* fährst heute?« Maurizio ist böse. Nein, er ist enttäuscht. Wie immer, wenn ich etwas angestellt habe. Niemals wütend, dafür traurig.

»Eigentlich wollte ich dich chauffieren«, sagt er mit belegter Stimme.

»Ich hatte keinen Alkohol zum Mittagessen und bin durchaus fahrtüchtig.« Ich lasse den Motor an.

Maurizio setzt sich gefügig auf den Beifahrersitz und legt seine Hand auf mein Bein. »Und was erzählt Pete so?«

»Nichts Besonderes«, lüge ich und gebe Gas. Der Fahrtwind ist angenehm, aber die Sonne blendet, und ich nehme mir aus der Mittelablage Maurizios Gucci-Sonnenbrille. »Ich soll dich schön grüßen, und er hofft, dass wir uns nicht umbringen.«

»Wirklich? Der fromme Wunsch bezieht sich doch eher auf dich, oder?«

»Pete hat nichts gegen dich, diese angebliche Abneigung zwischen euch bildest du dir nur ein.«

»Ich bin mir da nicht so sicher.«

»Du kennst ihn einfach nicht gut genug. Wann habt ihr auch miteinander zu tun? Seit wir zusammen sind, gehen wir doch kaum mehr gemeinsam aus.«

»Manchmal telefonieren wir«, sagt Maurizio zu meiner Überraschung.

»Und worüber sprecht ihr dann?«

»Natürlich über dich.« Er bemüht sich, das amüsiert klingen zu lassen. »Zum Beispiel über Geburtstagsgeschenke.«

Das ist ja prächtig: Mein Ex und mein Freund unterhalten sich über mich. »Du weißt, was er mir schenkt?«, frage ich.

»Das hat er mir nicht erzählen wollen, damit ich dir die Überraschung nicht verderbe. Aber er fand meine Idee ganz großartig.«

»Tatsächlich?« Das kann ich mir ehrlich nicht vorstellen, aber das sage ich nicht.

»Manchmal glaube ich, er ist eifersüchtig auf mich«, sagt Maurizio, und seine Finger bohren sich in meinen Oberschenkel.

»Das ist doch Unsinn. Warum sollte er eifersüchtig sein?«

»Ist dir nie der Gedanke gekommen, dass er immer noch mit dir zusammen sein möchte?«

»Das ist nun wirklich eine schwachsinnige Idee. Wir haben nicht zusammengepasst. Wir stehen auf ganz andere Typen. Sieh dich an: Du bist ganz anders als Pete.«

Ein Schatten fällt über Maurizios Gesicht. Das war kein schlauer Kommentar von mir. Niemand würde bezweifeln, dass Maurizio und Pete völlig unterschiedlich sind – und dass sie nicht in der gleichen Liga spielen. Pete könnte mit seinem Aussehen als Model arbeiten, wenn er denn Lust hätte zu arbeiten. »Vermutlich braucht er einfach mal wieder eine richtige Beziehung, damit er auf andere Gedanken kommt«, sage ich und bereue den Satz sofort.

»Du meinst, so eine wie unsere«, ergänzt Maurizio.

Ich huste, weil ich sonst schreien müsste.

»Du musst wirklich nicht nervös sein.« Maurizio legt seine Hand wieder auf mein Bein und tätschelt es, wohl um mich zu beruhigen. »Bei einem Tandemsprung kann dir nichts passieren. Fallschirmspringen im Tandem ist absolut ungefährlich. Außerdem bist du an einen wirklich erfahrenen Sprunglehrer geschnallt. Der zieht so weit in der Luft die Reißleine, dass ihr problemlos den Ersatzschirm öffnen könnt, falls etwas mit dem eigentlichen Schirm sein sollte. Vorausgesetzt natürlich, ihr habt nicht vergessen, den vorher abzuwerfen: Dann verheddern sich nämlich die Seile, und eine dritte Chance gibt es nicht!«

»Sehr ermutigend«, brumme ich.

Warum tue ich mir das an? Maurizios Geschenk macht mir sogar noch mehr Angst als das von Pete. Hätte ich nur nicht irgendwann mal gesagt, ich fände Fallschirmspringer sexy. Aber ich konnte doch nicht ahnen, dass mein Freund Hobbyspringer ist und sogar einen eigenen Fallschirm besitzt. Das sind nicht die Themen, die man beim Kennenlernen auf der Piste bespricht. Das fällt unter die Kategorie: im Laufe der Beziehung neue Seiten an seinem Partner entdecken.

Für ihn bedeutete das natürlich: den Partner an seinen Interessen teilhaben lassen und sie gemeinsam ausleben.

Natürlich ist das toll. Aber ich dachte bisher dabei immer an Sex: Vertrautheit lässt zwei Menschen experimentierfreudiger werden. Keine dieser Frauenzeitschriften warnt, dass sich das auch auf freien Fall aus zweitausend Meter Höhe beziehen kann.

»Nehmen wir die Autobahn?«, frage ich.

Maurizio tippt etwas ins Navigationssystem. »Wir fahren über die Landstraße: A 206 und nur geradeaus. Kurz vor Hartenholm geht es dann zum Flugplatz.«

Den Rest der Fahrt sprechen wir nur noch über bekloppte Autofahrer, die das Blinken verlernt haben. Er hält seine beiden Hände bei sich. Erst als wir die Fallschirmschule erreichen, legt er eine wieder auf mein Bein.

Wenn ich aufblicke, sehe ich nur vertrocknetes Gras auf sandigem Boden und Maurizios Turnschuhe. Aber ich höre seine Stimme, die fortlaufend: »Arme ausstrecken, Kopf gerade halten!«, ruft, während ich unter meinem leicht gebückten Lehrer hänge, etwa zehn Zentimeter über dem Boden. Nur meine Füße berühren die Erde, während mein Oberkörper an dicken Bändern und Karabinern baumelt.

»Kurz nachdem wir gesprungen sind, lege ich dir meine Hände auf die Schultern«, wiederholt Antoine zum dritten Mal. Antoine war Soldat in der Schweizer Armee und ist mein Lehrer. »Wenn du das spürst, musst du dich im Rumpf stabilisieren und mit den Armen weit nach vorne reichen. Dadurch schweben wir beide auf einem Luftpolster und bleiben im freien Fall ganz ruhig.«

Ich senke meine Arme und stütze mich auf dem Boden ab. »Das kann ich mir merken, denke ich. Darf ich jetzt wieder aufstehen?«

Antoine lacht und öffnete die beiden Haken, durch die wir miteinander verbunden sind. Ich drehe mich auf den Rücken und betrachte die Welt genau aus der umgekehrten Perspektive, aus der ich sie gleich sehen würde.

Maurizio und Antoine schauen auf mich herunter. Mein Freund hat bereits seinen Fliegerdress angezogen: einen olivgrünen Overall, der ihm an Armen und Beinen um eine Handlänge zu kurz ist. Der und sein Fallschirm stammen von Ebay. Wie kann man sein Leben nur einer Ausrüstung aus dem Internet anvertrauen?

Antoine trägt einen orangefarbenen Overall mit dem runden Logo des Flugplatzes und der Aufschrift »Coach«. Er bemerkt meinen fragenden Blick und bemüht sich um ein beruhigendes Lächeln. Es bleibt beim Versuch, weil er ein Zwei-Meter-Schrank ist, der wie Hulk Hogan aussieht. Solche Männer machen mir Angst.

»Bei einem Tandem-Sprung ist noch nie etwas Schlimmes passiert«, wiederholt er. »Das Gefährlichste ist die Landung. Aber vor allem für mich. Du musst nur deine Beine bewegen, als würdest du durch die Luft laufen. Um den Rest kümmere ich mich.«

Er reicht mir die Hand und ich ziehe mich an ihr hoch, bis ich zwischen ihm und Maurizio stehe. Aufmunternd schlägt er mir auf die Schulter: »Keine Angst, das wird ein geiles Erlebnis!«

Ich drehe mich zu Maurizio, dessen Lachfalten sich zu tiefen Furchen über seinen Mund ziehen. »Du würdest mich hassen, wenn ich jetzt kneife, oder?«

Er antwortet nicht und kichert.

In diesem Moment klingelt mein Handy. Donna Summers *She works hard for her money*. Der Klingelton verrät, dass der Anruf aus dem Hotel kommt. Maurizio verdreht die Augen. Ich gehe trotzdem ran.

»Die Agentur wartet für ihr Seminar auf irgendwelche Pinnwände«, meldet sich Katja mit einem unüberhörbar genervten Unterton. »Kann es sein, dass du die vergessen hast? Vor mir steht gerade ein junger Mann, der behauptet, du hättest dich darum kümmern wollen. Und er wirkt ziemlich enttäuscht!«

Scheiße. An die Pinnwände habe ich tatsächlich nicht mehr gedacht. Daran war nur diese Aktion auf dem Ortsamt Schuld!

Maurizio tippt mir auf die Schulter und deutet zur Startbahn. Die Propeller unserer Maschine drehen sich bereits. Es ist Zeit. Antoine rudert mit den Armen, um mir zu signalisieren, dass ich mich beeilen soll.

»Ich kann jetzt nicht«, rufe ich ins Telefon. »Mein Flugzeug startet gleich. Kann das noch eine halbe Stunde warten?«

»Hast du daran gedacht, oder nicht?«, fragt Katja.

»Nein, völlig vergessen.«

Ich sehe zu Maurizio, der sich bereits den Fallschirm auf den Rücken geschnallt hat. Dann suche ich nach Antoine, den ich schließlich in der Einstiegsluke entdecke.

Jetzt oder nie.

»Ich kümmere mich darum«, sage ich ins Handy und rufe zu Maurizio: »Das ist das Hotel! Ich springe in der nächsten Runde, wenn die Maschine zum zweiten Mal hochgeht und schaue mir vorher vom Boden aus an, wie ihr das macht. Wenn ich nicht sofort diesen Kram fürs Hotel erledige, kriege ich Probleme.«

Maurizios Augen verengen sich. Er ist enttäuscht. Ihm ist klar, dass ich das Hotel gerade vorschiebe. Sein Mund öffnet sich, um etwas zu sagen, und schließt sich wieder. Dann nickt er. »Du bist der Ex des Juniorchefs, mein Lieber, dir kann nichts passieren. Aber lass dich nicht drängen. Sieh dir den Sprung erst einmal ganz in Ruhe an. Bis gleich!«

Er dreht sich zum Piloten um und formt aus Daumen und Zeigefinger ein O. Ohne zurückzublicken, läuft er auf das Flugzeug zu. Ich sehe ihm nach, wie er in der Luke verschwindet. Die Maschine setzt sich sofort in Bewegung, dreht langsam und rollt dann in die Startposition.

Ich suche in meinem Telefonbuch nach der Nummer des Tagungshotels von Petes Eltern in Reinbek und lasse mich mit einem der Manager verbinden. Der hat tatsächlich noch Pinnwände im Keller stehen und verspricht mir, sie von einem Fahrer sofort zur Reeperbahn bringen zu lassen. Danach melde ich mich wieder bei Katja, um ihr zu versichern, dass alles geregelt ist.

»Das hätte ich genauso erledigen können«, sagt sie.

»Aber so habe ich noch eine halbe Stunde Aufschub«, erkläre ich.

»Du hast nicht wirklich Angst, oder?«

»Auch.« Aber nicht nur. Da ist noch etwas.

»Du stellst dich an, als müsstest du das dein ganzes Leben lang machen. Du probierst einen einzigen Sprung. Und wenn dir der nicht gefällt, machst du einfach keinen weiteren mehr.« Katja sieht nicht nur aus wie Katharine Hepburn, sie ist auch genauso eine Diva. »Das Leben ist zu kurz, um Fehler zu wiederholen. Und jetzt viel Glück bei deinem ersten Sprung.«

An meinen Magenwänden kratzt Panik. Ich verstaue mein Handy und suche nach den Zigaretten. Während ich sie anstecke, sehe ich der Propellermaschine beim Steigflug zu. Als sie nur noch ein dunkler Fleck am Himmel ist, wende ich mich ab.

An einem Tapeziertisch mit weißem Papiertischtuch hocken zwei Jungs in Flieger-Overalls, vor ihnen stehen ein paar Dosen Becks. Ich gehe zu ihnen und frage, ob ich ein Bier schnorren darf. Einer der beiden, ein drahtiger Kerl mit kurz rasierten blonden Haaren, hält mir eine Dose hin, zieht sie aber wieder zurück, als ich nach ihr greifen will.

»Kannst du haben, wenn du heute nicht mehr hochgehst«, sagt er. »Fallschirmspringen ist nämlich ein Null-Promille-Sport.«

»Ach ja?« Ich deute auf das Aluminium-Lager auf dem Tisch. »Gilt diese Regel etwa nur für Anfänger?«

»Für alle. Aber wir sind heute schon durch. Jetzt dürfen wir feiern.« Er grinst. »Setz dich und sieh deinen Freunden zu, wie die das machen. Wenn das Flugzeug über der dünnen Wolke dort oben ist, sind sie hoch genug und springen. Das sind knapp dreitausend Meter.«

»Wie ist es, wenn man durch so eine Wolke fällt?«

»Nass«, macht der Typ neben mir zum ersten Mal den Mund auf. Er rückt seine Brille zurecht und schaut zum Himmel. »Genauso, als würdest du in eine Dampfsauna gehen. Nur nicht so warm.«

Trotz der Entfernung ist leise das Knattern der Propeller zu hören. Die Maschine kreist in einer leichten Rechtskurve und verschwindet schließlich in Watte.

»Nimm dir das Fernglas«, sagt der Blonde. »In einer halben Minute siehst du sie durch die Wolke fallen.«

Ich werfe meine Kippe ins Gras und fummle hilflos an dem Militär-Feldstecher, bis ich endlich die Schärfe richtig eingestellt habe. Mehrmals suche ich die Wolke ab, kann aber nichts entdecken.

»Jetzt! Nach rechts!«, ruft der Brillenträger und dreht meinen Kopf mit leichtem Druck zur Seite. Es dauert einige Sekunden, bis ich sie ausmache, aber dann entdecke ich sie, wie sie durchs fremde Element fallen: Zwei dunkle Punkte, die mich, je länger ich sie beobachte, an vierarmige Seesterne erinnern.

»Na, schade, dass du nicht doch gesprungen bist?«, fragt der Blonde.

»Ein wenig«, gebe ich ehrlich zu. Die Freiheit über den Wolken muss beeindruckend sein. Aber in meinem Fall wäre sie der Beginn einer womöglich lebenslangen Gefangenschaft. Sollten mich ruhig alle für einen Feigling halten.

Mittlerweile kann ich durch das Fernrohr sogar die unterschiedlichen Farben der Overalls erkennen. Antoine in orange nutzt das bremsende Luftpolster besser als der olivgrüne Maurizio, der sichtlich schneller fällt. Ob das so sein soll?

»Wann öffnen sie die Schirme?«, will ich wissen.

»Jeden Moment. Spätestens bei tausend Meter müssen sie ziehen, sonst gibt es Stress mit der Bodenkontrolle.«

In diesem Moment entfaltet sich am Himmel ein rechteckiger dunkelblauer Schirm. Ich verliere den anderen Springer kurz aus dem Sichtfeld des Feldstechers, finde ihn aber rasch wieder. Es ist Maurizio. Der immer noch ungebremst fällt.

»Und warum zieht er noch nicht?«, frage ich. Mein Magen krampft sich zusammen. Ich weiß, dass da etwas nicht stimmt. Ich kann es spüren.

»Das macht er gleich. Er ist noch hoch genug«, beschwichtigt der Blonde. Dann schubst er mich an. »Siehst du?«

Was ich sehe, sieht anders aus als noch eben bei Antoine. Der olivgrüne Seestern zieht im Fallen ein paar Fäden hinter sich her, an deren Ende ein dunkler Punkt flattert. Als hätte er zur Abschreckung eines Feindes Tinte gekotzt. Mir wird übel.

»Scheiße!« Der mit der Brille neben mir springt auf. »Der Schirm hat sich verknotet!«

Ich will das nicht sehen. Aber ich kann den Blick nicht abwenden. So ist es also, wenn jemand wie ein Stein zu Boden fällt.

Doch statt an Maurizio zu denken, danke ich Gott, dass ich nicht gesprungen bin.

»Was machst du da drinnen?« Maurizio hämmert an die Toilettentür. »Was ist denn los mit dir?«

»Ich kotze«, würge ich hervor. Was denkt er, was mit mir los ist? Ich habe eben miterlebt, wie er beinahe abgestürzt ist, und dieses Erlebnis schlägt mir auf den Magen. Von wegen Fallschirmspringen sei ja so sicher. So etwas verschenkt man doch nicht zum Geburtstag? »Kannst du mich bitte für einen Moment in Ruhe lassen?«, rufe ich.

»Frank, alles ist gut.« Er bemüht sich um einen besänftigenden Ton, aber ich kann das leise Zittern in seiner Stimme erkennen. »Genau deshalb gibt es Reserveschirme. Falls sich der Hauptschirm nicht öffnet.«

»Man darf nur nicht vergessen, den Hauptschirm abzutrennen, ich weiß.« Ich setze mich auf die Kloschüssel und lege mein Kinn auf dem Rand des Waschbeckens ab. Es ist praktisch in der passenden Höhe angebracht, um gleichzeitig zu kacken und zu kotzen. So schlecht habe ich mich noch nicht einmal nach drei durchgefeierten Nächten gefühlt.

»Wie du den Ersatzschirm öffnest, wird dir in der Ausbildung eingebläut. Das vergisst du nicht. Niemand darf alleine springen, der das nicht im Schlaf beherrscht«, sagt er.

In meinen Innereien blubbert es. Mein Magen krampft sich zusammen. Wenn ich die Augen schließe, sehe ich weiße Punkte. Mir wird schon wieder schlecht.

Ich drehe den Wasserhahn auf, um mit dem Plätschern die Geräusche meiner Stoffwechselprobleme zu überdecken.

»Lass dir Zeit. Ich warte draußen auf dich.« Maurizio klingt besorgt. Soll er nur. Schließlich war dieses Geschenk seine Idee.

Endlich höre ich, wie die Tür zufällt. Ich brauche dringend etwas, das mich auf andere Gedanken bringt.

Meine Hände sind eiskalt und zittern leicht. Ich verteile großzügig ein Viertel Gramm von dem Koks, das mir Pete geschenkt hat, auf dem Waschbeckenrand. In einem einzigen Zug inhaliere ich. Meine Nasenschleimhaut brennt wie Feuer. Scharf wie Katzenpisse. Ich schniefe noch einmal nach und spüre ein Kratzen in meinem Gaumen. Der bittere Geschmack passiert meine Mandeln und ich schlucke. Das Kitzeln am Zahnfleisch kündigt an, wie meine Zähne taub werden: gutes Zeug!

Ich lehne mich zurück und schließe die Augen. Ich sehe erneut, wie der olivgrüne Seestern, der eigentlich mein Freund ist, an einem winzigen runden, weißen Schirm zur Erde sinkt, wie sich seine Beine bewegen, als wollte er in der Luft joggen, bis er endlich im schrägen Sinkflug auf der Erde landet, noch ein paar Schritte übers Gras läuft, um schließlich lachend mit dem Oberkörper voran hinzufallen.

In meinem ganzen Leben habe ich noch nie so viel Angst gehabt. Und er verhält sich, als wäre das der besondere Kick, den er schon immer gesucht und jetzt endlich gefunden hat. Vielleicht bin ich ein schlechter Mensch, aber als Antoine an seinem weit geöffneten blauen Schirm durch die Luft glitt und Maurizio dagegen nur einen verzweifelt flatternden Fetzen hinter sich her zog, dachte ich: »Das hätte dir passieren können: In wenigen Sekunden knallt Maurizio wie eine Melone auf den Boden und zerplatzt. Dann ist Schluss. Das war es.«

Erschreckend, wie kaltblütig mein Verstand in diesem Moment arbeitete. Liebe hat damit nichts zu tun. Wie gut, dass ich den Schlüssel des Mercedes eingesteckt habe, lobte ich mich, denn sonst müsste ich den nachher in Maurizios matschigen Körperteilen suchen.

In dieser Sekunde zog Maurizio schließlich den Reserveschirm. Er öffnete sich, und für einen Moment schien der Seestern in der Luft stehen zu bleiben, bevor er dann sanft auf den Boden schwebte. Der Blonde neben mir jubelte, und der mit der Brille schlug mir so fest vor Freude auf den Rücken, dass ich fast vornüber ins Gras fiel. Dann verschwand ich aufs Klo.

Seitdem sitze ich hier, übergebe mich und kokse. Ich will hier auch gar nicht wieder raus.

Maurizio steuert den Wagen bei der Rückfahrt von Hartenholm. Ich sage kein Wort. Maurizio ist erst sauer, später besorgt und dann wieder verärgert. Was ich von ihm denn jetzt erwarte, was er tun solle, will er wissen. Ich kann es ihm nicht sagen. Bereits seine Stimme ist mir auf einmal unerträglich. Wie konnte er mir das antun? Ist es das, was er sich unter einer Beziehung vorstellt? Dafür bin ich der Falsche. Ich will keine lebensgefährlichen Hobbys meines Freundes teilen. Ich möchte ihm dabei nicht einmal zusehen.

Schließlich sei er es gewesen, dessen Schirm sich nicht geöffnet habe, argumentiert Maurizio immer wieder. Warum ich mich nun so anstellen würde. Und warum ich jetzt noch mal ins Hotel zum Arbeiten müsse, das könne er nicht verstehen.

Ich kann es ihm auch nicht erklären. Hauptsache weg von ihm. Als wir am ›Art Hotel‹ ankommen, flüchte ich grußlos aus dem Wagen.

In der Empfangshalle gibt Katja gerade dem Zimmerpagen Anweisungen, als sie mich sieht und verstummt.

»Gibst du mir die Zimmernummer von dem Seminarleiter bitte?«, sage ich und greife mir das schnurlose Telefon. Katja zeigt mit ihren Fingern zwei-vier-zwei an, und nach nur fünf Sekunden, als hätte er auf meinen Anruf gewartet, meldet sich Beckham.

»Hier ist Frank von der Rezeption. Sie hatten mich gebeten, etwas für Sie zu erledigen«, erkläre ich in meinem offiziellen Callcenter-Tonfall, während ich ins Büro verschwinde und die Tür hinter mir zuziehe.

»Schön, dass Sie sich melden«, freut sich Beckham. »Haben Sie meine Nummer verlegt? Sie hätten mich doch auch auf dem Mobiltelefon anrufen können!«

»Wenn ich aus der Lobby mit einem Gast spreche, dann mache ich das gerne förmlich. Hat alles mit den Pinnwänden geklappt?« Ich muss ihm nicht stecken, dass ich den Zettel mit seiner Nummer zu voreilig entsorgt habe.

»Alles perfekt. Vielen Dank«, antwortet er.

»Kann ich sonst etwas für Sie tun? Sie hatten angedeutet, Sie hätten Interesse an einem besonderen Abendprogramm?«

Er lacht. Männlich und ehrlich. »Das würde mir gefallen. Wo können wir uns treffen, ohne dass deine Kollegen das mitbekommen?«

Ich flüstere, damit mich Katja draußen auf keinen Fall hören kann: »Wenn Du aus dem Hotel kommst, gehst du nach rechts und dann immer geradeaus, bis du einen Block weiter an ein Eckhaus kommst. Da ist eine Bar namens ›Topas‹. Beleuchtetes Schild über einer verspiegelten Tür. Dort bin ich in zehn Minuten. Nicht erschrecken, dort werden kaum Besucher sein, da geht es eigentlich erst am frühen Morgen richtig los.«

»›Topas‹«, wiederholt er. »In zehn Minuten!«

»Freue mich«, sage ich und beende das Gespräch.

Es ist mir egal, dass ich mich selbst für ein Schwein halte. Ich muss jetzt ficken. Und zwar mit jemandem, der mir keine Eheversprechen abverlangt. Der mich nicht zwingt, sein Leben mit ihm zu teilen. Dem ich gegenüber keine, aber auch wirklich gar keine Verpflichtungen habe. Ich will nicht einmal seinen wirklichen Namen wissen.

Katja erwartet mich am Tresen und nimmt mir das Telefon ab. »Was machst du denn hier? Und wo ist Maurizio? Ich dachte, ihr seid Fallschirm springen?«

»Das waren wir auch. Aber mir fiel ein, dass ich noch etwas erledigen muss, und Maurizio ist schon nach Hause gefahren.«

Katja glaubt mir nicht, das sehe ich ihr an. »Ist etwas passiert?«, fragt sie.

Ich schüttle den Kopf und laufe los, als wäre ich in Eile.

»Soll ich Pete anrufen?«, ruft sie mir hinterher, aber ohne mich noch einmal umzudrehen, verschwinde ich im Treppenhaus.

In der Tiefgarage ziehe ich am Geldautomaten dreihundert Euro, mein letztes Geld diesen Monat, doch das ist mir im Moment egal. Darüber kann ich morgen nachdenken. Der Kioskbetreiber meckert, weil ich die Zigaretten mit einem Fünfziger bezahle und gibt mir alle seine Münzen als Wechselgeld.

Als ich ins ›Topas‹ komme, wartet Beckham bereits am Tresen. Er hat wieder die enge Jeans an, die seine kräftigen Schenkel betont. Darüber trägt er ein weißes Polo-Shirt. Diesmal kann ich seinen Hintern bewundern: Zwei üppige, runde Muskeln, die nach vielen Stunden Step-Aerobic oder Fahrrad fahren aussehen.

Ich begrüße ihn kurz mit einem kumpelhaften Handschlag, entschuldige mich und gehe in den Chill-out-Raum, der um diese Zeit mit einem Vorhang von der eigentlichen Bar und der Tanzfläche abgetrennt ist. Auf einem der Sofas liegt Lukas, der Haus-Dealer, und starrt die weinrote Decke an. Neben ihm sitzt die Chefin mit einem Drink in der einen und einer Zigarette in der anderen Hand.

Ich deute auf Lukas. »Schläft er?«

»Nein, Schatz«, lacht die Chefin freundlich. »Wir lernen gerade Texte auswendig.« Sie bemerkt meinen verständnislosen Blick. »Ein gemeinsames Hobby, man könnte es auch einen gemeinsamen Traum nennen.«

Die Chefin arbeitete früher, als sie noch ein Mann war, als Schauspieler. Zumindest geht so die Legende auf dem Kiez. Noch ein Traum, der auf der Reeperbahn sein Ende fand.

Ich reiße Lukas aus seinen Träumen, kaufe schnell meine Sachen und gehe zurück an die Bar. Wir sind nahezu allein: Auf der Tanzfläche wippen zwei Thai-Transen zu einem Song von Moby, und neben dem Durchgang zum Klo lehnen zwei junge Türken und warten darauf, dass irgendwas passiert.

Mit zwei Pillen und einem Gramm Koks habe ich alles, was wir brauchen. Ich packe meine Verabredung am Arm und ziehe ihn nach draußen. Er wehrt sich nicht. Meine direkte Art scheint ihm zu gefallen.

Die Sauna ist nur wenige hundert Meter entfernt. Wir reden nicht auf dem Weg dorthin. Auch nicht drinnen. Als er seine Klamotten in den Spind hängt, bestätigt sich meine Ahnung, dass Beckham reichlich Zeit in seinen Körper investiert. Sein Kreuz sieht wie das eines Schwimmers aus: breit, mit definierten, aber nicht zu aufgepumpten Muskeln. Ein dünner Streifen Haare wächst aus seinem Bauchnabel, um sich dann in der weißen Calvin Klein zu verstecken. Sonst ist er überall glatt rasiert. Als er meinen musternden Blick auffängt, lächelt er in einer Mischung aus Stolz und Scham, die noch einen letzten Rest Unschuld vermuten lässt. Dieser Anschein von Unverdorbenheit turnt mich an.

Wie zufällig streift mein Schwanz seinen nackten Hintern, während ich meine Hose über einen Bügel hänge. Mehr Aufforderung braucht Beckham nicht, um mich ungeduldig aus dem Umkleidebereich zu drängen. Wir schlingen die Handtücher um unsere Hüften, um die sichtlich steigende Geilheit zu verdecken, und suchen unsere Kabine. Dort zeige ich ihm meine Mitbringsel aus dem ›Topas‹. Er grinst, und diesmal erkenne ich keine Unschuld mehr in seinem Gesicht.

Er will gottlob nicht kuscheln oder so was, als wir fertig sind.

»Ich habe ihn nicht einmal nach seinem Namen gefragt«, erzähle ich Pete später, als wir in seiner Wohnung sitzen. »Ich nannte ihn ›Süßer‹, und das schien ihm zu gefallen. Dann habe ich ihn auf den Bauch gedreht und mir vorgestellt, es sei der echte Beckham.«

Pete stellt kopfschüttelnd ein Glas Champagner vor mich auf den Sofatisch. »Du hast ein paar seltsame Fantasien«, murmelt er.

»Das liegt wohl an meinem seltsamen Tag.«

Wir schweigen einen Moment. Pete erhebt sich und geht zu seinem Koffer, der geöffnet auf dem Bett liegt. Von der Reeperbahn her höre ich einen Rettungswagen.

»Auch noch etwas?«, frage ich und ziehe das restliche Koks aus der Tasche. »Ich will das Zeug plattmachen.«

Pete nickt und faltet T-Shirts ordentlich auf die Größe einer Postkarte.

»Hast du dich entschieden?«, fragt er.

»Ja«, antworte ich und lege mit meiner EC-Karte zwei Lines.

Wir sprechen nicht mehr, bis er seinen Koffer zu Ende gepackt hat und wir das Koks gezogen haben.

»Das war es dann wohl«, seufze ich und schniefe. »Mein Ausflug ins seriöse Leben ist zu Ende.«

Pete nickt: »Es war ein ehrenhafter Versuch. Leider gescheitert. Finde dich damit ab, dass du noch lange nicht so weit bist, sesshaft zu werden. Genau wie ich.«

»Dabei war ich mir so sicher, dass ich genau das wollte: das Studium abschließen, eine Beziehung …«

»Und warum, glaubst du, willst du es jetzt nicht mehr?«

»Ich glaube, ich will es immer noch. Aber eben nicht so … so langweilig, so genormt, so von morgens bis abends miteinander, immer an den anderen denken, sich Sorgen machen um ihn … Ich will mir keine Sorgen machen müssen. Ach, ich weiß nicht, was ich will. Aber ich weiß genau, was ich alles nicht will. Seltsam, was?«

»Gar nicht«, meint Pete und setzt sich neben mich aufs Sofa. »Aber ich bin für dich da. Immer.« Er legt seinen Arm um mich und lässt seinen Kopf auf meine Schulter fallen.

Mein Handy klingelt. Pete blickt aufs Display. »Maurizio. Fünf SMS und sieben Anrufe. Er ist hartnäckig.«

»So wie du«, sage ich.

Pete küsst mich auf die Stirn. »Niemand ist so hartnäckig wie ich.«

Immer die Nummer eins. Niemand wird ihm jemals diese Position streitig machen. Keiner kann das.

Pete schaltet das Handy triumphierend aus. Als hätte er einen Sieg errungen. »Das war es dann wohl«, sagt er.

Mir fällt nichts mehr ein. In meinem Körper kämpfen die Pille von der Sauna und das eben nachgelegte Kokain um die Vorherrschaft. Mir ist schwindlig von den Ecstasy-Wellen und meine Gedanken drehen sich im Kreis. Sollte ich Maurizio nicht wenigstens anrufen? Ich greife nach dem Handy, aber Pete wirft es aufs Bett. Er lächelt. Jemand, der ihn nicht so gut kennt wie ich, würde vermuten, er habe all das eingefädelt.

»Ich gehe jetzt unter die Dusche. Wir müssen morgen früh um sieben Uhr am Flughafen sein. Wenn du möchtest, kannst du gerne hier schlafen«, sagt Pete und beginnt, sich auszuziehen. Ich hatte vergessen, wie glatt und makellos seine Haut ist, unter der sich deutlich die langen, kräftigen Muskeln abzeichnen. Der Anblick bringt Erinnerungen zurück. So viele Männer, die niemals an ihn heranreichten. Er bückt sich, um seine Hose auszuziehen, und ich muss meinen Blick abwenden.

»Und was ist mit meinen Klamotten?«

»Sieh in den Koffer! Für dich sind zwei Adidas-Hosen, drei T-Shirts und ein Satz frische Unterwäsche.« Er lacht: »Vermutlich wirst du die Hälfte davon gar nicht brauchen!«

Ich nehme mir das Glas Champagner und proste Pete zu. »Dann lass uns auf einen Sprung nach London«, sage ich.

Nackt beugt er sich zu mir und küsst mich: »Happy Birthday, Frank!«

SIBYLLE: LET'S PARTY!

Jochens Hand gleitet über meinen Rücken und das kitzelt. Ich springe aus dem Bett und werfe ihm lachend ein Kissen auf den Kopf. Mit weit geöffneten Armen lockt er mich zurück auf die Matratze. Ich strecke ihm die Zunge heraus und zeige ihm den aufgestellten Mittelfinger. Dieses Mal kann sein Charme bei mir nicht punkten. Albern kichernd gehe ich in die Küche, um Frühstück zu machen. Während ich den Wasserkocher auffülle, zappt er durch die Kanäle, um schließlich bei einer Nachrichtensendung zu enden. Ein Sprecher erzählt von den heute zu erwartenden Straßensperren rund um die Reeperbahn.

»Was siehst du denn da?«, rufe ich ins Schlafzimmer.

»Das heutige Wetter auf Hamburg 1«, ruft er zurück. »Hast du noch nicht bemerkt, dass unter dem Senderlogo immer die aktuelle Temperaturanzeige eingeblendet wird?«

»Nein. Ich schaue aus dem Fenster, wenn ich wissen will, wie das Wetter ist.« Ich schnipple einen Apfel klein fürs Müsli. *One apple a day keeps the doctor away.* »Wie warm wird es denn heute?«, frage ich.

»Mach doch einfach das Fenster auf!«

»Möchtest du ein Frühstück zum Abschied?«

»Jetzt schon vierzehn Grad. Heute Mittag bis fünfundzwanzig Grad. Sonnig. Wir haben Glück: Regenwahrscheinlichkeit null Prozent. Die Party kann steigen!« Aus dem Schlafzimmer dringt Musik. Er hat vermutlich auf MTV umgeschaltet. Ich gieße den Tee auf. »Wann holst du Jessica vom Zug ab?«, rufe ich.

»In einer halben Stunde«, flüstert er mir ins Ohr. Erschrocken lasse ich das Teeei in die Kanne fallen. Ich habe nicht gehört, wie er sich von hinten an mich herangeschlichen hat. Wie ein Raubier, das man erst sieht, wenn es bereits zu spät ist. »Genug Zeit für eine kurze, gemeinsame Dusche.«

Ich drehe mich um und umarme ihn. Seine Augen bohren sich in den Ausschnitt meines Bademantels. »Wir haben uns bereits ausgiebig verabschiedet. Noch eine Runde und ich frage mich ernsthaft, warum wir unsere Beziehung beenden«, sage ich sanft.

Er zögert, dann tritt er einen Schritt zurück und schaut an mir vorbei aus dem Fenster. Seine Augen glänzen feucht. Hoffentlich fängt er jetzt nicht an zu heulen. Das würde ich nicht ertragen.

»Weil wir eine tolle Zeit hatten«, sagt er mit belegter Stimme.

»Und man aufhören soll, wenn es am besten ist«, beende ich seinen Satz. »Ich weiß doch. Wir haben oft genug darüber gesprochen. Geh zurück zu deiner Exfrau. Ich werde deinem Glück nicht im Wege stehen. Alles ist gut.«

Er schaut mich an, als wolle er etwas sagen, aber stattdessen wendet er sich ab und geht ins Badezimmer. Ich höre, wie er die Türe abschließt und die Dusche aufdreht.

Ich summe fröhlich, dabei müsste ich eigentlich traurig sein. Wir hatten wirklich eine tolle Zeit miteinander. Und im Bett lief es gut: sehr zärtlich, sehr verspielt. Endlich ein Mann, der ohne modischen Schnickschnack überzeugen kann. Er weiß einfach, was er zu tun hat, und dafür benötigt er weder Handschellen noch bunte Dildos in Delfinform. Nicht dass er verklemmt wäre, ganz und gar nicht, aber wozu Geld in Spielsachen investieren, wenn der Mann weiß, was er mit seinem Schwanz, seinen Händen und seiner Zunge anstellen kann?

Ich klopfe an die Badezimmertüre. »Alles in Ordnung da drin?«, frage ich. »Frühstück ist fertig.«

Er öffnet die Tür. »Ich auch«, sagt er triumphierend und drückt mir sein nasses Handtuch in die Arme. Mit einem Hüftschwung, um den ich ihn beneide, stolziert er ins Schlafzimmer. Langstreckenläufer haben wirklich Knackärsche.

»Wenn du dich nicht gleich anziehst, vergesse ich meine guten Vorsätze und wir kommen beide zu spät«, sage ich.

Seine Antwort geht in einem Klingelton-Werbespot unter. Ich setze mich an den Küchentisch und löffle mein Müsli. Der Kalender meines Handys erinnert mich, dass ich gleich Marc treffen soll. Ich muss mich beeilen.

»Ich bin so weit«, sagt Jochen aus dem Türrahmen heraus. Er trägt einen schwarzen Anzug mit dunkelgrauem Hemd und nachtblauer

Krawatte. Neben ihm steht sein prall gefüllter Reisekoffer. In der Seitentasche entdecke ich seine elektrische Zahnbürste.

Ich stehe auf und umarme ihn. »Wir sehen uns doch sowieso gleich wieder. Lass uns keine große Abschiedsszene machen.«

»Wir werden uns aber so nie wieder ...« Er stockt und küsst mich auf die Stirn. »Ich muss dir noch etwas sagen«, beginnt er.

»Nicht jetzt. Ich muss mich anziehen.«

»Es ist wichtig.« Seine Augen flehen mich an, ihm zuzuhören. Aber ich habe keine Zeit und keine Geduld für eine Diskussion. Er hat sich entschieden, sein Leben zu ändern, ruhiger zu werden, eine neue Firma aufzubauen und zurück zu seiner Ex zu gehen. Nirgendwo in diesem Programm ist Platz für mich. Weshalb soll ich ihm helfen, sein schlechtes Gewissen zu beruhigen? Dafür ist der Therapeut zuständig, den er dreimal die Woche sieht.

Ich winde mich aus seinen Armen. »Ich bin mir sicher, wir können auch später noch darüber reden. Nicht jetzt bitte.«

»Aber...«

»Jochen. Nein!« Ich gehe an ihm vorbei ins Badezimmer. Hinter mir schließe ich die Tür ab. Ich drehe das Wasser auf, dann höre ich Schritte und die zufallende Wohnungstür. Die vergangene Nacht war unser Abschied. Heute ist ein neuer Tag. Der nächste Mann wird nicht wieder der falsche sein.

Ich treffe vor Marc im ›Louis' Deli‹ ein, und statt drinnen auf ihn zu warten gehe ich in den Kiosk nebenan, um mir ein paar Zeitschriften zu kaufen. Seit ich lesen kann, vernichte ich Presseerzeugnisse wie Kiffer nachts ihren Schokoladenvorrat. Neugierde ist sicher ein Grund, aber vorrangig geht es mir darum, alte Freunde zu besuchen. Meine Zeitschriften sind wie ein Teil meiner sozialen Kontakte: Da gibt es die oberflächlichen, die nur lästern und sich über andere lustig machen, wie die Zicke *Gala*, eine Pinneberger Arztgattin in Papierform, die immer auf hohem Niveau jammert und jeden beneidet, der es vermeintlich besser hat als sie. Oder deren angepasst bigotte Tochter *InStyle*, die neue Trends erst nach Bestätigung der Massentauglichkeit erkennt, kurz das

Arschgeweih unter den Klatschblättern. Die Grande Dame meiner tratschenden Freundinnen ist *Park Avenue*, am ehesten vergleichbar mit einer toupierten Alsterschickse im grünen Stepp-Parka, die nachmittags ihren Terrier im Partnerlook einmal über die Kennedy-Brücke zu ›Bodos Bootssteg‹ ausführt, um dort mit den anderen Schicksen und Tölen Vernissagetermine auszutauschen. Wie Schulfreundinnen, an die man sich nicht mehr erinnern möchte, sind die Schmuddelkinder, *Frau im Spiegel, Neue Post, Freizeit Revue, Das Neue, Mach mal Pause.* Diese Truppe aus vorlautem Gör, Psycho-Tante, Strickliesel, Gerüchteküche und arbeitslosem Sozialpädagogen treffe ich regelmäßig beim Friseur, und danach ist mein Bedarf an Informationen aus der Welt der Nachmittagstalkshows für mindestens einen Monat gedeckt. Natürlich gibt es weitere Männer in diesem Verein: *FHM* beispielsweise, der Frittenbudenbesitzer mit dem tiefergelegten weißen Opel, der sich nach der Schicht mit *Matador*, dem Nachwuchszuhälter vom Fischmarkt, trifft, um gemeinsam ihr Geld beim Tabledance im ›Dollhouse‹ zu verfeiern. Wen ich mag: *Neon*. Das ist der etwa gleichaltrige Kommilitone mit dem richtigen Blick auf die Welt und der nötigen Begeisterungsfähigkeit, über den eigenen Tellerrand hinauszusehen. Oder *Macwelt*, der absolut auf Service ausgerichtete Kellner, der jedoch den Nachteil hat, dass er bei der Bestellung alles zu genau wissen will: koffeinfrei oder mit der doppelten Menge, Soja-, Halbfett- oder Vollmilch, gerührt, geschüttelt oder auf Eis … Am Ende ist mir schmerzlich bewusst, welchen neuen Computer ich bald benötige, aber nicht, wie ich meinen alten bedienen kann.

Doch es gibt auch die Intellektuellen: *Die Zeit*, ein Deutschlehrer eines Pöseldorfer Gymnasiums, der für jede Lebenslage einen gut gemeinten Rat parat hat, den niemand hören möchte, und der das Internet vor allem als eine Möglichkeit für seine Schüler sieht, unbemerkt Hausarbeiten abzuschreiben. Und natürlich *Geo*, die Erdkundelehrerin mit dem Bio-Kaffee und den Birkenstock-Latschen, die sich nicht entscheiden kann, ob nun der CO2-Ausstoß höher ausfällt, wenn sie ihre E-Mails ausdruckt oder auf dem Notebook mit sich herumschleppt. Täglich gönne ich mir die *Mopo*, jene geschwätzige Straßenhure von der Davidwache mit dem Herzen am rechten Fleck, aber einem fatalen Hang zu Stammtischparolen. An manchen Tagen kaufe ich ihre verbrämte ältere Schwester, die *taz*, die mein Gewissen beruhigt wie eine Kinderpatenschaft in Angola, aber letztlich genauso weit von meinem Leben entfernt ist wie der afrikanische Kontinent.

Müsste ich Jochen mit einer Zeitschrift vergleichen, so wäre er wohl *Fit for Fun*. Einerseits ernsthaft an sportlicher Betätigung interessiert, andererseits immer den Versuchungen des schönen Lebens wie Marken-Shopping, Luxus-Catering und Erotikwochenende im Wellness-Hotel erliegend. Ganz anders sein Vorgänger Thomas: Er ist *Yps*, die Comiczeitschrift mit dem Gimmick. Zum Lesen, Spielen, Sammeln und Tauschen.

Wenn ich eine Zeitschrift sein dürfte, dann bitte *Brand Eins*, die hanseatische Wirtschaftssenatorin mit dem parteilosen Blick auf die Effekte von Globalisierung und Shareholder Values – ohne Anspruch auf Perfektion, aber voller Ehrgeiz, nur das Beste abzuliefern.

Ich entscheide mich für die neue Ausgabe von *Emotion*, der kleinen Schwester der Religionslehrerin *Psychologie Heute*, in diesem Monat mit einer hellhäutigen Rothaarigen auf dem Titelbild, die auch schon Du darfst-Werbung gemacht hat.

An der Kasse liegt der aktuelle *kicker*. Ich lege ihn lächelnd auf die *Emotion*. Der Verkäufer mustert mich, als müsse er noch entscheiden, ob ich nun eine fußballvernarrte Lesbe bin oder ob ich meinem Ehemann seine Lieblingszeitschrift mitbringe. Als ich einen Beleg mit den einzeln aufgeführten Zeitschriftentiteln verlange, schnauft er empört und flüstert etwas Türkisches, das ich nicht verstehen, sondern nur erahnen soll. Im Gegenzug zahle ich mit EC-Karte und lasse die Schlange hinter mir um weitere zwei ungeduldige Kunden anwachsen.

Marc sitzt bereits in den Gartenmöbeln vorm ›Louis' Deli‹, als ich zurückkomme. Er hält eine kleine braune Papiertüte in der einen und zwei Pappbecher in der anderen Hand. Er trägt wie immer eine Jogginghose, aber diese ist wenigstens schwarz. Sein ärmelloses T-Shirt hat die gleiche Farbe, und er sieht nicht aus, als würde er auf einen Friedhof fahren, sondern als käme er gerade vom Sport.

»Willst du damit einen neuen Beerdigungs-Bekleidungsstil kreieren?«, frage ich nach einem Begrüßungskuss auf die Wange.

Marc lacht: »Lästere nicht, als ich Nadja das letzte Mal sah, hatte ich dieses Outfit an. Das ist also mit Bedacht gewählt.«

Ich streiche ihm über die frisch rasierte Kopfhaut. »Und wegen der buddhistischen Gesinnung der Verstorbenen hast du deine Frisur auch gleich angepasst?«

»Gefällt es dir? Ich dachte, ich habe sowieso nicht mehr viele Variationsmöglichkeiten: warum also nicht Glatze?«

»Und warum dann dieser Zickenbart?«

Marc dreht sich ins Profil, um mir seinen neuen Goatie zu präsentieren. Der Bart verlängert seine Mundwinkel und lässt sie ganz tief nach unten hängen. »Wie findest du ihn?«

»Na ja ...«

»Du findest den Bart also doof?« Sein Unterton fordert umgehend und eindeutigen Widerspruch ein.

»Ungewohnt«, antworte ich und wechsle das Thema: »Wir können sofort los. Mein Wagen steht gleich hier vorne. Nimm den Kaffee mit, den habe ich nötig.«

»Hm«, brummt Marc ungnädig und erhebt sich. Schweigend folgt er mir zu meinem Golf Cabrio, das mit seinem Überrollbügel wirklich wie das weiße Erdbeerkörbchen mit rotem Innenfutter aussieht, als das er es sonst immer verspottet.

»Alles in Ordnung?«, frage ich und werfe die Zeitschriften auf die Rückbank. »Du wirkst plötzlich abwesend.«

»Ich bewundere deine Jacke.« Er lässt sich auf den Beifahrersitz gleiten und schnallt sich an. »Eigene Kollektion?«

»Natürlich. Kann ich damit gehen?«

Der Caban, den ich trage, war, bevor ich ihn in die Finger bekam, eine von unzähligen schwarz-grau gefleckten Marinejacken. Heute, in der Länge und an den Armen gekürzt und auf dem Rücken bestickt mit einem gewaltigen rot-grünen Drachen, ist er ein Unikat aus meiner neuen Kollektion, über die sogar die Pinneberger Arzttochter *InStyle* bereits sagte: »Kiez-Chic für Business-Frauen«.

»Ganz ehrlich? Ich bin vielleicht zu sportlich für eine Beerdigung angezogen, aber wenigstens sind meine Klamotten schwarz. Du dagegen siehst aus, als wolltest du auf dem Friedhof Werbung machen.«

Ich schnalle mich an und starte den Wagen.

»Im Handschuhfach sind die Flyer«, sage ich stolz. »Der ganze Kiez wird da sein, meine Zielgruppe. Ich habe extra für heute nachdrucken lassen.«

»Du hast Flyer produzieren lassen?«

Er klingt beleidigt. Natürlich hätte ich ihn bitten sollen, die Postkarten zu gestalten, aber Marc ist unzuverlässig, und ich kann nicht riskieren, bei der Eröffnung ohne Kundschaft rumstehen zu müssen. »Das musste super schnell gehen, und ich weiß doch, dass du zwischen deinen Trainingskunden kaum Zeit für dich hast. Du bist immer noch mein Lieblingsgrafiker und du wirst mein Briefpapier, meine Visitenkarten und meine Anzeigen gestalten, o. k.?«

»Nun gut, es war viel los in den letzten Wochen, und ich hätte wirklich keine Zeit gehabt«, gibt er schließlich zu.

Eben, sag ich doch. Er lächelt friedlich und ich fahre aus der Parklücke. »Wohin müssen wir eigentlich?«, erkundige ich mich. Seit zehn Jahren wohne ich nun in Hamburg, aber außer auf dem alten jüdischen Friedhof zwischen St. Pauli und Altona habe ich nirgendwo Grabsteine bemerkt.

»Ohlsdorf natürlich!«

»Und wie komme ich da hin?«

Marc sieht mich erschüttert an: »Du weißt nicht, wo der Ohlsdorfer Friedhof ist? Das ist der größte in Hamburg! Und wenn ich mich richtig erinnere, sogar der größte in Europa. Warst du noch nie dort?«

»Nein. Meine Freunde sind noch nicht in dem Alter, in dem sie Herzinfarkte bekommen oder an Leberzirrhose sterben.«

»Sterben hat doch nichts mit Alter zu tun. Jeden Moment kann dir ein Ziegel auf den Kopf fallen oder du kannst Brustkrebs kriegen. Nadja war auch eben erst über dreißig.« Er verstummt einen Moment und nimmt einen Schluck aus dem Pappbecher. »Du musst dringend aus deinem Ghetto raus und ein paar andere Stadtteile als St. Pauli und St.

Georg sehen. Ohlsdorf liegt östlich von Fuhsbüttel. Fahr einfach so, als würdest du zum Flughafen wollen, dort biegen wir dann rechts ab.«

»Toll, eine Fernreise«, sage ich.

Bis zur Kreuzung am Flughafen sagen wir nichts mehr, sondern zappen von einem Radiosender zum nächsten, weil überall nur Schlagermist gespielt wird. Nach *Tanze Samba mit mir* ertrage ich tapfer *Johnny Guitar* und beim Refrain von *Er war gerade 18 Jahr* schalte ich aus, aber da folge ich auch schon dem Wegweiser zu den Kapellen.

Der Ohlsdorfer Friedhof ist eine gewaltige Parkanlage. Die Einfahrt säumen haushohe Bäume, im Hintergrund erkenne ich grüne Hügel, die sich sanft von kilometerlangen Wiesen abheben.

»Und um Mitternacht spielen die Toten hier Golf?«, frage ich scherzhaft.

»Warum? Auch deine Zielgruppe? Wollen wir ein paar Flyer auslegen?«, schmollt Marc.

»Ärger mich nicht«, bitte ich. »Ich mag Beerdigungen genauso wenig wie du. Weißt du, wohin wir jetzt müssen?« Wir schauen auf eine Sammlung gewaltiger Trauergebinde, die sich beim Näherkommen als die hiesige Bestattungsgärtnerei herausstellt.

»Du musst am Hauptgebäude links abbiegen und dann erst einmal nur noch geradeaus. Solange du Bushaltestellen am Straßenrand siehst, sind wir richtig«, erklärt Marc.

Zwei Autos kommen uns entgegen, sonst wirkt das ganze Areal buchstäblich ausgestorben.

»Woher kennst du dich eigentlich hier so gut aus?«

»Fast alle Trauerfeiern finden hier statt«, antwortet er knapp. Seine Lippen sind schmale Striche, und ich verstehe, dass er darüber nicht weiter sprechen will.

»Brauchen wir nicht einen Kranz oder Blumen? Man wirft dann doch was ins Grab, oder?«

Marc legt beruhigend seine Hand auf mein Bein. »Mach dir keine Sorgen: Das ist nur eine Trauerfeier, nicht die Beerdigung. Die findet bei ihren Eltern in Stettin statt. Die Trauerfeier hier ist nur für Freunde, um Abschied am offenen Sarg zu nehmen.«

Wir fahren eine Straße entlang, die mich an einen Waldweg im Dorf meiner Eltern erinnert. Nichts hier sieht so aus, wie ich mir einen Friedhof vorstelle. Es fehlt nur noch, dass mir ein Reh vor den Wagen läuft.

»Wohin jetzt?«, frage ich.

»Kapelle 8«, sagt Marc und zeigt auf einen hölzernen Wegweiser, der mich geradeaus schickt.

Nach ein paar hundert Metern erreichen wir in einem Wald aus Zypressen einen Parkplatz, auf dem bereits etwa zwanzig Autos stehen, aber sicher noch zweimal so viele abgestellt werden können. Ich fahre so weit wie möglich bis zur Kapelle vor, einem schmucklosen rot-braunen Ziegelbau mit großer Flügeltür. Der Duft der Zypressen würzt die Luft, und es riecht nach Erkältungsbad und Italien.

»Vergiss die Flyer im Handschuhfach nicht«, erinnert mich Marc. Ich bedanke mich wie ein artiges Mädchen und drücke ihm einen Stapel in die Hand. Einen anderen stecke ich in meine Jackentasche.

»Glaub nicht, dass ich hier Werbung für dich machen werde«, sagt er ungnädig. »Meine Mutter hat mir Anstand beigebracht. Dazu gehört unter anderem, dass ein Friedhof eine marketingfreie Zone ist.«

»Anstand?«, höhne ich scherzhaft. »Das ist wohl eine Frage der Perspektive. Vielleicht, wenn es um Werbung für andere geht. Beim Selbstmarketing kenne ich dich nicht so zurückhaltend.«

Nun zeigt er mir seinen Mittelfinger. Kichernd steigen wir aus dem Wagen.

Vor der Kapelle wartet eine Traube bunt gekleideter Menschen. Ich entdecke einen großen schwarzen Hut, der ganz prima auf die Pferderennbahn passen würde.

Marc bemerkt meinen Blick und interpretiert ihn falsch als Unsicherheit. »Relax, du siehst toll aus. Außerdem ist schwarz nicht deine Farbe«, sagt er.

»Du hast es doch nur auf die Jacke abgesehen mit deinen faulen Komplimenten.«

»Niemals. Ich doch nicht. Allerdings muss ich zugeben: Der Drache sieht klasse aus auf dem Rücken. Hast du die Jacke überhaupt in meiner Größe?«

Ich wusste es immer: Zeig mir einen Schwulen und ich zeige dir konsequente Inkonsequenz.

»In deiner Größe habe ich sogar drei. Die kleinen Größen gehen immer zuerst weg.«

»So klein bin ich nicht ...«

»Dann frage ich mich, warum du deine Adidas-Shirts immer noch in der Kinderabteilung kaufst.«

Ich winke ab, als er entgegnen möchte, dass er mittlerweile über einen Trockner verfügt, der die Shirts auf die richtige Spannung über Brust- und Armmuskeln schrumpft. Wir haben dieses Gespräch unzählige Male geführt, wie ein altes Ehepaar, dass noch bei der Silbernen Hochzeit über die Witze der Verlobungsfeier lacht.

»Zeig mir die Jacke heute Abend«, sagt Marc und nimmt meine Hand. »Aber ich muss sie in Raten bezahlen.«

Natürlich werde ich sie ihm schenken. Das wissen wir beide.

»Dort ist Jochen«, sagt Marc und zeigt auf eine kleine Gruppe vor der Kapelle. »Müssen wir durch den Seiteneingang?«

Ich schüttle den Kopf. »Alles gut. Ist ja auch nicht überraschend, dass er hier ist, Nadja hat schließlich bei ihm im Haus gewohnt. Und im Bett waren sie auch miteinander.«

Jochen ist im Gespräch mit einem attraktiven Typen, den ich als seinen Laufpartner Christian erkenne. Die Frau neben ihnen muss Jessica sein.

»Wer ist sein Begleiter?«, fragt Marc.

»Auch ein Langstreckenläufer. Die beiden trainieren zusammen.«

Er zieht eine Augenbraue hoch. »Sehr sexy.«

Natürlich könnte ich ihn jetzt an unser Gespräch über Anstand auf Friedhöfen erinnern und daran, dass seine Mutter sicher entsetzt wäre, wüsste sie, dass er auf einer Trauerfeier unzüchtige Gedanken pflegt. Aber erstens interessiert sich Marc nicht für sein Geschwätz von gestern und zweitens gibt es hundert bessere Gründe für seine Mutter, entsetzt zu sein. Ein Flirt am Sarg zählt sicher zu den verhältnismäßig harmlosen Sünden.

»Jochen, du bist also aus der Reha entlassen worden«, begrüße ich ihn mit Handschlag. »Wie geht es dir?«

»Schön, dich zu sehen«, antwortet er nach einem Moment, in dem er sich wohl erst sammeln musste. Seine Augen wandern von mir zu Christian, zu mir, zu Marc und schließlich zu Jessica.

Sie ist größer, als ich dachte, und reicht Jochen bis zum Nasenrücken. Mein erster Eindruck bestätigt nicht meine Befürchtungen. Ihre Augen strahlen mich freundlich an. Sie weiß definitiv nicht, wer ich bin. Oder sie ist eine hervorragende Schauspielerin.

Jessica trägt ein halblanges schwarzes Kostüm von Jil Sander, dazu flache, rote Schnürsandalen. Ein teures Ensemble. Aber geschmackvoll.

»Ich bin Sibylle«, stelle ich mich vor und gebe auch ihr die Hand, mit etwas mehr Kraft als vielleicht nötig. Sie erwidert den Druck und lächelt.

»Das habe ich mir schon gedacht«, meint sie freundlich. »Jochen erzählte, dass Sie beide eine Zeit lang viel unternommen haben.«

Hilfe suchend sehe ich zu Jochen, doch der tut unbeteiligt. Hoffentlich verplappere ich mich jetzt nicht. Ich blicke zu Marc, aber der hat erwartungsgemäß nur Augen für den sportlichen Christian.

»Ja«, antworte ich gedehnt.

»Ich muss mich bei Ihnen bedanken«, sagt sie. »Wenn Sie nicht gewesen wären, wer weiß, ob Jochen die Schlägerei so gut überstanden hätte. Die Ärzte meinten auch, er hat wahnsinnig Glück gehabt. Das hätte viel schlimmer ausgehen können als gebrochene Rippen und ein angeknackstes Hüftgelenk.«

Mein erstaunter Blick verwirrt sie. »Sie waren doch dabei, als er sich mit diesen Schlägern anlegte?«

»Das war ich«, beeile ich mich zu sagen. »Aber alles ging so schnell, dass ich kaum wahrnehmen konnte, was genau passiert ist.«

Jochen nimmt Jessicas Arm und zieht sie zu sich heran. »Es ist ja doch noch gut gegangen, nicht wahr? Lass uns in die Zukunft sehen.« Er küsst sie zärtlich auf die Stirn. Die beiden scheinen ein gut eingespieltes Team zu sein. Bestimmt passen sie besser zusammen als Jochen und ich. Niemand würde vermuten, dass dieser Mann noch vor wenigen Stunden eine Kuhle in mein Bett gelegt hat. Ich bin verblüfft, wie glaubhaft Jochen seine Rolle spielt.

»Ist es nicht so: Das Universum kümmert sich um seine Kinder«, unterbricht Marc mit seinen hinlänglich bekannten Plattheiten. Er drängt an mir vorbei, um sich vorzustellen. »Ich bin Marc, ein guter Freund von Sibylle.« Mit einem Blick auf Christian fügt er hinzu: »Nur ein Freund, sonst nichts.«

»Sie entwerfen Kleider?«, fragt mich Jessica, während die Männer mit ihren Sporterfolgen protzen.

»Es ist eher recyclen als designen«, gebe ich zu. »Mich interessieren Trends, die eigentlich längst ihren Zenit überschritten haben, um ihnen mit meinem persönlichen Touch wieder etwas Exklusives, Neues zu geben.«

Sie nickt und fühlt den Stoff meiner Jacke. »Großartige Idee. Wirklich. Ganz großartig. Dieser Caban, den Sie tragen, ist doch aus Ihrer Kollektion?«

»Ja.« Diese Frau verblüfft mich. Jochen beschrieb sie als harmlos nett und etwas verzogen und dumm, so etwas wie *Amica*. Stattdessen steht mir *Vanity Fair* gegenüber: aufgeweckt, charmant, neugierig und oberflächlich genug, um keine Abgründe zu entdecken.

»Wenn Ihnen diese Jacke gefällt, möchten Sie vielleicht heute Abend zur Eröffnung meines neuen Geschäfts kommen«, sage ich und wünsche sofort, ich könnte meine Einladung zurücknehmen, als ich ihre ehrlich erfreuten Augen sehe.

»Das würden wir zu gerne«, antwortet sie und schubst dabei Jochen an. Sein Lächeln scheint eingefroren, dennoch wirkt es nicht künstlich. Der Mann beherrscht seine Rolle in allen Lebenslagen.

Ich ziehe zwei Flyer aus meiner Jackentasche und gebe sie ihnen. Jochen nimmt sie und dreht sie hin und her, als würde er sie zum ersten Mal sehen. Auf der Vorderseite sind zwei Mädchen, mit Slip und BH bekleidet, hinter ihnen hängt ein Tarnnetz von der Bundeswehr. Auf der Rückseite steht FOR SUPERFRIENDS und eine Wegbeschreibung.

»Wer hat die Flyer entworfen?«, fragt er unschuldig. »Die sehen klasse aus.«

»Ich«, erklärt Marc stolz und reicht eine Karte an Christian weiter.

»Wirklich vielversprechend«, sagt Jochen anerkennend. »Erotik mit einer Prise Fetisch.«

Jessica lacht auf. »Ich wusste, dass dir das gefallen würde«, sagt sie zu ihm. Dann wendet sie sich an mich: »Wir kommen sehr gerne.«

Sie sagt das, wie ich morgens einen One-Night-Stand verabschieden würde, den ich nie wiedersehen möchte. Ich glaube nicht, dass die beiden kommen werden. Das ist aber auch nicht schlimm.

Die beiden Flügeltüren des Portals stehen mittlerweile offen. Aus dem Inneren dringt klassische Musik. Jochen zwinkert mir zum Abschied zu und lässt sich von Jessica und Christian in die Kapelle führen.

Marc träumt mit einem debilen Grinsen seiner neuen Bekanntschaft hinterher.

»Der Mann ist sicher heterosexuell«, flüstere ich ihm zu.

»Und die Erde ist eine Scheibe.« Sein Lächeln friert plötzlich ein. Ich folge seinem Blick und sehe eine Menschenmenge, die aus einem doppelstöckigen Bus strömt und auf uns zuläuft. »Was passiert denn jetzt?«

»Nadja war offenbar eine beliebte Persönlichkeit auf dem Kiez«, sage ich. Die Reeperbahn-Gemeinde verabschiedet eine der ihren organisiert wie einen Ausflug im Rahmen des Pauschalurlaubs. Zwei bullige Türsteher oder Drogendealer tragen einen Kranz aus bunten Sommerblumen. Ein älterer Zwerg verteilt Tulpen. Eine wirklich fette Domina mit schwarzem Pferdeschwanz und Lackstiefeln, die über das Knie reichen, kommandiert einen hageren Glatzkopf herum. Einige der Neuankömmlinge kenne ich aus dem Nachtleben. Der Türsteher vom ›Topas‹ führt seine schwankende Chefin am Arm über den Kiesweg, in dem ihre schwarzen Pumps keinen Halt finden. Eine alternde Filmdiva, umwogen von einer schwarzen Wolke Tüll, die über ihrem Kopf von einem wagenradgroßen Hut zusammengehalten wird.

»Katherine Hepburn in *Plötzlich letzten Sommer* war nichts dagegen«, zischt Marc.

»Das war ein Film?«, wundere ich mich.

»Ja. Und eine Einladung zum DVD-Abend bei mir mit all den Tennessee-Williams-Verfilmungen, die ein gebildeter Schwuler gesehen haben muss.«

»Marc, ich bin nicht schwul.« Automatisch schiebe ich mein Dekolleté zurecht. Vielleicht reagiere ich häufig wenig damenhaft, aber ein Mann bin ich deshalb noch lange nicht.

»Natürlich nicht. Aber willst du deinen Horizont nicht erweitern?«

Ich nehme seinen Arm. »Weshalb genau meinst du, es würde meinen weiblichen, heterosexuellen Single-Horizont erweitern, schwule Klassiker zu sehen?«, frage ich sanft. »Außerdem kann ich mir nicht vorstellen, dass ich darin Dinge erfahre, die du mir nicht bereits bis ins kleinste Detail berichtet hättest.«

Marc bemüht sich um ein Lächeln. Er weiß, dass ich Recht habe, aber das kann er gerade nicht zugeben. Und ich will ihn nicht drängen. Männer fühlen sich ja immer so schnell eingeengt und in die Flucht getrieben.

»Hast du die beiden gesehen?«, fragt er tonlos.

Ohne mich umzudrehen, ist mir klar, dass er von irgendwelchen Exliebhabern spricht, die gerade eingetroffen sind. Dem plötzlichen Stimmungstief zufolge muss es sich um Favoriten von ihm handeln, die nichts von ihm wissen wollten und stattdessen miteinander Spaß haben. Ein unverzeihlicher Vorgang in seinen Augen. Würde ich jeden Ex so inbrünstig verachten wie Marc, ich hätte längst einen Voodoo-Kursus belegt, um mich zu rächen. Wie können sie es auch nur wagen, ihn derart zu übergehen?

»Darum geht es nicht«, sagt Marc, und ich fürchte eine Sekunde, er hätte meine Gedanken gelesen. »Ich gönne ihnen ihr Glück. Aber sie passen einfach nicht zueinander.«

Ich drehe mich nun doch um. Frank und Pete sind gerade aus dem Bus ausgestiegen und gehen in unsere Richtung. Beide stechen mit ihren sicher maßgeschneiderten schwarzen Anzügen angenehm aus der Menge derer heraus, die heute Morgen irgendwelche Fetzen aus dem Schrank gegriffen haben, solange sie nur dunkel und keine bunten Sprüche oder Logos darauf aufgedruckt sind. Frank und Pete halten Händchen und sehen unübersehbar glücklich aus.

»Lass uns hineingehen«, sagt Marc und geht los. »Ich will einen vernünftigen Sitzplatz.«

Wir einigen uns auf Plätze weit weg von seinen Ex und möglichst nah am Ausgang. Auch im Kino sitze ich immer am äußeren Rand der Sitzreihen, damit ich schnell aufstehen kann, wenn es brennt, die Pipibox ruft oder es aus irgendwelchen Gründen peinlich wird.

Wir setzen uns vier Reihen entfernt von dem aufgebahrten Sarg, nahe am seitlichen Notausgang. Marc meckert kurz, weil er lieber zu Jochen und vor allem zu dessen Laufpartner möchte, die sich ganz vorne in der Mitte zwischen Nadjas Verwandte drängeln, aber ich bestehe darauf, dass wir uns im Hintergrund halten.

Zu Beginn singen wir ein Lied über Frieden, Allmacht und Ewigkeit. Ich bewege nur meine Lippen, aber dafür singt der voluminöse Türsteher vor mir so laut, dass er bestimmt bei der Heilsarmee auf der Reeperbahn sehr willkommen wäre. Dann spricht der Pfarrer von Erlösung nach langem Leiden, vom Jenseits als Paradies und schließlich von der kleinen Dorothy aus *Der Zauberer von Oz*, die die Absätze ihrer Schuhe dreimal zusammenknallen ließ und dann nach Hause zurück durfte.

»Worauf will er hinaus?«, flüstere ich Marc zu. Der Zusammenhang zwischen Nadja und einem Kinderbuch ist mir nicht klar.

Marc zuckt mit den Schultern und singt leise: »*Ding dong, the witch is dead. Which old witch? The wicked witch!*«

Der Türsteher dreht sich wegen des schrillen Musicalsongs um und wirft uns einen verärgerten Blick zu. Die Haut an seinem dicken Hals stapelt sich in drei Ringen und zittert. Das ist nicht komisch, aber es reicht als Anlass für einen Lachkrampf. Die Spannung des Tages entlädt sich und ich kreische hysterisch los. Meine Hände presse ich über meinen Mund, aber es ist zu spät: Alle sehen zu mir. Ich schließe die Augen und ducke mich, doch das Prusten lässt sich nicht abstellen. Marc tätschelt beruhigend meinen Rücken. Zischend fordern die Trauernden um mich herum mehr Selbstbeherrschung, was mich stärker verkrampfen lässt. Das unterdrückte Lachen schmerzt wie ein Schluckauf, der nicht verschwinden will. Die Peinlichkeit der Situation schmerzt noch mehr.

Ich hätte es ahnen können: Friedhöfe provozieren bei mir äußerst unpassende Reaktionen. Wie der Besuch auf jener Trauerfeier, zu der mich meine Mutter zur Beerdigung der Nachbarstochter mitnahm. Ich war zwölf und sie war gerade sieben, als sie an Leukämie starb. Nie werde ich die Predigt vergessen. Der Pfarrer sagte, während er auf die Eltern schaute: »Jesus sprach, lasset die Kindlein zu mir kommen!« Die fassungslose Mutter schrie auf: »Wenn Jesus Kinder um sich haben will, hätte er Maria Magdalena heiraten sollen!« Später fragte ich meine Mutter, wie herzlos ein Mensch nur sein könnte, solche Worte in dieser Situation zu wählen, und was daran wohl aufbauend wäre. Sie antwortete, der Typ sei ein Arschloch und sie hätte ihm einen Stoß versetzt, dass er in das offene Grab und auf den Sarg gefallen wäre. Doch zuvor kicherten wir beide los, unfähig uns zusammenzureißen. Unter den strafenden Augen der geschockten Trauergäste, des Pfarrers und des gekreuzigten Heilands flüchteten wir aus der Kirche.

Die Erinnerung lässt mich erschrocken verstummen. Ungnädiges Raunen hallt durch die Gänge. Ich will aufstehen und gehen, aber Marc hält mich fest und zwingt mich zurück auf meinen Sitz.

Der Pfarrer umrundet unterdessen mehrfach den Sarg und erzählt vom Kampf, den die Verstorbene tapfer geführt, aber dann eben doch verloren hat. Er kommt vor einem postergroßen Bilderrahmen zum Stehen, den jemand zwischen zwei Kränzen aufgestellt hat. Trotzig lächelt Nadja aus dem edlen Holzrahmen. Das Foto muss diesen Sommer aufgenommen worden sein, denn das tief ausgeschnittene T-Shirt bringt sowohl ihre neuen Brüste als auch die tätowierte Rose dazwischen wunderschön zur Geltung. Marc war es, glaube ich, der erzählte, dass sie sich die Implantate erst vor Kurzem einsetzen ließ. Da dachten alle, sie hätte nach der Amputation und mit der Chemotherapie und der Bestrahlung den Krebs besiegt. Aber das Drecksvieh wollte sie und die Ärzte nur verarschen, und kaum wuchsen die Haare nach und waren die Titten aufgepolstert, da kniff es noch mal zu. Und dieses Mal gründlich: Die Lymphknoten streuten bereits wie Rasensprenger, als die Ärzte die zweite Angriffswelle bemerkten. In diese neue Schlacht wollte Nadja nicht reiten, und statt Taxane schluckte sie Amphetamine und feierte, bis sie letzte Woche dann buchstäblich umfiel: schnell und, das hoffe ich für sie, schmerzlos.

Ausgerechnet im ›Topas‹! Also ich möchte als letztes Bild nicht die Chefin sehen, wie sie sich über mich beugt und mich rausschaffen lässt vor die Tür, damit die Party nicht gestört wird. So wie sie es mit Jochen gemacht hat, als die russischen Schläger ihn verprügelt haben. Viele Japaner glauben, manchmal müssten die Toten als Geister in den Räumen weiterleben, in denen sie gestorben sind. Welch gruselige Vorstellung,

Nadja müsste nun auf dem Kiez die Ewigkeit verbringen. Für mich bitte einen schwarzen Vorhang, Schluss und aus. Für diese Ruhe verzichte ich gerne aufs Paradies.

Marc schubst mich an. Durch den Seiteneingang schleicht sich Thomas. Noch ein Ex. Er entdeckt mich und winkt mir zu. Wenigstens hält er sich nicht wieder für unsichtbar. Hinter sich zieht er einen Hund an einer Leine. Sie setzen sich in die erste Reihe.

»Das ist Bukowski«, erklärt Marc ungefragt. »Nadjas Weimaraner.«

»Und was macht Thomas mit dem Tier?«

»Vielleicht hat er ihn adoptiert? Nadja hat ziemlich lange nach jemandem gesucht, der den Hund nimmt, wenn sie tot ist.«

»Ein Tier bedeutet Verantwortung«, flüstere ich. »Thomas ist viel zu kindisch, um zu wissen, was auf ihn zukommt.«

»Sibylle, es geht um einen Hund, nicht um ein Baby.« Marc bedeutet mir zu schweigen, als hätte ich etwas besonders Dummes gesagt.

Nach der Trauerfeier herrscht vor der Kapelle Partystimmung. Aus dem Doppeldeckerbus schallt Trauriges von Natalie Cole. Die Domina schickt ihren Sklaven mit einem Tablett voller Sektgläser herum und zwei blondierte Nutten schwanken betrunken aus einem Gebüsch. Ich hoffe jetzt einfach, dass sie die Toilette nicht gefunden haben. Diesem Publikum gebe ich maximal eine Viertelstunde, bis der Ordnungsdienst eintrifft und uns alle rauswirft.

»Willst du hier immer noch Flyer verteilen?«, fragt Marc leise. »Dann tu es jetzt. Nachher merken die sich nichts mehr.« Einer der Türsteher misst mit seinen Händen die Oberweite der beiden Nutten und pfeift anerkennend. Ich schüttle verständnislos den Kopf.

»Nadja hätte das nicht gestört«, flüstert eine vertraute Stimme neben mir. Ich begrüße Thomas zunächst mit Handschlag, finde das dann aber zu unpersönlich und umarme ihn. Er sieht mich verwirrt an und blickt dann erst zu Marc, dann zu mir. »Können wir reden?«, fragt er und trippelt nervös von einem Bein zum anderen.

»Natürlich. Was ist denn? Geht es dir gut?«

Er weicht meinem Blick aus. »Können wir unter vier Augen …?«

Ich gebe Marc zu verstehen, dass wir uns alleine unterhalten möchten. Hoffentlich ist das kein Fehler, schließlich kann Thomas wirklich kindisch sein, und eine Szene möchte ich hier keinesfalls erleben müssen. Marc seufzt extra laut, damit wir seinen Unmut merken, und wendet sich beleidigt ab. Er läuft zu Jochen, der mit seiner Ex-Ex und seinem Laufpartner im Schatten einer Zypresse die seltsame Feier beobachtet.

»Wie kommst du dazu, Nadjas Hund zu hüten?«, frage ich. Lass uns mit Smalltalk beginnen, bevor wir uns Vorwürfe machen und uns an die Kehlen gehen. Wie zivilisierte Menschen eben.

»Bukowski ist jetzt mein Hund«, erklärt Thomas. Dabei streichelt er den Kopf des Weimeraners, der brav neben ihm hockt. Das Tier ist von Nahem noch größer, als ich zunächst dachte, und reicht sitzend bis an Thomas' Hüftgelenk.

»Kannst du dir einen Hund leisten? Der vertilgt doch sicher zwei große Dosen am Tag.«

»Ja, das kann ich«, antwortet Thomas amüsiert.

»Ich meinte nur, falls es mit dem Geld eng wird ... Ich helfe dir, nein, euch, wirklich gerne ...« Ich rede Unsinn.

Er grinst wissend. »Lust auf einen kurzen Spaziergang?« Bukowski schnüffelt an meiner Jacke und sieht mich erwartungsvoll an.

»Aber wirklich nur kurz«, meine ich und hake mich bei Thomas unter. »Du hast eine Viertelstunde. Dann muss ich zurück in die Stadt.«

»Lass uns hier entlang«, sagt er und deutet auf einen Weg, der neben der Kapelle in den Park führt. »Ich zeige dir etwas, das ich letzte Woche beim Gassi gehen mit Bukowski entdeckt habe.«

Er wartet nicht auf meine Zustimmung und geht los. Der Hund läuft als unser Führer Schwanz wedelnd ein paar Schritte vor uns, wobei er sich immer wieder umdreht, damit wir ihm auch wirklich folgen.

»Du bist also unter die Modedesigner gegangen?«, fragt Thomas. Das war sicher nicht das Thema, über das er mit mir unter vier Augen sprechen wollte, aber wer bin ich, um für ein wenig Um-den-heißen-Brei-reden kein Verständnis zu haben.

»So würde ich das nicht nennen. Ich versuche, langweilige Sachen durch kleine Verschönerungen zu etwas Besonderem zu machen.«

»Um sie danach mit kräftigem Gewinn zu verkaufen?«

»Das war die Idee. Reich werde ich allerdings nur, wenn ich in Tausenderzahlen in China produzieren lasse. Die Jacken sind dabei nicht das Problem, die kaufe ich billig in irgendwelchen Army-Shops zusammen. Aufwendig sind die Stickereien, denn die müssten eigentlich vorproduziert werden, damit sich das rechnet.«

»Bislang stickst du also selbst?«

»Wie Dornröschen in ihrem Turm.« Ich zeige ihm meine zerstochenen Fingerkuppen. »Wenn du denkst, die sehen schlimm aus, dann hättest du sie letzte Woche sehen sollen: blutverkrustet und angeschwollen wie zu lange gekochte Käsewurst.«

»Dornröschen? Die stickte aber nicht. Die hat gesponnen«, erklärt Thomas, während er vorsichtig meine Hände mit den seinen umfasst. »Du musst wirklich bald andere für dich arbeiten lassen. Damenhaft sehen deine Finger wirklich nicht aus. Sonst holt dich nie ein Prinz aus deinem Turm.«

Darauf antworte ich nichts. Ich entziehe mich seiner Berührung und sehe mich um. Wir haben die Kapelle hinter uns gelassen, und erst aus dieser Perspektive fällt mir auf, dass sie eigentlich nur ein Anbau eines viel größeren Gebäudes ist.

»Das ist das Kolumbarium«, sagt Thomas. »Dort werden die Urnen oberirdisch bestattet.«

»Also keine *Sargeteria*«, lache ich in Anspielung auf die Fernsehserie *Six Feet Under*, die wir manchmal zusammen gesehen haben.

»Nein«, grinst er. »Eher Urnen in Legebatterien.«

Entweder es liegt an meiner Wahrnehmung oder Thomas benimmt sich irgendwie älter und reifer heute. Seine Kommentare sind nicht albern wie sonst, sondern im Gegenteil beinahe intelligent und witzig.

Wir stehen auf einem kleinen Hügel. Von hier reicht der Blick in alle Richtungen einige Kilometer weit. Vor uns breitet sich eine Wiese aus mit einer einzigen kleinen Anhöhe, auf der ein Wäldchen aus rotblättrigen Bäumen wächst. Der Himmel ist wolkenlos und der Sommerwind kitzelt die Härchen auf meinen Armen. Ich schmiege mich an Thomas. Es ist so friedlich hier, als würde die Zeit stillstehen. Ich verdränge den

Gedanken an das, worüber Thomas mit mir sprechen wollte. Er streicht mir eine Strähne aus dem Gesicht. Die Sanftheit seiner Geste beweist, wie sehr er sich freut, dass mir gefällt, was er mir hier zeigt. Er dreht mich ein Stück nach rechts.

»Siehst du diesen Bau mit dem Turm in der Mitte?« Er legt einen Arm um mich und zeigt mit dem anderen auf den Hügel vor uns.

Ich erkenne zunächst nur einen grauen Kiesweg, der sich in das rote Wäldchen schlängelt, dann bemerke ich dazwischen einen Giebel, dessen Ziegel sich kaum von den Blättern der Bäume unterscheiden. Jetzt, wo ich weiß, wonach ich suche, erkenne ich die Umrisse des Gebäudes. Es erinnert an die Miniaturausgabe eines Schlosses in einem Märchenwald. Oder an Dorothys Haus aus dem *Zauberer von Oz*, das auf der bösen Hexe aus dem Osten gelandet ist. *Ding dong, the witch is dead.* Vielleicht bin ich für Kinderkram doch empfänglicher, als ich dachte.

»Was ist das?«, erkundige ich mich. »Hier wohnt doch niemand, oder?

»Nein, das ist auch keine Liebeslaube für die Friedhofswärter. Das ist eine Grabstätte.« Seine Stimme klingt angenehm wie die des Erzählers der Hörspiele meiner Kindheit. Ruhig erklärt er, dass hier zur Jahrhundertwende ein Hamburger Tankerkönig ein Denkmal für seine verstorbene Tochter erbauen ließ. Er kennt sogar dessen Namen, den der Tochter und noch einige Besonderheiten, die es mit den Bäumen auf sich hat. Ich bin beeindruckt. Ich genieße es, ihm zuzuhören, auch wenn ich mir die Details seiner Geschichte nicht merken kann.

»Wo bist du gerade mit deinen Gedanken?«, fragt er und sieht mich an.

Ich lockere meine Umarmung und richte mich auf. »Woher weißt du das alles?«

»Von Nadja. Sie war einige Male mit mir hier.«

»Ich wusste nicht, dass ihr euch so gut kennt.«

»Lass es mich so sagen: Ich wollte eines Nachts aus dem ›Topas‹ flüchten, und sie zeigte mir den Notausgang.«

Der kleine Thomas klingt heute richtig erwachsen. »Du trägst nicht einmal eines deiner Donald-Duck-Shirts«, sage ich, um ihn zu loben.

»Nur bei besonderen Gelegenheiten.« Sein Lächeln erstirbt. Er holt tief Luft. Die Stimmung ist futsch. Ich seufze unhörbar. Jetzt kramt er sicher gleich dreckige Wäsche hervor.

Stattdessen zieht er einen Umschlag aus der Jackentasche und reicht ihn mir. »Nadja wollte, dass du den bekommst.«

»Von Nadja …?« Ich zögere. Brauche ich einen Abschiedsbrief einer entfernten Partybekanntschaft?

»Keine Sorge. Es geht nicht um ihre Krankheit«, erklärt Thomas.

»Du hast ihn gelesen?«

»Nein. Aber sie hat mir erzählt, was sie dir schreiben wollte …« Seine Augen suchen einen Punkt in der Ferne. »Vielleicht solltest du ihn erst lesen, wenn deine Eröffnung vorbei ist.«

Ich mag keine Geheimnisse, die machen mich nervös. Aber Thomas wirkt in seiner überraschenden Ernsthaftigkeit vertrauenswürdig genug, um seinem Vorschlag zu folgen. Zögernd nehme ich den Umschlag und stecke ihn ein. »Ich denke, wir müssen zurück. Marc wartet auf dich«, sagt Thomas schließlich und ruft nach Bukowski, der aufgeregt um einen Busch herumläuft und Hasen sucht.

»Den sollten Sie anleinen«, sagt hinter uns jemand. Ich drehe mich um und sehe einen großen grauhaarigen Mann um die vierzig in Begleitung zweier älterer Damen, die ich auf Ende fünfzig schätze, trotz ihrer jugendlich zusammengewürfelten Garderobe aus dem Secondhandshop.

»Der Hund ist ganz friedlich«, entgegnet Thomas. »Der tut keiner Fliege etwas zuleide.«

»Das weiß ich doch, nicht wahr, Bukowski?« Der Weimeraner spitzt die Ohren, als er seinen Namen hört, und läuft freudig erregt auf uns zu. Der Grauhaarige geht in die Hocke und nimmt den Kopf des Hundes zwischen seine Hände.

»Sie kennen Bukowski?«, fragt Thomas reserviert.

»Oh ja.« Er richtet sich wieder auf. »Ich bin Arzt und Nadja war meine Patientin. Ich habe sie die vergangenen Monate behandelt.«

Nicht erfolgreich, platzt mir beinahe heraus, aber ich schlucke den Kommentar dann doch lieber hinunter.

»Sie sind der Kiez-Doc, zu dem auch Jochen manchmal geht«, sage ich stattdessen.

»Und Sie die Frau mit dem Lachkrampf, nicht wahr?« Er streicht über Bukowskis Rückenfell und erhebt sich.

Ich nicke verlegen. Thomas Blick verfinstert sich, während mir der Doc die Hand zur Begrüßung reicht.

»Ein paar Friedhofswärter lösen geraden die ausufernde Trauerfeier auf«, erklärt er. »Die mögen frei laufende Hunde ebenso wenig wie leere Sektflaschen vor einer Kapelle.«

»Dann sollten wir schnell zurückgehen«, sage ich und zupfe an Thomas' Ärmel. »Vielleicht mögen Sie ja heute Abend zur Eröffnung meines Ladens kommen«, wende ich mich an den Doc und seine Begleiterinnen. Ich reiche ihnen einige Flyer. »Es gibt Sekt, selbst entworfene Kollektionen und vermutlich kommen auch einige der Menschen, die im Moment hier sind.«

Die zwei Damen nehmen die Karte, betrachten sie kurz und stecken sie dann in eine postgelbe Handtasche, die aussieht, wie selbst genäht.

»Sehr gerne. Danke!«, antwortet eine von ihnen artig, bevor sie sich wieder dem Arzt zuwendet und ihm etwas zuflüstert. Er nickt ihr zu und lächelt dann wieder mich an. »Sie machen sehr schöne Sachen, sagt sie«, richtet er mir aus. »Sie meint außerdem, dass Sie eine sehr attraktive Frau sind.«

Ich schaue verlegen zur Seite.

»Sibylle, wenn wir uns nicht verspäten wollen, sollten wir jetzt gehen«, schlägt Thomas vor. Dankbar nehme ich seine Hand.

»Das muss Ihnen nicht unangenehm sein. Das ist die Wahrheit«, legt der Doc nach. Ich lächle ihn an und seine Augen bohren sich in meine. Ein Sonnenstrahl trifft sie und lässt sie stahlblau leuchten. In der Kombination mit seinen grauen Haaren ein höchst attraktiver Anblick. Ich denke an Sex unter der Dusche, an Meeresbrandung in einer einsamen Bucht und zwei Körper, die sich im Sand wälzen.

Thomas zerrt ungeduldig an meiner Hand.

»Wir müssen wirklich los«, sage ich. »Aber ich würde mich sehr freuen, Sie heute Abend zu sehen …«

»Dann bis später«, beendet Thomas meinen Satz und läuft mit mir los. Der Doc und die älteren Damen bleiben zurück und sehen uns nach.

»Hat der mich gerade angeflirtet?«, frage ich.

»Das hätte man durchaus so interpretieren können«, antwortet Thomas amüsiert. »Aber ich glaube nicht, dass er heterosexuell ist.«

»Jetzt fang du auch noch so an. Marc hält genau wie du jeden attraktiven Mann für schwul. Ist da der Wunsch der Vater des Gedankens?«

»Und weshalb sollte ich mir das wünschen?«

»Weil du ...« Ich breche ab. Oh je, Sibylle, jetzt nichts Falsches sagen!

Er lacht über mein Zögern. »Natürlich bin ich ein wenig eifersüchtig. Aber keine Sorge, das ist nicht die Zeit und der Ort, um über uns zu sprechen.«

Ich schlucke und schweige. Thomas ist also noch in mich verliebt. Würde ich es nochmals mit ihm versuchen wollen? Er wirkt heute zweifellos reifer und erwachsener als früher. Aber reicht das aus?

Ich verwerfe diese Gedanken und halte seine Hand fester. Bukowski läuft etwa zehn Meter voraus. Vor einem Baum an der Rückseite der Kapelle bleibt er stehen und bellt.

Ein Körper löst sich aus dem Schatten des Stammes. Es ist Marc.

»Warum wartest du nicht am Wagen auf mich?«, rufe ich ihm zu.

»Ich wollte dir ein Stück entgegenkommen«, antwortet er. Zwischen den Blättern und Ästen erkenne ich die Umrisse von Christian, dem Trainingspartner von Jochen. Jedenfalls wusste Marc, sich die Wartezeit zu verkürzen.

Marc und ich blicken unsere Begleiter an. Ohne ein weiteres Wort gehen wir gemeinsam zum Parkplatz.

Auf der Heimfahrt plappert Marc drauflos, als hätte er Koks genommen und davon einen Redeanfall. Ich bin versucht, das Autoradio aufzudrehen, nur um ihn zum Schweigen zu bringen.

»Was ist los mit dir?«, fragt er und tätschelt mein Bein. »Heute morgen warst du genervt, jetzt bist du melancholisch. Aufgeregt wegen heute Abend oder hat dich die Trauerfeier mitgenommen?« Er zieht seine Hand zurück und lässt einen Triumphschrei erklingen: »Jaaa! Jetzt weiß ich es: Es ist wegen Jochen. Du bist immer noch in ihn verliebt! Aber

Mädchen, das ist doch längst vorbei, vergiss ihn. Das Leben geht weiter, und in den Momenten, in denen du am wenigsten damit rechnest, da lernst du plötzlich deinen Traummann kennen!«

»Mit Jochen hat das überhaupt nichts zu tun …«, setze ich an, aber verstumme wieder. Marc hört mir sowieso nicht zu, er ist vollkommen in seiner Gedankenwelt versunken.

»Findest du nicht auch, dass man auf einer Trauerfeier ungeheuer leicht mit netten Menschen ins Gespräch kommt?«, quasselt er weiter. »Vielleicht sollte man häufiger mal auf den Friedhof gehen, Online-Dating hängt mir schon lange zum Hals raus, und auf das stundenlange Abhängen bei Wal-Mart zwischen Gemüse und Tiefkühlkost habe ich sowieso keinen Bock mehr! Na ja, ich gerate sowieso immer an die Falschen. Wie hat dir eigentlich dieser Christian gefallen?«

»Vielleicht suchst du dir immer die Falschen aus?«, unterbreche ich.

»Wie meinst du das denn? Willst du damit sagen, dass ich selbst schuld bin, wenn ich mich in hoffnungslose Fälle verliebe?«

»Nun, das ist zumindest ein Gedanke, den du mal verfolgen solltest.« Meine Stimme klingt erheblich schärfer als gedacht. Eigentlich möchte ich mich wirklich nicht streiten.

Bevor ich mich entschuldigen kann, schießt Marc zurück: »Du und deine Frauenzeitschriften mit ihrem Psychokram. Was war es denn diesmal? Die *Cosmopolitan* mit WEGE AUS DER TRAUMPRINZ-FALLE? Oder *Brigitte* mit MUSTER DER PARTNERSUCHE ERKENNEN UND ÄNDERN?«

»Weder noch. Außerdem brauche ich *Brigitte* und *Cosmopolitan* für dieses Thema nicht, solange ich dich kenne und du mir deine Geschichten erzählst.«

»Oh«, macht Marc gedehnt. »Mein Beziehungspech hilft dir also weiter. Das freut mich sehr, Mädchen. Aber daraus eine Lehre zu ziehen, ist dir auch noch nicht gelungen.«

»Wieso?«

»Weil du keinen Deut besser bist als ich. Wenn es nicht klappt, sind doch immer die anderen schuld. Sagst du ›*Ich* passe leider nicht zu dir‹ oder sagst du nicht doch ›*Du* passt nicht zu mir‹? Wenn ich dir zuhöre, klingt das immer, als gehören deine Männer zu einer unerreichbaren Elite, und sie lassen sich nur aus Mitleid eine Zeit lang mit ein. Hast du eigentlich einen Gedanken daran verschwendet, warum sich Jochen von dir trennt und zu seiner Ex zurückkehrt?« Er mustert mich provozierend. »Ich weiß, wie es lief. Er sagte dir, er hätte lange darüber nachgedacht und alles wäre toll, aber seine Ex und die vielen gemeinsamen Jahre, dem Stress zum Trotz: Sie sei eben die Einzige für ihn. Er dankte dir dann noch und du sagtest einfach ›Ja‹. Reisende soll man schließlich nicht aufhalten. Die Idee, dass er ein rücksichtsloser Arsch ist, der dich als Pausenfüller ausgenutzt hat, ist dir nie gekommen.«

»Ich vertraue auf das Gute im Menschen. Was soll daran verkehrt sein?« Ärger steigt in mir hoch und mein Gesicht wird heiß. »Wenn es nicht klappt, dann klappt es eben nicht. Das passiert ständig. Soll ich mich vor ihm auf die Knie werfen und ihn anflehen, bei mir zu bleiben? Weißt du, *ich* habe noch einen Funken Stolz!«

»Das habe ich sehen können.« Er äfft meinen Tonfall nach. »Du bist bereits aus der Reha? Wie schön. Und das ist Jessica? Sehr nett. Kommt doch heute Abend zur Eröffnung …«

»Was hätte ich denn tun sollen? Ich weiß schließlich nicht, was er ihr erzählt hat von uns!«

»Das ist doch auch völlig gleichgültig. Wie du sagst: ›Das passiert ständig.‹ Aber das ist falsch. Das passiert eben nicht ständig, zumindest nicht allen. Wieso sonst könnte die Menschheit überleben? Jeden Tag treffen sich Leute, verlieben sich und bleiben zusammen. Wenn die es alle können, warum dann du nicht? Liegt es am Ende doch an einem selbst und nicht nur an den anderen?«

Nein, so einfach will ich es ihm nicht machen. Die Männer, die da draußen rumlaufen, sind entweder vergeben oder bescheuert und deshalb noch zu haben. Weil sie aber kein Warnschild mit ihren Macken vor sich hertragen, muss ich sie erst im Selbstversuch ausprobieren, bevor ich sie zurück unter den Stein schicke, unter dem sie hervorgekrochen sind. »Du meinst also, ich suche mir die Falschen selbst aus?«

»Wer denn sonst? Gott? Das Schicksal? Ein chinesischer Drache?« Er lacht und sein Lachen ist ansteckend. Ja, wahrscheinlich hat er wirklich

Recht. Ich verfüge über einen Sensor, der mir zielsicher die falschen als wahre Wundermänner vorgaukelt.

»Lass uns nicht zanken«, lenke ich ein. »Nicht jetzt. Ich brauche heute Beistand. Bitte.«

Er nickt. »Es tut mir leid«, sagt er. »Vergiss das alles. Heute gibt es nur noch ein wichtiges Ereignis für dich: deine Eröffnung.«

Wir erreichen in Kürze die Stadtteilgrenze zu St. Pauli. »Wahrscheinlich werde ich mich zu Hause noch eine Stunde hinlegen«, sage ich. »Soll ich dich denn heute Abend abholen?«

»Ich wollte noch ein wenig ins Studio zum Trainieren, die Showmuskeln aufpumpen, dann komme ich direkt zu dir in den Laden. Aber danke.« Er lehnt sich an die Beifahrertüre und dreht sich zu mir. »Jetzt weiß ich es. Es geht um den Comicfan, Thomas, nicht wahr? Der Spaziergang mit ihm. Erinnerungen. Bereust du, dass du ihn damals abgeschossen hast?«

Ich schüttle den Kopf. »Nein, das war zu der Zeit genau die richtige Entscheidung. Aber Menschen können sich ändern, sagt man.«

»Glaubst du das wirklich? Du weißt, dass er jedem erzählt, er wäre einen Tag lang unsichtbar gewesen, nachdem er eine grüne Pille von Lukas eingeworfen hatte? Und erst, als der ihm eine rosafarbene gegeben hat, wurde er wieder sichtbar. Der Junge ist verrückt oder auf einem Trip hängengeblieben.«

»Wer ist noch mal Lukas?« Ich versuche, das Thema zu wechseln.

»Du kennst Lukas und Geli! Den Dealer und seine Freundin, die Nachbarn der ›Topas‹-Chefin! Wir haben uns doch auf seiner Geburtstagsfeier in der ›St. Pauli Theater Bar‹ getroffen, erinnerst du dich? Seit Jahren geht das mit den beiden auf und ab. Vergangene Woche waren sie wieder feiern, bis morgens um zehn. Zu Hause kann Lukas nicht schlafen und sagt, er geht zur Tanke auf der Reeperbahn und Zigaretten holen. Eine Stunde später ist er immer noch nicht zurück. Also zieht sich Geli wieder an und sucht ihn. Sie findet ihn: natürlich im ›Topas‹. Völlig breit und beim Poppen auf dem Klo mit irgendeiner Tussi. Todsauer stürzt Geli aus dem Lokal, nimmt die Schlüssel ihres Dienstwagens, fährt los und knallt bei der ersten Kreuzung in einen Kombi. Beide Totalschaden. Die

Polizei kommt, sie machen einen Drogentest, Geli landet in der Ausnüchterungszelle. Sie ruft von dort aus bei Lukas an, der ja nichts von dem Unfall mitbekommen hat, spricht ihm auf den Anrufbeantworter. Der hört irgendwann am Nachmittag das Band ab, wirft noch ein paar Pillen und geht weiter feiern bis Montagmittag. Als Geli aus der Davidwache kommt, liegt ihr Kerl pennend zu Hause, und sie hat wegen Beschädigung von Firmeneigentum die fristlose Kündigung.« Marc macht eine Pause. »Und was denkst du wohl, ist jetzt mit den beiden?«

»Keine Ahnung«, sage ich. »Sie haben sich wohl getrennt, denke ich.«

»Nein. Genau das haben sie nicht: Sie wohnen immer noch zusammen, und Mittwoch erzählte mir Geli, sie hätten sich überlegt, im Winter zu heiraten. Sie kellnert jetzt im ›Herz von St. Pauli‹ und er vertickt weiter Drogen.«

»Oh Gott!«, stöhne ich. »Aber warum erzählst du mir das?«

»Weil es immer Menschen gibt, die noch viel bescheuerter sind als man selbst. Außerdem ist die Geschichte mit dem Totalschaden einfach zu gut. Wer steigt in einer solchen Situation denn ins Auto? Und dann noch in einen Dienstwagen?« Er stockt. »Hättest du nicht hier abbiegen müssen?«

Ich deute auf die Straßensperre vor uns. »Kein Durchkommen. Wir machen einen kleinen Umweg.«

Ich biege beim Fernsehturm ab, um durchs Schanzenviertel zu Marc auf den Kiez zu fahren. Die Glacischaussee ist jedoch ebenfalls gesperrt und ich muss in die Feldstraße abbiegen und das Heiligengeistfeld umrunden. Jetzt erst fallen mir die Menschenmassen auf, die auf den Platz strömen, auf dem sonst immer das Hamburger Volksfest ›Dom‹ stattfindet. Es sind überwiegend junge Leute, die meisten Mitte zwanzig, in wilden Outfits: Blumenhemden, bunt gestreifte Schlaghosen, neongelbe BHs zu Plastik-Miniröckchen. Viele tragen orangefarbene Schlapphüte. Ballermann in Hamburg?

»Was ist hier denn los?«, frage ich.

Marc stöhnt auf. »Schlagermove! Heute ist diese gottverdammte Costa-Cordalis-, Heino- und Wencke-Myhre-Loveparade für Arme!«, schimpft er. Dann wechselt sein Gesichtsausdruck und er strahlt mich an: »Wir vergessen jetzt dein Schlafbedürfnis. Pennen kannst du morgen! Wir parken jetzt den Wagen bei dir vor der Tür, werfen uns in ein paar alte Klamotten, die möglichst viel Fleisch zeigen, beten, dass im Kühlschrank noch eine Flasche Sekt ist, und singen eine Stunde lang hinter einem Truck voller kreischender Kinder ›Hossa, hossa!‹. Das wird toll!«

Schlagermove? »Das ist nicht dein Ernst?«

»Aber natürlich. Wir hatten heute eine Trauerfeier, eine Diskussion über unsere Beziehungsprobleme, am Abend eröffnest du einen neuen Laden und beginnst ein neues Leben: Etwas sinnfreier Spaß, nur für uns, das fehlt noch für diesen Tag. Und dabei verteilen wir auch deine Flyer. Du kannst dein Gewissen also beruhigen: Es ist sozusagen Arbeit. Keine Widerrede, gib Gas, sonst verpassen wir den Anfang!«

Erbarmen ist ein Wort, dessen Bedeutung Marc nachschlagen muss: Zielsicher greift er aus meiner Grusel-Schublade Sachen, die nicht einmal mehr auf dem Flohmarkt einen Euro bringen, jene fiesen roten Lackstiefel mit Plateausohlen, die ich vor einer Ewigkeit für eine Karnevalsparty in Köln gekauft habe. Als Oberteil findet er ein rosa Top von Dolce & Gabbana mit Blümchenmuster, das ich längst in der Altkleidersammlung wähnte, und dann zerschneidet er die rote Lackfolie, die bis dahin eine Tischdecke in der Küche war, und bastelt mit zwei Sicherheitsnadeln daraus einen Miniwickelrock. Er selbst zieht eine Jeanslatzhose an, natürlich ohne etwas darunter, damit auch alle seine Muckis bewundern können. Dabei singt er den Refrain von *Er hat ein knallrotes Gummiboot*. Und zu meinem Entsetzen macht es richtig Spaß mitzugrölen.

Die ganze Umzugsaktion dauert keine Stunde, allerdings werde ich einen halben Tag benötigen, um alle auf einen Haufen geworfene Klamotten wieder in meinem Schrank zu verstauen.

»Hab dich nicht so«, sagt Marc auf dem Weg zu den Landungsbrücken, »das ist ein guter Anlass, mal wieder auszumisten. Du hast es nötig, nicht nur, was deinen Kleiderschrank betrifft.«

Marc kauft an der Kiez-Tankstelle eine Flasche Fürst Metternich, köpft sie noch zwischen den Zapfsäulen und nimmt mit dem ersten Schluck gleich eine halbe Pille. Dann bietet er mir die andere Hälfte an, aber ich lehne ab. Ich möchte wirklich nur kurz etwas Spaß mitnehmen und mich dann um meine Ladeneröffnung kümmern.

»Keinen Sekt«, fragt er und ich schüttle tapfer den Kopf. Gar nicht erst anfangen mit den Versuchungen. Nur absolut nüchtern ist meine Willenskraft stark genug, den Nachmittag und den Abend mit allen unbetäubten Sinnen durchzustehen.

»Diese Erklärung kann ich nachvollziehen.« Lächelnd greift er sich einen Stapel meiner Flyer, um ihn zu verteilen. Selbstverständlich eigennützig. Frech schießt er auf alle attraktiven Typen in seiner Nähe zu und nutzt meine Karten, um mit ihnen ins Gespräch zu kommen.

Je näher wir den Landungsbrücken kommen, umso voller werden die Straßen und umso bunter die Menschen. Unten an der Elbe, inmitten einer Reisegruppe aus Dortmund, die sich auf weißen T-Shirts mit aufgeklebten Stickern als Pril-Klebeblumen-Fangemeinde outet, fühle ich mich alt, zu alt für diese Veranstaltung.

Auf einem mit regenbogenfarbenen Girlanden geschmückten Sattelschlepper singt ein Howard-Carpendale-Double von dem Sand in seinen Schuhen aus Hawaii. Die Bässe sind übersteuert und wummern wie bei einem Raketenstart. Marc stört die Lautstärke nicht, und er springt vor den mannshohen Boxen wie ein Gummiball auf und ab.

An der S-Bahnstation entdecke ich endlich, dass es Schlagerfans gibt, die den Altersdurchschnitt höher treiben als ich. Drei Omas in weißen mit Blumen bestickten Maleroveralls und blauen Langhaarperücken laufen neben mir hinter dem gemeinsamen Wagen der Schlagerkneipen ›Albers Eck‹ und der ›Paloma Bar‹ und singen laut und falsch über die Freuden eines Bettes im Kornfeld. Die drei tragen zwar übergroße schwarze Sonnenbrillen, welche die Falten um die Augen herum abdecken, aber beim zweiten Blick auf die ziemlich wellige Haut am Hals ist klar: Die Damen haben von diesem Song vor dreißig Jahren noch die Vinyl-Single gekauft.

Ein junger Typ, von oben bis unten in grün gekleidet, verteilt in Plastikfolie eingeschweißte orangefarbenen Lappen, die sich jedoch als jene

Schlapphüte herausstellen, die ein Drittel der feiernden Menge als Sonnenschutz aufgesetzt hat. Jetzt entdecke ich auch das Hirschgeweih-Logo des Sponsors. Prima Werbung, besser, als den Alkohol an die Kids auszuschenken, und perfekt den sommerlichen Wetterverhältnissen angepasst. Die Sonne brennt vom Himmel und meine Füße schwimmen im eigenen Saft in den alten Lackstiefeln.

Nach tausend Metern Stop and Go inmitten kreischender und zappelnder Menschen lasse ich mich auf der Höhe des Fischmarktes zurückfallen und klettere auf die rote Backsteinmauer am Kai, um mir den Umzug aus sicherer Entfernung und mit mehr Ruhe anzusehen. Marc ist mittlerweile auf dem Truck einer Musicalschule angekommen und tanzt ausgelassen mit einer Schauspielschülerin, die nur einen Bikini und ein paar Blumengirlanden an ihrem beneidenswert jungen und schlanken Leib trägt.

Ich sehe ihm nach, wie er langsam um die Ecke Pepermöhlenbek in Richtung Reeperbahn verschwindet, als plötzlich Söldner-Stefan vom ›Topas‹ neben mir auf der Mauer auftaucht. Dem ewigen grauen T-Shirt ist er treu geblieben, aber wegen des farbenfrohen Mottos des Tages tauschte er die übliche grün-braune Army-Hose gegen eine andere mit rot-blauem Camouflage-Muster. Neu und überraschend ist auch die Frau an seiner Seite. Sie sieht nicht aus wie die Modepüppchen, die er sonst aus dem ›Topas‹ abschleppt: Sie ist beinahe so groß wie er, hat braune halblange Haare, das leicht eingefallene Gesicht einer Buchhalterin oder Mathelehrerin. Aber sie lächelt um die Wette mit der *Bezaubernden Jeannie* auf ihrem T-Shirt.

Wir begrüßen uns wortlos. »Warum warst du heute nicht bei Nadja?«, frage ich ihn gegen einen Chor aus hundert Karel-Gott-Fans, die singen: »Wir treffen heute unsere Freundin Biene Maja!«

Stefan winkt ab. »Keine Lust gehabt auf die Beerdigung und die ganze Heulerei. Das Leben geht weiter. Viel zu kurz, um sich mit Trauern aufzuhalten.« Er schlingt den Arm um seine Begleiterin und küsst sie. »Nicht wahr, Steffi?«

Ich bin mir ziemlich sicher, dass Stefan und Nadja auch miteinander etwas hatten. Wie kann er dann nicht zu ihrer Trauerfeier kommen?

Sogar ich war dort, und ich kannte sie wirklich nur von einigen wenigen Sätzen.

Mir fällt Nadjas Brief ein, den mir Thomas auf dem Friedhof gegeben hat. Er liegt zu Hause zwischen den aus dem Schrank gewühlten Fetzen. Ungelesen.

»Sie heißt wirklich Steffi?«, frage ich, aber die beiden sind miteinander beschäftigt und hören weder mich noch die schrille Musik. Marc habe ich aus den Augen verloren.

Endlich ist Stefan mit dem Knutschen fertig. Er wendet sich zu mir. »Gehst du heute Nacht feiern?«

»Ich muss arbeiten«, antworte ich und gebe den beiden je einen Flyer. »Heute Abend eröffne ich meinen Laden und danach falle ich nur noch rückwärts in mein Bett und bleibe liegen wie ein toter Käfer!«

Steffi mustert kritisch das Foto. »Unterwäsche?«, fragt sie.

Das würde sie also begeistern können? »Nein. Eher aufgepeppte Secondhand-Sachen von der Bundeswehr«, erkläre ich.

Stefan lacht und schlingt die Arme um seine neue Flamme. »Nun, ich habe Army-Klamotten mehr als genug. Aber vielleicht sollten wir dir endlich etwas Anständiges zum Anziehen kaufen, damit du nicht länger aussiehst wie ein Landei, Süße!«

Steffi verzieht schmollend das Gesicht. »Musst du mich unbedingt ›Süße‹ nennen?« Ihre Stimme hat etwas Schneidendes. Sie erinnert mich an die böse Stiefschwester aus *Cinderella*.

Stefan entschuldigt sich mit einem weiteren Kuss.

So zärtlich und liebevoll ihr Umgang miteinander auch sein mag: Die beiden strahlen etwas Gemeines, Unberechenbares aus. Marc nennt das »Bad Vibrations«.

Möglicherweise sind wir nur neidisch auf das Glück anderer, weil wir immer an die Falschen geraten. Oder sie uns selbst aussuchen. Was macht das im Ergebnis für einen Unterschied? Keinen. Wir finden einfach nicht den Richtigen. Schuldzuweisungen helfen dabei wenig. Oh ja, ich weiß, was ich ändern sollte: Ich muss mehr Zeit investieren. Für mein Privatleben stehen mir in der Woche eine Nacht und das Wochenende zur Verfügung. Das ist so wenig, dass es mir völlig ausreicht, meine

Stunden mit einem Mann zu verbringen, der einigermaßen charmant und intelligent und im Bett abwechslungsreich ist (und selbst das muss nicht zwingend sein). Ich muss nicht verliebt sein, um jemanden zehn bis zwanzig Stunden die Woche zu ertragen. Niemand muss das, und wer das Gegenteil behauptet, redet sich das nur ein. Oder liebt etwa jeder seine Arbeitskollegen, mit denen er über vierzig Stunden die Woche zusammenhockt, häufig im gleichen winzigen Raum und mit erbittert geführten Streitgesprächen über das offene Fenster. Nein, es gibt einfach nicht den Richtigen. Und wer das kapiert hat, kann sich zurücklehnen und endlich sein Leben genießen.

Ich tippe Stefan auf die Schulter. Ich mag die Turteltauben nicht stören und verabschiede mich mit einem imaginären Telefonhörer am Ohr. Steffi gibt mir dennoch gut erzogen zum Abschied ihre sonnengebräunte Hand. Sie hat ihren Ehering erst kürzlich abgelegt, denn am Ringfinger erkenne ich den verräterisch weißen Streifen. Als sie meinem Blick folgt, zieht sie ertappt ihre Hand zurück. Durch ein besonders breites Grinsen versucht sie, ihre Reaktion zu überspielen.

Ich springe von dem Mauersims wieder auf den Gehweg und hinein in die Masse. Sofort werde ich von den Schlagerfans gedrückt, umarmt und geküsst wie eine lang verlorene Tochter. Dalida beheult auf einem Wagen schon wieder ihren achtzehnjährigen Lover: *Ich malte und frisierte mich ein wenig mehr auf jugendlich. Ich wollte es probieren …* Die Ärmste hätte es wissen müssen. Beziehungen zwischen jungen Männern und älteren Frauen enden immer so: Er hat seinen Spaß und geht dann zu einer Gleichaltrigen, um die mit dem Gelernten zu beeindrucken. Die Alte hockt derweil zu Hause und singt depressive Lieder.

An manchen Tagen scheint jedes Lied eine Bedeutung zu haben. Die Blumenmuster schmerzen grell in meinen Augen und meine Ohren klingeln. Ich komme mir plötzlich albern vor in meinem Aufzug. Ohne nach Marc zu suchen, mache ich mich in meinen nassen Stiefeln auf den Heimweg.

Zu Hause springe ich unter die Dusche und ziehe mich um. Eine eng geschnittene Levis und ein graues ärmelloses Top mit schwarzem Aufdruck: ARMY. Darüber ziehe ich die Jacke mit dem chinesischen Drachen, die ich bereits auf der Trauerfeier getragen habe. In der Jackentasche finde ich den Brief von Nadja. Ungeöffnet stecke ich ihn zurück. Ich bin nicht in der Stimmung für irgendjemandes letzte Worte. Dieser Tag steht für Aufbruch, für einen Neubeginn.

Trotz der Straßensperren des Schlagermoves schaffe ich es in wenigen Minuten von meiner Wohnung zum Laden im Schanzenviertel. Das Schaufenster gefällt mir, wie immer beim Check in letzter Sekunde, gar nicht mehr: Zwei Ensembles, auf ein Andreaskreuz gespannt. Die Idee zur Dekoration stammt von Jochen. Keine Ahnung, wie er auf diese Idee gekommen ist. Anfangs fand ich es cool, jetzt wirkt es vor allem martialisch. Oder wie ein SM-Ausstatter. Natürlich verkaufe ich keine Fetischkleidung, sondern Designerware. Aber man muss schon genau hinsehen, um die aufwendigen Stickereien an den Hosenbeinen und am Revers wahrzunehmen. Ich sollte noch zwei Strahler installieren, damit auch unachtsame Fußgänger auf den Army-Klamotten die chinesischen Fabelwesen, die über Wolken, Wellen und Blumenfelder schweben, entdecken.

An der Tür hängt über dem CLOSED-Schild ein Plakat mit der Aufschrift FOR SUPERFRIENDS. Die Buchstaben bestehen aus verdrehten und gefiederten Schlangen und Drachen. Marc hat das Design nach meinen Wünschen gestaltet. Jetzt meckert er, es sei zu verspielt und man würde den Schriftzug für das Logo eines Tätowierers halten.

Im Laden riecht es alt und staubig. Die Secondhand-Armyklamotten verlieren einfach nicht diesen schweren, leicht gammeligen Duft nach Kleiderfabrik. Ich sollte Räucherstäbchen anzünden, bevor die ersten Gäste kommen.

Mein neuer Laden besteht aus zwei hintereinanderliegenden Räumen: vorne die Verkaufsfläche, etwa von der Größe eines Garagenstellplatzes, dahinter ein erheblich kleineres Zimmer mit einer winzigen Küchenzeile, das als Lager, Aufenthaltsraum und Büro dient. Davon ab geht ein winziges, schmal geschnittenes Bad, sogar mit Dusche, doch um die zu erreichen, muss ich über die Toilette steigen. Aber es gibt einen Spiegel an der Tür, der bis auf den Boden reicht, und am Waschbecken eine Ablage, auf der, wie ich ausprobiert habe, eine Flasche Haarspray, ein Deostift und eine kleine Packung Tampons Platz finden. Noch vor einem Monat residierte hier ein Reisebüro, was noch leicht an der Fototapete mit Sonnenuntergang über Palmenstrand zu erkennen ist, die sich über die gesamte rechte Wand zieht. Zuerst wollte ich sie mit Wandfarbe einfach überstreichen, aber dann überzeugte mich Marc, dass dieses Motiv so scheußlich aussieht, dass es als Kult durchgehen kann.

Vor der Südsee-Idylle steht eine hellbraune Sitzkombination aus vielen kleinen Würfeln, die sich beliebig umstellen lassen. An die Wand gegenüber habe ich billige Ikea-Metallregale aufgestellt, in denen ich die gefalteten Hosen und T-Shirts staple. Vor dem Fenster stehen zwei einfache Garderobenwagen aus je zwei Haltern mit einer Chromstange, an der die Jacken hängen. Drei Bistrotische, die ich für die Party von einem schwulen Café ein paar Häuser weiter ausgeliehen habe, dienen in der Mitte des Raums als Anrichte für Plastikbecher und das Fingerfood: eine autoreifengroße schwarze Glasschale mit Smarties und Mini-Bountys. Im Kühlschrank warten vierzig Flaschen Prosecco auf die Gäste. Für die Nicht-Alkoholtrinker habe ich einen Wasserspender aufgestellt, mit zwei Ersatzkanistern im Lager.

Doch, ich bin ehrlich stolz auf mich. Meine Ideen, meine Arbeit und mein Erfolg.

Eigentlich kann nichts mehr schief gehen. Ich lasse mich auf einen Küchenstuhl fallen. Die ersten Gäste werden frühestens in einer Stunde aufschlagen. Jetzt gönne ich mir erstmal ein Glas Prosecco, dann eine kleine Line Koks und dazu lese ich die letzten Worte der armen Nadja.

»Und die Idee kam dir, als du im Internet eine alte Army-Jacke versteigern wolltest und sie dafür mit ein paar Stickereien aufgemotzt hast?«, fragt der Praktikant vom Stadtmagazin ungläubig und hält mir sein Aufnahmegerät so nah an den Mund, dass ich Angst um meine Zähne bekomme.

Bevor ich antworte, weist er den mitgebrachten Fotografen an, unbedingt ein Bild von mir vor der Karibiktapete zu schießen, denn die wäre ja wohl so was von krass und cool, wie er sagt.

Ich nicke und sage sonst nichts.

Sprachlos vor Wut. Das gibt es wirklich. Mir fehlen die Worte. Ich habe noch nie zuvor jemanden gehasst, glaube ich. Aus tiefstem Herzen. Sodass jeder Muskel zuschlagen möchte. Mein Körper schmerzt, weil er sich so verkrampft.

Eine Hand zieht an meiner Schulter. Ich schrecke zusammen und stolpere beinahe. Hinter mir steht der grauhaarige Doc von der Trauerfeier, der sich mir nun als Dr. Henk Behrens vorstellt. Bei ihm sind immer noch oder schon wieder die zwei älteren Damen mit der schrillen Handtasche, die mir die eine der beiden mit stolzem Gesicht weit geöffnet entgegenstreckt.

»Haben Sie Hunde?«, fragt der Doc. »Die Ladys stellen nämlich aus alten Lederstücken kunstvolle Hundehalsbänder her, in Handarbeit. Und weil Sie ja ein ähnliches Konzept fahren, dachten wir, wir fragen Sie, ob Sie diese Halsbänder nicht in Ihrem Laden verkaufen wollen.«

»Was?«, murmle ich überrumpelt. Ich kann nicht glauben, dass mir die alten Weiber jetzt irgendwelche Rentnerbasteleien andrehen wollen.

Als ich in die Tasche greife, fühle ich etwas Glattes mit scharfen Kanten und ziehe es mit einer schnellen Bewegung heraus.

»Ein sehr schönes Beispiel«, sagt der Doc und hält meine Hand hoch, damit wir alle ein schmales Stück Leder bewundern können, schlicht schwarz und unbehandelt, mit kleinen bunten Buchstaben, die ohne erkennbares System oder Design aufgestickt sind.

»Wie eine Buchstabensuppe«, sage ich. »Als ich klein war, fand ich es großartig, wenn meine Mutter welche gemacht hatte. Ich sagte immer: ›Das ist meine Zeitung, eine Zeitung für Kinder.‹«

Die drei sehen mich verwundert an. Was habe ich eben gesagt? Wieso fällt mir jetzt die Buchstabensuppe meiner Mutter ein? Wut kriecht in mir hoch. Ob der Doc dieses Verkaufsgespräch aus freien Stücken führt oder ob die Damen seine Patientinnen sind? Die Bänder sind keine fünf Euro wert und ganz sicher würde ich sie nicht haben wollen.

»Wir können es ja probieren«, sage ich und sehe drei Paar freudig aufgerissene Augen. »Kommt doch am Montag vorbei und dann sprechen wir über die Konditionen.«

Ich will das Halsband in meiner Hand zurück in die Tasche legen, aber der Doc hält mich davon ab.

»Behalten Sie es als Ansichtsexemplar«, sagt er und wünscht mir noch ein schönes Wochenende. Dann schiebt er seine schweigsamen, aber glücklich dreinblickenden Begleiterinnen in den Verkaufsraum. Im Türrahmen dreht sich eine der beiden um und winkt mir wie ein junges Mädchen zu, das zufällig in einen alten Körper geraten ist.

Jetzt fällt mir ein, dass ich sie von der Piste kenne: Das sind die beiden älteren Schwestern, die immer auf Speed durch die Clubs ziehen und dann im ›Topas‹ enden. Wer hätte gedacht, dass sie unter der Woche zu Hause Hundehalsbänder basteln?

Man weiß so vieles nicht von den Menschen um einen herum. Nicht einmal von denen, die man zu kennen glaubt.

Ich brauche unbedingt etwas zu trinken. Wo bleibt Marc überhaupt? Ich muss dringend mit jemandem sprechen, sonst werde ich verrückt. Warum habe ich dumme Kuh auch diesen Brief gelesen?

Ich hole noch eine Flasche Prosecco aus dem Kühlschrank und gehe zurück zu meinen Gästen in den Verkaufsraum. Der Laden ist voll bis auf den letzten Quadratmeter, und vor der Türe haben sich zwei Grüppchen um die Bistrotische geschart, die ich wegen Platzmangel auf den Gehweg rollen musste.

Verkauft habe ich bereits acht Jacken und drei Hosen. Der absolute Renner sind die T-Shirts mit Army-Aufdruck und einer gefiederten Schlange, die sich über den Rücken windet, um dann eine Handbreit über der Brust mit aufgerissenem Maul und zitternder Zunge zu enden: Fünfzehn Stück bin ich in nur vier Stunden losgeworden.

»Du strahlst aber«, bemerkt eine Frau neben mir, die einige Häuser weiter einen Friseurladen betreibt. »Habe ich dir schon gratuliert? Herzlich willkommen im Revier!« Sie rümpft die Nase. »Aber irgendwie riecht es nach Mottenkugeln, kann das sein?«

Ich lache gequält. Das wird keine wundervolle Nachbarschaft mit ihr. Ohne Übergang kommt sie auf den Punkt: »Deine Sachen sind so schön, dass ich mich nicht zwischen Jacke und T-Shirt entscheiden kann …«

»Vermutlich wird sie beides nehmen«, fällt ihr eine jüngere Frau ins Wort. Sie streicht ihr über den kurz geschorenen Nacken. Die beiden wirken miteinander vertraut, als wären sie ein Paar. Eine Einladung zu einem Dreier könnte ich jetzt nicht ertragen.

»Dann gibt es einen Nachbarschaftsrabatt«, verspreche ich. »Nimm beide mit, und du zahlst nur die Jacke.«

Bevor sie sich bedanken kann, entschuldige ich mich, um die Sektflasche zu öffnen und nachzuschenken. Ich fülle gerade vor der Tür das Glas eines jungen Mannes auf, der seinem Freund stolz die eben bei mir erworbene Hose präsentiert, als der Klingelton *The Coming of Darth Vader* einen Anruf von Marc ankündigt. Endlich.

»Wo bist du?«, motze ich ins Handy. »Der Laden ist voll mit verrückten Frauen, die entweder Prozente wollen oder auf Provision Hundehalsbänder verkaufen möchten. Vielleicht handelt es sich dabei auch um SM-Zubehör, darüber bin ich mir noch nicht im Klaren. Jetzt fehlst nur noch du! Wo treibst du dich rum?«

»Bei Christian«, antwortet Marc. »Du erinnerst dich: der Jogging-Freund deines bekloppten Ex?«

»Jochen?«

»Nein, Christian. Sein Laufpartner.« Er stockt. »Du klingst so komisch. Ist irgendetwas?«

Ich kann ihm das nicht am Telefon erzählen. Außerdem würde ich anfangen zu schreien. Nicht vor all den Leuten.

»Es ist alles in Ordnung«, lüge ich. »Aber viel los. Wann kommst du?«

»Wir sitzen hier auf einer Dachterrasse und trinken Wein. Er ist mir auf dem Schlagermove zugelaufen und ich glaube, hundertprozentig hetero ist er nicht.« Die letzten Worte flüstert er.

Marc. Für die Aussicht auf eine Beziehung würde er seine Freunde verkaufen. Die vage Hoffnung darauf reicht aus, um mich heute zu versetzen.

Zu meiner Wut gesellt sich Trotz. Wenn ich eine Zeitschrift wäre, jetzt wäre ich *Babes mit Guns*.

»Dann amüsiert euch schön«, sage ich ruhig. »Wir erzählen uns morgen wie es war, o. k.?«

»Machen wir«, antwortet Marc und nach einer kurzen Pause fragt er: »Du bist mir wirklich nicht böse?«

»Nein.« Ich quäle ein Lachen heraus. »Natürlich nicht. Du kennst mich doch. Das würdest du merken. Ich wünsche dir viel Glück!«

Seine Stimme klingt schuldbewusst: »Dann bin ich beruhigt. Dir auch, meine Süße! Details folgen morgen!«

Wir verabschieden uns. Ein Redakteur vom *Hamburger Abendblatt* steigt mit einer Fotografin aus dem Taxi. Er winkt mir zu und nickt anerkennend beim Anblick der vielen Menschen.

Ich stelle das Handy stumm und kümmere mich um meine Zukunft.

Als ich um drei Uhr morgens über den Kiez laufe, falle ich unter all den betrunkenen Touristen und Resten des Schlagermoves nicht auf. Alle sehen weitaus zertrümmerter aus als ich, wie sie um die zahllosen Müllberge torkeln. An der Kreuzung zur Reeperbahn, da wo die Trucks vorbeigekommen sind, liegen Hunderte leerer und zerbrochener Bierflaschen. Ein einsamer Straßenfeger in neonorangenem Arbeitsanzug und dem farblich passenden Jägermeister-Hut versucht, die Scherben von der Fahrbahn zu kehren. Aus dem ›Goldenen Handschuh‹ dringt Mary Roos und mehrstimmiges Grölen aus vielen betrunkenen Kehlen.

Ich balanciere durch den Abfall und an einer Gruppe von Menschen vorbei, die darüber diskutieren, ob sie noch auf einen letzten Drink gegenüber auf dem Albers-Platz in die aus allen Nähten platzende ›Paloma-Bar‹ gehen. Vor dem ›Topas‹ ist es erstaunlich leer: Nicht einmal der schwarze Türsteher, der sonst bei solch warmen Wetter auf einem Barhocker draußen am Eingang sitzt, ist zu sehen.

Kein Licht. Ich horche: Das gewohnte Wummern des Basses fehlt. Das ›Topas‹ ist tatsächlich geschlossen.

»So spät noch unterwegs, Süße?«, fragt eine bekannte Stimme neben mir. Ich drehe mich um und sehe in die glänzenden Augen von Thomas. Bukowski umschnüffelt schwanzwedelnd meine Schuhe.

»Guten Abend«, wünsche ich. Ich bin froh, ihn zu sehen, und vergesse, wie sehr ich ›Süße‹ hasse. Ich bin nicht süß. Jessica ist süß. Stefans Steuerberaterin ist süß. Ich bin so bitter wie Galle. Als ich ihm einen

Kuss auf die Wange drücken will, dreht er sein Gesicht so, dass meine Lippen auf seine treffen. Er grinst, als wir uns wieder voneinander lösen. Es tut gut, dass er da ist.

»Was machst du hier?«, fragen wir gleichzeitig.

»Ich wollte den Hund ausführen, bevor ich ins Bett gehe«, sagt er. »Und du?«

»Ausgehen.«

»Ah«, macht er wissend und zieht an der Tür. Sie ist verschlossen. Er klopft, aber auch darauf erfolgt keine Reaktion. Schließlich drückt er mir Bukowskis Leine in die Hand und geht in den türkischen Kiosk nebenan, in dem man sogar morgens um vier noch Zigaretten kaufen kann. Ich gehe in die Hocke und kraule den Hund unter dem Hals. Seine dunklen Augen glotzen mich treu an und scheinen zu sagen: »Wo hast du das denn gelernt? Das machst du gut: weiter so!«

Nach einigen Minuten kehrt Thomas zurück.

»Heute jedenfalls wird das ›Topas‹ garantiert nicht mehr aufmachen! Hast du Lust auf einen kleinen Spaziergang? Ich erzähle dir alles beim Laufen.«

Die Idee gefällt mir. »Gassi?«, frage ich Bukowski, dessen Schwanz bei diesem Wort freudig wedelt. »Prima, dann lass uns mal nachsehen, ob auf dem Fischmarkt schon etwas los ist«, sage ich und stehe auf, die Hundeleine liegt locker in meiner Hand.

Thomas legt seinen Arm um meine Schultern und wie ein echter Gentleman lotst er mich sicher durch die Scherbenberge.

»Was ist nun mit dem ›Topas‹?«, frage ich.

»Vorübergehend geschlossen«, erzählt er. »Niemand weiß genau, was passiert ist. So wie es klingt, wird das auch keiner je wissen. Was ich erfahren konnte: das ›Topas‹ muss aussehen, als hätte jemand einen Anschlag darin verübt. Vermutlich Schutzgeld-Erpressung, vermutet der Kioskbesitzer. Die Russen würden schon seit einem Jahr alle Kneipen in der Straße terrorisieren. Er meinte, bei ihm wären sie auch schon gewesen, aber er hätte ihnen klarmachen können, dass mit Tabakwaren kein Geld zu verdienen sei.«

Willkommen auf dem Kiez. Von diesen Machenschaften erzählen sie den Touristen nichts.

Wir erreichen das Ende der Reeperbahn und biegen nach links zur Elbe ab. Wo am Nachmittag noch Bierstände die Schlagerfans mit Flüssigkeit versorgten, bauen nun die ersten Händler ihre Stände voll buntem Touri-Nepp und die weißen Fischbrötchen-Buden auf, die aussehen wie aufgeschnittene Wohnwagen.

»Woran denkst du?«, fragt Thomas und zieht mich etwas näher an sich.

»Ich überlege, ob es Schadenfreude ist, was ich gerade fühle. Oder ob ich nur froh bin, dass uns das ›Topas‹ zumindest in der nächsten Zeit nicht mehr in Versuchung führen wird.«

»Andere Läden werden eröffnen. Mit den gleichen Leuten und den gleichen Möglichkeiten. Letzte Woche hat das ›Astoria‹ aufgemacht, wenn du magst, können wir Bukowski zu Hause abliefern und dann dort noch auf einen letzten Drink vorbeischauen. Wir müssen doch auf deine erfolgreiche Eröffnung anstoßen.«

»Nicht wegen mir«, sage ich.

»Lief es etwa nicht gut?«

»Doch.« Alles perfekt. Am Montag werden ich und mein Laden überall erwähnt sein. Nach *Prinz* und *Abendblatt* waren die *Mopo*, *Szene Hamburg*, *Tango* und sogar die Lokalredaktion der *Welt* da. Das sind Zeitungen wie alte Männer, die sich mit einem Kissen unter den Ellbogen den ganzen Tag aus dem Fenster lehnen und Falschparker aufschreiben. Wenn es keine Sünder zu melden gibt, vertreiben sie sich die Zeit mit dem neuesten Klatsch aus dem Dorf. Das wäre dann ich.

Thomas bleibt stehen. »Du hast Nadjas Brief gelesen?«

Natürlich, will ich antworten, aber meine Kehle ist zugeschnürt. Bukowski rettet mich. Er wittert Fressen und zieht plötzlich unbändig an seiner Leine. Thomas nimmt sie mir ab, aber sogar er muss sich anstrengen, um den Hund zurückzuhalten. Seine »Bukowski!«-Rufe erweisen sich als wirkungslos und so spielen wir eine Runde Tauziehen mit einem nach Currywurst gierigen Weimeraner. Schließlich gibt Bukowski winselnd auf, aber da hat er uns bereits über die Straße und auf die Anhöhe des Fischmarktes gezogen.

Auf der gegenüberliegenden Elbseite erhellen die beleuchteten Docks den Himmel. Im Osten dämmert die Sonne. Wir bleiben am Quai stehen und schauen aufs Wasser.

»Jochen ist ein Schwein. Am liebsten würde ich einen Schläger auf ihn ansetzen«, sage ich schließlich.

»Das meinst du im Ernst?« Thomas greift nach meiner Hand, aber ich stecke sie in die Hosentasche.

»Oh ja. Ich verstehe nicht, wie ich mich in ihm so täuschen konnte. Er war so ein Prinz Charming, hat mich nie bedrängt, war offen und ehrlich. Als seine Ex zu ihm zurückwollte, hat er mich von Anfang an in seine Gedanken eingeweiht ... Entweder das war alles Show oder der Mann ist ein schizophrener Psychopath, falls es so was gibt.«

»Vielleicht wolltest du diese Seite an ihm nur nicht sehen?«

»Das habe ich mich den ganzen Abend gefragt. Aber nein: Ich konnte es nicht sehen. Es gab keinerlei Anzeichen, dass sich hinter der freundlichen Maske ein hepatitiskranker Casanova mit SM-Fantasien versteckt. Weißt du, dass er mit Nadja sogar Hardcore-Filme gedreht hat?« Und ich dumme Kuh habe ohne Gummi mit ihm gepoppt, weil er sonst keine Erektion bekommen würde, wie er sagte. Er sei hundertprozentig gesund, da könnte ich seinen Arzt fragen. »Dieses Arschloch!«, fluche ich. Aber ich meine mich damit.

»Das habe ich nicht gewusst.« Thomas legt seinen Arm um mich, und dieses Mal lasse ich ihn gewähren. »Nadja erzählte mir von seinen SM-Vorlieben. Ich dachte, darum würde es in ihrem Brief gehen.«

»Seine Fantasien stören mich nicht. Es ist sein Problem: Wenn er mir seine Fantasien nicht erzählt, dann kann er sie mit mir auch nicht ausleben. Dass er riskiert hat, mich anzustecken, das finde ich erbärmlich.«

»Welche Hepatitis hat er denn? Es gibt doch verschiedene Arten ...«

»Macht das einen Unterschied?«, unterbreche ich. »Er hat mich von vorne bis hinten belogen. Wer weiß, welche Lügen er mir noch aufgetischt hat? Das ganze Gerede von einer bodenständigen Zukunft, weniger feiern, keine Drogen und der Chance, die ihm Jessica nach all dem, was er ihr angetan hat, nochmals gibt: Davon ist wahrscheinlich kein einziges Wort wahr. Aber ich habe den Mist geglaubt. Er hat ja auch keinen Alkohol getrunken. Jetzt weiß ich warum, weil seine Leber sich sonst auflösen würde! Ich dachte, er trinkt alkoholfreies Bier, weil er so viel Sport treibt! Woran hätte ich denn merken sollen, dass er ganz anders ist, als ich ihn wahrnehme? Woher? Was hat er mir wohl noch nicht erzählt? Ich glaube, ich will es gar nicht wissen.«

»Deine Menschenkenntnis …« Mein bitteres Lachen lässt ihn abbrechen.

»Meine Menschenkenntnis?«, rufe ich. »Die kannst du vergessen. Weißt du, was ich dachte, als ich ihn zum ersten Mal gesehen habe? Niedlich, dachte ich. Ein Mann mit Manieren, der genau wusste, was er zu sagen hatte und was ich hören wollte. Weißt du, dass er mich im Internet angeschrieben hatte? Pacman nannte er sich. Er war charmant und höflich und ich dachte, der Typ hat eine Chance verdient. Dabei wollte ich keine Online-Dates mehr machen, weil man nie weiß, wer hinter der Nachricht wirklich steckt. Die Woche zuvor hatte mich zum Beispiel ein Typ angeflirtet, in eine Bar bestellt und dann versetzt. Ich habe mich dann mit irgendjemand, den ich dort getroffen habe, völlig abgeschossen aus Frust. Ich kann mich an nichts erinnern.«

»Bist du mit ihm nach Hause?«

Höre ich da Eifersucht? Ich lache auf. »Nein. Dank der Taxiquittung weiß ich, dass ich direkt zu mir gefahren bin. Was aber davor passiert ist: keine Ahnung mehr. Kompletter Filmriss. Ich erinnere mich nicht mal mehr an das Gesicht dieses Typen. Das hätte jeder sein können.«

Thomas mustert mich. »Du weißt nicht mehr, mit wem du getrunken hast? Was hattest du denn genommen?«

»Nichts. Als hätte mir jemand etwas in den Drink geschüttet.«

»Meinst du das im Ernst?«

Nein. Ich schüttle den Kopf. Weshalb sollte das jemand tun? So was passiert Freiern in schäbigen Puffs. Oder den Opfern von Organdieben. Wer kennt nicht die Großstadtlegende von dem Typ, der morgens in einer Badewanne voller Eis aufwacht und feststellt, dass ihm nicht nur Klamotten und Geld, sondern auch eine Niere fehlt?

»Wer sollte so etwas tun? Und weshalb wählt er dazu mich?«

»Ich weiß nicht, was du so alles treibst, wenn ich nicht auf dich aufpasse«, sagt Thomas und zwinkert.

Ich erinnere mich an einen Mann mit Baseballcap und St. Pauli-Shirt. Er bot mir eine Zigarette an und mir wurde schwindlig. Dann sind wir vor die Tür, glaube ich. Nein, das war irgendwann mit Jochen, später, als wir gemeinsam um die Häuser gezogen sind. *Oder nicht?*

Thomas zieht mich näher an sich heran und unterbricht meine Gedanken. »Soll ich denn auf dich aufpassen?«

Gute Frage. »Ich weiß es nicht«, seufze ich. »Heute habe ich das Gefühl, dass ich fürs Leben zu einfältig bin.«

»Du bist nicht einfältig.« Er dreht sich zu mir und küsst mich. Mein Mund muss nach Prosecco und Bier schmecken und nach Nikotin und Currywurst. Aber seine Zunge scheint das nicht zu stören.

Abrupt ziehe ich meinen Kopf zurück. »Warum bist du nicht zu meiner Eröffnung gekommen?«

Zuerst sagt er nichts, und ich spüre kurz Angst, dass er nun einfach gehen und mich hier stehen lassen könnte.

»Ich wollte dich nicht bedrängen, nachdem wir uns ja schon am Vormittag gesehen hatten«, antwortet er. Er nimmt meinen Kopf und unsere Nasen berühren sich. Sein Atem kitzelt auf meiner Lippe. Bevor es zum Kuss kommt, wende ich mich ab.

»Wenn ich mich von dir bedrängt fühlte, hätte ich dich doch nicht eingeladen«, sage ich.

»Hör bitte auf, so schlau zu sprechen wie meine Mutter.« Er lässt mich los und weicht einen Schritt zurück.

»Denkst du an deine Mutter, wenn du mich ansiehst?«

»Ganz bestimmt nicht.«

»Dann ist ja gut«, sage ich und umfasse seinen Arm.

Wir setzen uns auf eine Bank und genießen, wie es heller wird und das Treiben hektischer. In der nächsten Stunde werden die ersten Busse mit Touristen anfahren, um die berühmte Reeperbahn-Luft zu schnuppern, die hier nach geräuchertem Fisch und der Kaffeebohnen-Rösterei im Freihafen riecht.

Bukowski sitzt zwei Meter abseits auf der Treppe und beobachtet von dort oben das Geschehen auf dem Fischmarkt.

Mein Magen grummelt hungrig. In meiner Jackentasche suche ich nach etwas Essbarem, aber ich finde nur das Hundehalsband der beiden komischen Alten. Ich rufe Bukowski, um es ihm umzubinden, aber der spitzt nur kurz die Ohren und bleibt ansonsten bewegungslos.

»Hübsch«, sagt Thomas.

Ich weiß, dass er lügt und dass es ihm nicht gefällt. »Du findest es furchtbar, oder nicht?«

Er nickt. »Und du weißt, dass ich es weiß. So schlecht ist deine Wahrnehmung doch gar nicht.«

Vielleicht, wenn es um Hundehalsbänder geht. Bei Männern versagt sie offenbar kläglich. Manchmal scheint es mir auch sinnvoller, nicht alle Abgründe des Gegenübers zu kennen. Gesünder, nicht zu tief zu graben. Es gibt Dinge, die will ich nicht einmal über mich selbst wissen, glaube ich.

Thomas sieht mich fragend an, als ob er eine Erklärung erwarten würde. Ich ahne, was er jetzt hören möchte.

Ich stehe auf und ziehe ihn zu mir hoch. »Lass uns frühstücken«, schlage ich vor.

DIE CHEFIN: NIGHTTRAIN

In meinem Träumen klingelt der Wecker erst, wenn die Sonne aufgeht. Dann trete ich ans Fenster, manchmal ist es auch ein Balkon oder eine Terrasse, ich gehe hinaus und sehe auf das Meer. Blau wie in einer Bacardi-Werbung, kaum Wellen, kein Schiff weit und breit, nur einige Seemöwen gleiten durchs Bild. Mit grellen Schreien begrüßen sie ihr Frühstück. Sie klingen wie die Möwen aus diesem Disney-Film mit dem Clownfisch: »Meins! Meins! Meins!« In der Brandung paddeln die ersten Surfer auf der Suche nach der perfekten Welle. Der Wind trägt sanft den Geruch von Salz und Algen zu mir. Auf der steinernen Strandpromenade grillen Fischer die Beute der vergangenen Nacht. Am Horizont hebt sich im Dunst undeutlich eine Küstenformation wie der Rückenpanzer eines riesigen Drachens empor. Seine Stacheln sind kleine Tannen, die auf einem braunen Hügel wachsen. Träume, die in Jaffa beginnen, sind wunderschön.

Die Wirklichkeit sieht anders aus. Wenn ich tatsächlich aufstehe, dämmert bereits der Abend, und unter meinem Fenster kriechen zäh Ströme von Menschen durch den Canyon, den die Reeperbahn in die Häuserschlucht von St. Pauli gefressen hat. Fußballfans, Partypeople, Freier und Huren, Heilsarmee, Sozialhilfeempfänger und Neureiche, rechte Schläger und linke Alternative begrüßen mich mit einem Klangteppich aus Verkehrslärm, Suffgeschrei, Verwünschungen und Polizeisirenen. Die Kräne der Docks im Hafen greifen nach den dunkelgrauen Wolken. Auf der Fensterbank türmt sich die Taubenscheiße. Seit einiger Zeit beginnen alle meine Tage so und das Leben auf St. Pauli gefällt mir nicht mehr.

Mit einer Tasse doppeltem Espresso in der Hand lehne ich an meinem französischen Balkon und sehe auf die haushohe Coca-Cola-Leuchtwerbung am Hans-Albers-Platz herunter; flackernd in rot und weiß, immer noch kaputt. Seit Jahren schon kippt aus einer Flasche schäumende Brause in ein Glas, das sich jedoch nicht füllt. Bestimmt sind nur ein paar Glühbirnen durchgebrannt. Man sollte meinen, dass das irgendwann einmal jemandem von der Werbefirma aufgefallen wäre, aber denen ist das nicht wichtig genug. Hauptsache, der erste oberflächliche Eindruck stimmt, die ganze Wahrheit in aller Tiefe will ja doch keiner wissen, wir sind schließlich auf dem Kiez.

Die Wohnung habe ich mir vergangenen Sommer extra wegen der Aussicht genommen. Nach zehn Jahren Hinterhofidylle am Schlachthof im Schanzenviertel langweilten mich die fantasielosen Sanierungsbauten und all die nachträglich an wärmegedämmten Fassaden angebrachten Stahlbalkone mit immer den gleichen Ikea-Holzstühlen. Außerdem liegt mein ›Topas‹ nur ein paar hundert Meter entfernt, und Lukas und Geli wohnen bereits seit einem Jahr in diesem Haus, und das wirklich gerne, wie sie mir immer wieder beteuern. Doch der eigentliche Grund für den Umzug war dieses *Blade Runner*-Gefühl, wenn ich bei Dunkelheit aus dreißig Metern Höhe über die wuselnden Menschen unter mir im Lichtgewitter von Scheinwerfern und Leuchtwerbung schaue. Ich liebe diesen Film mit all seiner Hoffnung in einer Welt ohne Gefühle.

»Aba, du arbeitest auf dem Kiez, du wohnst auf dem Kiez: Willst du nicht manchmal raus aus diesem Ghetto? Hast du nicht langsam genug davon?«, fragte Stella sofort, als ich ihr die neue Wohnung über die Webcam zeigte. Wir chatteten wie jeden Montagmittag über den Messenger; einfach zu teuer, wöchentlich zwischen Tel Aviv und Hamburg hin- und her zu telefonieren. Von wegen, Webcams nutzen nur Menschen, die sich vor laufender Kamera beim Onanieren zusehen. Sie eignen sich ganz ausgezeichnet für Vater-Tochter-Gespräche über Distanzen von mehreren tausend Kilometern. Die Bildqualität ist so gut, dass ich gleich einen Kommentar der angehenden Innenarchitektin über meinen miserablen Möbelgeschmack empfange.

»Du hast ihn immer noch? Der alte Tisch muss raus!«, schimpfte Stella, als sie das Erbstück meiner Mutter entdeckte. »Zu einer offenen Küche passt eine erhöhte Arbeitszeile mit Hockern viel besser!«

»Hinter einem Tresen stehe ich jeden Tag in meiner Bar. In den wenigen Stunden, die ich zu Hause bin, möchte ich etwas anderes sehen«, antwortete ich, obwohl der wahre Grund ein fröhlicher Strauß schmutziger Erinnerungen war.

Meine Mutter hatte den Tisch bei einem Antiquitätenhändler gekauft, da war ich elf. Natürlich nur ein Nachbau, nichts wirklich Altes, und damals war das Holz auch noch hell wie ein Sandstrand. Mittlerweile ist er mit mir viermal umgezogen, quer durch die Republik von München nach Hamburg, wurde in Rotwein getränkt, ist beinahe überall deutlich nachgedunkelt und die Farbe hat jetzt mit ein wenig Fantasie etwas von Nussbaum. Aber das Bedeutsamste: Wir haben Stella auf diesem Tisch gezeugt. Muriel, ihre Mutter, fand Sex auf diesem Möbelstück unendlich scharf, Gott allein weiß warum, sie konnte nicht genug davon bekommen, und wir taten es häufiger im Esszimmer als im Ehebett. Irgendwann hatte sich das so ergeben: Die Höhe passte so gut, und ich fand es geil, wie sie vor mir lag, meine Süße, meine kleine Dessertplatte, und wie sie laut genug für alle Nachbarn genoss, wie ich mich an ihr bediente. Das war die Zeit, bevor man im Internet Reise-Slings bestellen konnte.

Doch es war letztlich nicht der Tisch, den Stella meinte, ihr ging es um mich. »Die alte Transe muss raus!«, hatte sie gemeint: Raus aus St. Pauli, raus aus Hamburg, raus aus Deutschland.

Seit Muriel vor zwei Jahren den Schlaganfall hatte und gestorben war, beharrt Stella darauf, dass ich zu ihr nach Tel Aviv ziehe. Wie Cicero jede Rede im Senat mit der Kriegsforderung gegen Karthago schloss, beendet sie unsere Gespräche immer mit dem gleichen Appell: »Komm doch zu mir, was willst du denn noch in Hamburg?« Gebetsmühlenartig wiederholt sie ihre Argumente: Die Hälfte des Hauses stünde schließlich leer, ich könnte die Zimmer von Muriel nutzen, sogar den Inhalt ihres Kleiderschranks, wenn ich das wollte, worüber wir jedes Mal lachen, und was schließlich würde mich in Deutschland oder in Hamburg denn halten? Doch keine heruntergekommene Kiez-Kneipe, die es vermutlich sowieso nicht mehr lange geben würde! Danach folgt als nächstes Argument in der Regel der fantastische Blick: Von der Terrasse kann man nämlich über den viertausend Jahre alten Hafen von Jaffa sehen. »Hier stinkt es nach Geschichte«, predigt sie. »Und wenn du es moderner brauchst: Du musst nur die Straße am Meer entlang, immer gerade aus nach Tel Aviv. In null Komma nix bist du am Strand des ›Hilton‹, mitten im wilden Großstadtleben! Das willst du wohl nicht ernsthaft mit Timmendorf vergleichen?«

Genauso wenig würde sich die Reeperbahn mit irgend einer anderen Straße auf diesem Planeten vergleichen lassen, antworte ich dann und wir beenden das Gespräch. »Ani ohevet otcha, aba«, schließt wie immer Muriel und ich antworte wie immer: »Ich dich auch, Muriel«, und ich ärgere mich über das *ich-dich-auch*-Gequassel, das nur Feigheit ist und Bequemlichkeit. Gefühle zu empfangen, lässt sich genießen, sie aber gegenüber einem anderen Menschen zu äußern, das ist so verflucht schwer, sogar wenn dieser Mensch das eigene Kind ist.

Oscar Wilde schrieb in *Dorian Gray* einen schönen Satz: *Wenn auch nur ein einziger Mensch sein Leben voll und ganz ausleben würde, wenn es ihm gelänge, seinen Gefühlen Form zu geben, seinen Gedanken Ausdruck zu verleihen und seine Träume zu verwirklichen – die Welt bekäme einen neuen Antrieb zur Freude.*

Auf dem Anrufbeantworter wartet eine Nachricht. Eine einzige. Manchmal erkenne ich schon am Blinken, ob es sich um eine gute oder eine schlechte handelt: Unangenehme Anrufe flackern, die harmlosen pulsieren. Diese zuckt nervös wie Schwarzlicht.

Ich lege eine CD ein. Schubert: *Der Tod und das Mädchen*. Ich liebe Streichquartette, das monotone Buffta Buffta der Technomusik muss ich die ganze Zeit im ›Topas‹ hören. Das brauche ich nicht zu Hause.

Ich nehme mir noch einen Kaffee und setze mich vor den Anrufbeantworter. Dann zünde ich die erste Zigarette dieses Abends an. Sie schmeckt beschissen, so wie Zigaretten eben schmecken: bitter und metallisch, eben nach alten Männern wie mir. Ich presse die Luft bewusst aus und inhaliere dann den Rauch bis in die hintersten Ecken meiner Lungenflügel. Drei Atemzüge später dringt immer noch Qualm aus meinem Mund. Mir ist schwindlig und mein Magen krampft sich zusammen. Ich schließe die Augen und schütte die restliche Tasse in mich hinein. Kaffee und Nikotin verschmelzen zum Geschmack von aufgewärmtem Grünkohlsud. Widerlich. So bereite ich mich auf die Höllenkreise meiner Nächte und Tage vor. Das erspart böse Überraschungen, denn schlimmer kann es kaum kommen.

Ich öffne meine Augen wieder, und das rote Licht zuckt noch immer. Das lässt sich nicht aussitzen. Viele Probleme, die morgens noch gewaltig erscheinen, erledigen sich im Lauf des Tages von alleine. Das ist das Schöne, wenn man erst abends aufsteht. Beispielsweise eine Nachricht wie »Der Getränkelieferant hat den Wodka vergessen. Ist es o. k., wenn ich schnell zu Penny gehe und zwei Flaschen hole? Nur zur Sicherheit?«, muss ich gar nicht beachten. Normalerweise finde ich am Ende des Bandes nämlich dann die Mitteilung: »Chefin, bin zurück, alles ist gut! Der Wodka war im Karton mit dem Gin, habe ich gerade noch gefunden, bevor ich losgelaufen bin. Stay calm, wir sehen uns um Mitternacht, sleep well!«

Mit meinen fast dreißig Jahren Kneipenerfahrung habe ich gelernt, wie überflüssig die meisten Hilferufe sind. Genau wie hektische Betriebsamkeit. Blinder Aktionismus ist für Menschen, die noch glauben, beschäftigt tun wäre ein Gradmesser für Erfolg oder würde Autorität verleihen. Oder wie Muriel immer sagte: »Geduld ist das Geheimnis des Universums.«

Doch genug Zeit vertrödelt. Ich werfe die Kippe in die leere Tasse, wo sie ein letztes Mal zischt. Dann drücke ich die Taste zum Abspielen der Nachrichten und das begehrliche Flackern hört endlich auf.

»Good morning, Chefin. Bill ist hier«, meldet sich mein Türsteher mit seinem amerikanischen Akzent, der so breit ist wie sein schwarzer Hintern. »Die drei Russen waren wieder da, eben gegen zehn Uhr. Sie wollten zu dir. Ich habe ihnen gesagt, du wärst nicht da und würdest erst kurz vor Mitternacht kommen. Sie meinten, sie erwarten dich dann um Null Uhr sharp, ihr hättet etwas Wichtiges zu besprechen. Chefin, ich hoffe, du verstehst, ich kapiere nothing. Hoffentlich ist es nichts Ernstes. See you! Bill.«

Ja, das verstehe ich. Damit habe ich gerechnet. Ich wusste nur nicht, wann es losgeht. »Die Warnung ist angekommen«, flüstere ich.

Im Hintergrund schleicht sich der Tod auf halben und Viertelnoten an das Bett des Mädchens. Es erwacht, und ängstliche Achtelnoten begleiten ihr Flehen: *Vorüber! Ach, vorüber! Geh, wilder Knochenmann! Ich bin noch jung, geh Lieber! Und rühre mich nicht an.* Aber der lässt sich nicht beirren. Er schmeichelt ihr und verführt sie: *Gib deine Hand, du schön und zart Gebild! Bin Freund und komme nicht zu strafen. Sei guten Muts! Ich bin nicht wild, sollst sanft in meinen Armen schlafen!*

Genau wie meine Freunde aus Moskau: Seit über einem halben Jahr sind sie hinter meinem Laden her wie der Tod hinter dem Mädchen. Gott allein weiß warum, mir bleiben nur Ahnungen.

Es fing alles damit an, dass vor drei Jahren dieser berühmte Kiez-Immobilienhai mit seinem letzten Projekt, einer nie fertiggestellten Veranstaltungshalle, baden gegangen ist. Mit einem Schlag wurde aus dem reichsten und einflussreichsten Mann auf St. Pauli ein armer Schlucker, den das Finanzamt bis nach Südafrika verfolgte. Alle seine Häuser kamen unter den Hammer. Zwei am Anfang der Reeperbahn, drei am Albers-Platz, die alte Fischräucherei, die dann eine Hotelier-Familie in das ›Art Hotel‹ umbaute, zwei Häuser unten am Hafen und eben der Komplex am Hamburger Berg, da, wo das ›Topas‹ drin ist, mein eigener Club seit etwas über zwei Jahren. Mein fünfter Laden, aber der erste, der wirklich läuft, der erste, der mir Spaß macht, der erste, auf den ich stolz bin. Bei der Zwangsversteigerung erhielt den Zuschlag für dieses Haus eine Investorengruppe mit Briefkastenfirma in Buchholz, einem Kaff in der Heide. Als ich sah, wie die renovierten, war mir sofort klar, dass die Besitzer damit Geld waschen wollen: alles nobel, aber nur auf den ersten Blick. Kaum kratzt man am Lack, schimmert die marode Bausubstanz durch. Garantiert haben die das Bauamt geschmiert, aber was kümmerte mich das? Ich habe für wenig Pacht einen Laden in zentraler Lage mit lärmresistenten Nachbarn, denn an der Ecke war schon seit Jahren ein After Hour Club, was bedeutet, dass die dumpfen Bässe der Dreitonmusik selbst am Tag des Herrn hämmern dürfen. Und es funktioniert: Alle kommen sie zu mir, die Technokids, die einsamen Ladys, die Fetisch-Freunde, die Schwulen, die Werbefuzis auf Abenteuertour und natürlich die Drogendealer.

Die Kids fressen Pillen wie Aspirin und verniedlichen sie als Hoppeldrops, dabei brennt jedes Gramm Amphetamin mehr Gehirnzellen weg, als viele von ihnen jemals genutzt haben. Wenn sie sich selbst sehen könnten, wie sie vollgedröhnt und breit durch den Laden schlurfen: Den meisten wäre der Anblick so peinlich, dass sie sofort mit den Drogen aufhörten. Dabei könnte ich mit Ecstasy sogar noch leben, denn wenn sie dieses Zeug schlucken, sind die meisten lammfromm und die anderen tanzen wie aufgedrehte Spielzeugmäuse. Irgendwann hängen sie auf den Sofas im Nebenraum ab, und dabei trinken sie reichlich, um das Gift aus ihrem Blut zu spülen. Das ist gut fürs Geschäft.

In anderen Clubs prügeln sie sich, bei mir sind sie ununterbrochen am Fummeln, jeder mit jedem, da habe ich schon Vollblut-Heteros mit Schwulen knutschen sehen. Jeder mit jedem, solange der andere noch Puls hat. So verbindend können Drogen sein.

Doch wo gefeiert wird, da gibt es Koks, und damit, und nur damit, wird auf dem Kiez das Geld gemacht. Kein Club funktioniert hier ohne Koks, kein Club ohne Dealer. Zuerst waren es die üblichen Verdächtigen, also die Kleindealer, die am Abend ihre zwanzig Pillen vertickten oder zehn Briefchen endlos gestrecktes Kokain. Dann kamen zwei oder drei Spezialisten dazu und boten GHB an, Special K oder was auch immer gerade angesagt war, um die Meute zum Fliegen zu bringen. Oh, ich wusste genau, wohin das führen würde, ich bin nie der Illusion verfallen, die Neuordnung auf dem Kiez würde ausgerechnet vor meinem Laden Halt machen. Bereits nach knapp einem Jahr wurden die kleinen Dealer ersetzt, dafür standen dann die Russen am Klo und hielten die Hand auf. Wer versucht, etwas zu verkaufen, muss Prozente abgeben – oder bekommt eins aufs Maul und lässt sich auf dem Kiez nie wieder blicken.

Meine erste Warnung erhielt ich vor einiger Zeit, da haben drei Russen einen meiner Gäste verprügelt, einfach so, ohne Grund. Ein großer trainierter Kerl, ein Sportler, aber das nutzte ihm nichts. Das arme Schwein hatte Glück, wir konnten dazwischengehen, und er hat es überlebt. Die Liebesgrüße aus Moskau waren jedoch angekommen: »*Wir* haben das Sagen hier!«

Hilfe habe ich keine zu erwarten. Trotz all dem Gefasel vom Zusammenhalt auf dem Kiez: In der Not ist sich jeder selbst der Nächste. Und ich habe es versucht. Am Ende bleiben nur die, die sich bezahlen lassen, so wie Stefan, ein früherer Söldner im Jugoslawienkrieg, Gelegenheitsdealer und treuer Stammgast. Er sollte für mich versuchen, eine kleine Allianz gegen die Russen zu schmieden. Wir organisierten ein Treffen mit einer Handvoll Ladenbesitzern rund um den Hamburger Berg und die Talstraße. Überall, wo die Russen mit ihren überzeugenden Argumenten vorstellig geworden waren. Diese Bruderschaft der Schwachen sollte sich im ›Freudenhaus‹ treffen, einem Restaurant gleich um die Ecke der Reeperbahn: nicht im Drogen-Kiez, sondern in der freien Zone. Es war ein Desaster: Stefan und ich hockten drei Stunden an leeren Tischen und niemand kam. Wir erhielten nicht eine einzige Absage, nicht einmal per SMS, keiner machte sich die Mühe, eine Entschuldigung zu erfinden. Und prompt einen Tag später nahmen drei meiner Gäste mit Special K gestrecktes Koks, einer wirklich fiesen Drogenmischung. K ist eine der beliebtesten Drogen derzeit, eigentlich ein Pferdenarkotikum, also ein Mittel für sehr große, sehr muskulöse Tiere – und nicht für den menschlichen Organismus. Doch das stört die Feiergemeinde nicht: Wer Beziehungen zu einem Tierarzt pflegt, kauft von dem die Ampullen für die Betäubungsspritzen und trocknet dann in der Backröhre die ölige Flüssigkeit, bis er ein weißes Pulver erhält, das sich wie Koks durch die Nase ziehen lässt. Allerdings muss man das extrem vorsichtig dosieren, denn eine kleine Menge erzeugt einen berauschenden Effekt, eine große Menge jedoch wirkt wie ein Hammer auf den Kopf. Man kann sich nicht mehr bewegen, dafür dreht unterdessen das Gehirn völlig ab und sieht Dinge, die gar nicht da sind. Überdosierte K-Opfer liegen stundenlang bewegungslos in einer Ecke, dämmern vor sich hin, pissen sich selbst an, manchmal sogar noch schlimmer. Wenn du weißt, worauf du dich eingelassen hast, mag das nicht so furchtbar sein, aber wenn du damit nicht rechnest, ist das so, als würde dich jemand von einer Sekunde zur anderen in einen Rollstuhl verbannen: Dein Geist bekommt alles mit, aber du kannst nicht sprechen, dich nicht bewegen, und alle denken, du hast nur ein paar Pillen zu viel genommen, und lassen dich liegen, während du stumm um Hilfe schreist. Gefährlich wird es, wenn sich ein K-Opfer übergibt und dann am Erbrochenen zu ersticken droht.

Dreimal rückte der Notarzt an in dieser Nacht. Klar, dass am nächsten Montag eine Geschichte im *Abendblatt* stand. Das ›Topas‹ wurde zwar nicht namentlich erwähnt, doch schon am selben Tag schauten die Beamten von der Davidwache vorbei und machten so lange Stress, bis ich mich spendabel zeigte.

Das war die zweite Warnung. Seitdem warte ich auf die dritte.

Ich habe keine Idee, was sich die Russen dieses Mal Widerwärtiges einfallen lassen. Aber was es auch sein wird, ich kann es nur verhindern, wenn ich mich heute um Mitternacht mit ihnen treffe. Dieses Gesprächsangebot ist keine Bitte, das ist eine Order. Sie bieten mir freiwillig eine kurze Waffenruhe an, aber nur, damit ich mir die Bedingungen meiner Kapitulation anhöre. Was sie von mir wollen, das kann ich mir denken. Sie werden mir künftig die Türsteher stellen wollen, die dafür sorgen, dass nur noch ihre eigenen Drogen verkauft werden, und davon dann reichlich. Die Einnahmen gehen natürlich zu hundert Prozent an die Russen. Als Dreingabe, weil dadurch ja mein Laden endlich richtig brummen würde, werden sie zusätzlich so was um die zehn Prozent von der Abendkasse verlangen, so handhaben sie es zumindest bei anderen.

Was kann ich tun? Wenn ich den Termin nicht wahrnehme, lasse ich ihr Ultimatum auslaufen. Danach kann ich nur warten und zusehen, wie der Krieg losbricht. Ein Krieg, dem ich keinen einzigen Tag standhalten kann. Mein Türsteher Bill wird sich vielleicht gegen einen oder zwei der Russen behaupten können, aber bei denen wird es nicht bleiben. Irgendwann werden sie im ›Topas‹ stehen und den Laden, seine Gäste und mich auseinandernehmen.

Die Ralf-König-Uhr in der Küche zeigt neun Uhr abends. Auf dem Zifferblatt ist eine Zeichnung aus seinem Comic *Das Kondom des Grauens* zu sehen, ein Typ im geöffneten Bademantel, aus dem ein dicker Schwanz lugt. Auf dem Sekundenzeiger klebt ein Kondom mit Zähnen. Es sieht aus, als würde das bissige Gummi diesen fleischigen Dödel jagen – und nie bekommen.

Nur noch drei Stunden bis zum Treffen.

Neben dem Anrufbeantworter liegt das Textbuch von *Wer hat Angst vor Virginia Woolf* und eine VHS der Verfilmung mit Elizabeth Taylor und Richard Burton. Meine Theaterkarriere, wenn man sie überhaupt so nennen kann, begann mit *Wer hat Angst vor Virginia Woolf* von Edward Albee. Das war im Jahr 1972, im Frühjahr. München war eine einzige Großbaustelle wegen der Olympiade, Muriel fragte mich jeden Abend meine Texte ab, und wir hatten gerade ihren Esstisch in meine kleine Zwei-Zimmer-Wohnung im Westend geschleppt. Der Film war bereits fünf Jahre alt, aber jedes Stadttheater von der Isar bis zur Elbe führte das ungemein populäre Stück im Repertoire: Ein alterndes Ehepaar, George und Martha, lädt ein junges Pärchen, Nick und Putzi, nach einer Feier auf dem Unigelände zu sich ein, um noch etwas Spaß zu haben. Zuerst terrorisieren alle George, den erfolglosen Geschichtsprofessor, der seine Frau Martha eigentlich geheiratet hat, um deren Vater, den Campuschef, beerben zu können. Danach terrorisieren sich alle gegenseitig, bis in verschiedenen, ziemlich fiesen Gesellschaftsspielen die Lebenslügen aller Akteure aufgedeckt sind. Die beiden Neulinge, Nick und Putzi, erleben eine Zeitreise in ihre eigene Zukunft, wenn die Liebe wegen unerfüllter Erwartungen einer unstillbaren Zerstörungswut gewichen sein wird. Die Rolle der Martha bietet alles: Selbstbetrug und Lebenslüge, gescheiterte Hoffnungen und die Ahnung eines schrecklichen Endes. Am Schluss verführt sie Nick, während ihr Mann George Putzi aller Illusionen über die Liebe beraubt.

Ich wollte immer die Martha auf der Bühne spielen, doch es blieb bei meinem Auftritt vor der Prüfungskommission. Bis jetzt.

Ich gehe unter die Dusche und mache mich zurecht. Als ich mir den weinroten Kimono überwerfe, den mir Muriel geschenkt hat und den ich viel zu selten anziehe, klingelt es an der Tür. Ich sehe durch den Spion: die Nachbarn. Lukas und Geli sind pünktlich.

In meiner besten Alternde-Diva-Stimme gröle ich meine Textzeile durch die verschlossene Tür: »Sweeties, endlich! Was seid ihr so spät, ihr kleinen Scheißer? George, wo steckst du, alter Sack? Kannst du endlich diese verfluchte Türe aufmachen? Was sollen unsere Gäste von uns denken?«

Ich höre ein Kichern. Dann sagt Geli: »Liebling, ich hatte dir doch gesagt, es ist zu spät, um jemandem noch einen Besuch abzustatten. Sicher haben sie es sich anders überlegt. Komm, lass uns wieder gehen!«

Ich öffne die Tür mit einer ausladenden Bewegung und lehne mich lasziv wie ein Pin-up-Girl in den Rahmen. »Kommt ruhig herein, Kinder«, hauche ich und ziehe an einer imaginären Zigarettenspitze. »Sicher ist es kalt da draußen. Rein mit euch, hier drinnen gibt's jede Menge heiße Sachen!«

Lukas grinst mich aus einem hautengen weißen T-Shirt und einer verwaschenen Jeans an, unter der er offensichtlich wieder keine Unterwäsche trägt. Bei jeder Bewegung lüpft sich der Stoff und zeigt seinen flachen unbehaarten Bauch. »Verzeiht, ist dies das Haus von Big Daddy? Wir sind zu einer Geburtstagsparty eingeladen und wollen ein paar halslose Ungeheuer essen.«

»Das ist der richtige Ort und die richtige Zeit«, näsele ich und winke die beiden an mir vorbei. »Aber du hast dich im Stück vertan. Heute drehen wir *Wer hat Angst vor Virginia Woolf* und nicht *Die Katze auf dem heißen Blechdach.*«

Er tätschelt meinen Hintern. »Das macht nichts, für schwule Dramatiker hatte ich noch nie etwas übrig.«

Ich zwicke ihn zum Dank mit beiden Händen in seine einladenden Brustwarzen. »Liebling, ich habe keine Ahnung, mit wem Edward Albee das Bett teilte, aber wenn es eine Frau war, dann hat er weiß Gott keinen Spaß mit ihr gehabt«, tucke ich, dann verfalle ich wieder in meine Martha-Stimme: »Oder glaubst du, jemand, der eine solche verfickte Frauenrolle schreibt, will es damit nicht irgendeinem Dreckstück heimzahlen? Und wenn es nur die Mutter des kleinen Scheißers ist, die hier ihr Fett wegbekommt!«

Geli wirft lachend den Rucksack aufs Sofa, dann lässt sie sich mit einem Seufzer daneben fallen. Sie trägt eine tief sitzende, dunkelblaue Baggy-Hose, in der jeder flachärschig aussieht, und genau wie ihr Freund ein weißes Hemdchen.

»Habt ihr den heutigen Schlagermove gut überstanden?«, frage ich. »Oder seid ihr zu fertig, um zu arbeiten?«

»Wir waren ganz brav, Frau Nachbarin«, antwortet Lukas und setzt sich neben seine Freundin. »Nur etwas Sekt, damit wir besser mitsingen konnten. Was hältst du eigentlich davon, wenn wir bei unserer Hochzeit Schlagermusik spielen? Das wär's doch, oder?«

»Willst du meine Meinung hören oder galt die Frage deiner Verlobten?«

»Du bist immerhin Trauzeuge, klar will ich wissen, ob du das gut findest.«

»Nein. Definitiv nicht«, sage ich.

Geli schubst ihn an. »Siehst du, warum glaubst du mir eigentlich nie?«

Lukas grummelt enttäuscht und wühlt nach etwas in seinen Taschen.

»Keine Drogen«, warne ich. Lukas weiß genau, dass ich außer etwas Gras keine Drogen in meiner Wohnung dulde und dass diese Regel auch für ihn gilt. Ich akzeptiere im Laden, dass er seine Pillen vertickt, aber zu Hause will ich keinen Krümel von dem Zeug haben. Außerdem will ich nicht, dass die beiden viel von dem Scheiß einwerfen, sie streiten sich dann häufig oder treiben Unsinn, so wie Geli, die ihren Job letzte Woche verloren hat, weil sie nach einer durchgefeierten Nacht im Rausch ihren Dienstwagen zu Schrott gefahren hat. In der Folge kursierten die widersprüchlichsten Gerüchte darüber auf dem Kiez. In einer Version musste Geli sogar eine Nacht in der Ausnüchterungszelle sitzen. In einer anderen erwischte sie Lukas beim Sex auf dem Klo. Es ist schon sehr aufschlussreich, wer welche Details weglässt oder verändert und wie unterschiedlich eine Geschichte erzählt wird, wenn sich die Blickwinkel ändern.

»Kaugummis«, sagt Lukas und hält eine Packung in die Luft. »Möchte jemand? Wie lange haben wir heute denn Zeit?«

»Maximal zwei Stunden. Bevor ich ins ›Topas‹ gehe, muss ich mit Stefan dringend etwas Geschäftliches erledigen.«

»Jugo-Stefan?«, fragt Geli. »Was willst du von dem? Der ist doch mit Schwung gegen den Schrank gelaufen.«

»Es geht um Geld«, weiche ich aus.

Lukas richtet sich auf. »Du lässt ihn wieder Drogen verkaufen?«

»Er wird dir nicht in die Quere kommen.« Ich lege besänftigend meine Hand auf seine Schulter und kraule spielerisch seinen Hals. »Mit deinen Pillen handelt er sowieso nicht.«

»Er hat dieses teuflisch heftige Speed, ich weiß. Du erinnerst dich an die beiden alten Weiber, die sonntags immer auf der Tanzfläche hüpfen?«

»Sei vorsichtig, was du sagst: Es sind noch mehr alte Weiber im Raum!«

»Die zwei mit den selbst gemachten Ledertaschen und Hundehalsbändern! Die hatten vor einem Monat was von ihm gekauft«, erzählt Lukas grinsend. »Drei Tage lang konnten sie nicht schlafen und in deren Alter ist das gar nicht mehr gesund. Sie mussten zu unserem grauhaarigen Kiez-Doc um die Ecke und sich Beruhigungsmittel verschreiben lassen, um wieder runterzukommen!«

Geli zieht ihre Turnschuhe aus und legt die Füße aufs Sofa. »Wann wollen wir denn mit dem Dreh loslegen?«, mault sie. »Ich habe keinen Bock auf Geschichten über Grufties, die einfach nicht genug bekommen können. Selbst schuld, wenn sie nicht wissen, wann es zu viel ist, oder?«

Lukas beugt sich zu ihr und küsst sie zustimmend. Ich löse meine Hand von ihm und gehe zur Küche.

»Ich habe unsere Dispo verändert, und ich hoffe, ihr habt nichts dagegen«, sage ich, während ich eine Flasche Fürst Metternich aus dem Kühlschrank hole. »Wir filmen heute die letzte Szene aus *Wer hat Angst vor Virginia Woolf* mit Martha, dann haben wir alles mit ihr im Kasten und können darauf anstoßen, wenigstens eine der vier Rollen abgearbeitet zu haben.« Mit einem leisen Ploppen löst sich der Korken aus der Flasche und ich fülle drei langstielige Kristallgläser. »Ist das für euch in Ordnung?«

Lukas nimmt zwei Gläser, reicht eines Geli, steht auf und setzt sich an den Küchentisch. »Kein Problem für mich«, sagt er und prostet mir zu. »Feiern ist immer gut: Auf Marthas letzte Szene!«

Der Sekt lässt mich aufstoßen und ich rülpse unter dem Gelächter meiner Gäste wie ein Bauer. Der Geruch von Nikotin, Kaffee und Sekt, der mir in die Nase steigt, erinnert mich daran, dass ich mir noch nicht die Zähne geputzt habe.

Ich bitte Lukas, schon einmal das Video einzulegen und die Kamera aufzubauen, während ich nochmals im Bad verschwinde. Ich höre, wie er eine neue CD einlegt. Zu meiner Überraschung hat er eine uralte Live-Aufnahme von Georgette Dee ausgewählt. *Wenn ich mir was wünschen dürfte, käm' ich in Verlegenheit, was ich mir denn wünschen sollte, eine schlimme oder gute Zeit …* Ich erinnere mich sofort. Text: Hollaender. Ich erinnere mich auch, wie meine Gesanglehrerin mich Friedrich-Hollaender- und Kurt-Weill-Songs hat lernen lassen und schimpfte: »Claus, müssen wir uns das wirklich antun? Du singst einfach lausig.«

»Aber ich muss vor der Kommission ein Lied und zwei Monologe vortragen. Sonst falle ich durch die Schauspielprüfung.«

»Warum ziehst du dir nicht ein Kleid an und bewegst nur die Lippen wie diese Travestiekünstler? Wir finden sicher eine Szene, in die wir diese Nummer einbauen können.«

Und so integrierten wir in einen Dialog zwischen George und Martha eine kurze Playbacknummer, in der die betrunkene Martha ihren Ehemann vor die Tür setzt, während sie *I will survive* grölt. Das war das erste Mal, dass ich ein Kleid trug. Ein elegantes Abendkleid, schlicht und beeindruckend, das kleine Schwarze eben. Ich sah großartig darin aus und so fühlte ich mich auch.

Mit einem zusammengestrichenen Monolog dieser Szene und einer Playbacknummer bestand ich im Fummel die paritätische Prüfung der Bühnenreife und durfte mich fortan offiziell Schauspieler nennen.

Martha spielte danach keine Rolle mehr in meinem Leben. Bis vor einem Jahr. Da begannen Geli, Lukas und ich *Wer hat Angst vor Virginia Woolf* mit einer Videokamera und uns selbst als Hauptdarsteller nachzudrehen, und zwar jede einzelne Einstellung des Films. Kein Remake im Sinne einer Neuinterpretation, sondern ein wirkliches Nocheinmal-Machen. Natürlich sehen unsere Kulissen etwas anders aus als in dem Hollywood-Klassiker, Großstadt-Flair statt Vorstadt-Idylle, Zweiraum-Wohnung statt Reihenhaus, aber wir übernehmen und kopieren jeden Schwenk, jeden Zoom und jeden Schnitt. Zur Kontrolle läuft beim Drehen im Hintergrund die Tonspur des Videos, damit wir auch keine Einstellung vergessen.

Natürlich spiele ich die Martha. Und in einer Doppelrolle auch noch George. Lukas ist der naiv-doofe Nick, Geli seine kleine Frau Putzi, ein verängstigtes Ding voller Panik vor eigenem Nachwuchs.

Die Idee kam uns, als Lukas und Geli in meiner Wohnung den ersten Nachbarschaftsbesuch abstatteten. Während Geli erzählte, dass sie irgendwann auch mal heiraten und Kinder haben wolle, lief eine TV-Dokumentation über einige Teenager in Kalifornien, die über Jahre hinweg all ihr Geld und all ihre Energie in eine originalgetreue Wiederverfilmung von *Jäger des verlorenen Schatzes* steckten: Szene für Szene. Ein Abenteuerspektakel voller Special Effects in der Garage in Heimarbeit nachgedreht. So eine verrückte Idee! Aber inspirierend.

Der Wodka lockerte meine Zunge und ich erzählte den beiden von meinen drei Jahren Schauspielunterricht in München und der abgebrochenen Schauspielkarriere zugunsten meiner Laufbahn von der Tresenschlampe zur Wirtin.

Was ich denn so alles gespielt hätte, wollte Geli wissen, ihre Augen glänzten freudig dabei. Nur Männer in Uniform, gab ich zu. Ich hatte mich zwar an allen städtischen Bühnen des Landes beworben, von Memmingen bis Kiel, von Berlin bis Düsseldorf. Aber kein Dramaturg wollte einen schlaksigen Eins-neunzig-Kerl engagieren, den man schon wegen seiner Größe nur für eine Handvoll Rollen einsetzen konnte. Komparserie durfte ich schließlich machen, an den ›Münchner Kammerspielen‹: ich war Soldat in *Lorenzaccio*, Soldat in *Merlin oder das Wüste Land* und Soldat in *Troilus und Cressida*. Dann hatte ich die Schnauze voll von den Rüstungen und vor allem von den Vollbärten, die mir die Maske jeden Abend ins Gesicht klebte.

Geli lachte und strich mir über die Wange. So glatt, sagte sie, so glatt. Fast wie bei einem Mädchen. Dann fragte sie mich, ob ich ihnen nicht etwas vorspielen könnte. Was denn? Irgendwas eben, mir würde doch sicher noch eine Rolle einfallen, die ich mal hatte lernen müssen. Ein wenig ließ ich mich bitten, wer will schon wie Cher von der Bühne getragen werden müssen.

Schließlich wühlte ich zwischen verstaubten Reclamheften das alte Textbuch von *Wer hat Angst vor Virginia Woolf* aus der Schauspielschule heraus und drückte es Lukas in die Hand.

»Nick, das bist du, ist ein junger Biologieprofessor, der sich durch einen Flirt mit Martha, also mit mir, einen Karrieresprung erhofft«, erklärte ich, während Geli aufgeregt kicherte und sich damit als Idealbesetzung für Putzi qualifizierte. »Martha ist die Tochter des Unichefs. George hatte der Ehe mit Martha ebenfalls vor allem der Karriere wegen zugestimmt. Er will Nick und Putzi warnen, den gleichen Fehler wie Martha und er zu begehen. Doch die meiste Zeit streitet er sich mit Martha, denn er ist immer noch eifersüchtig.«

»Das klingt nach einer komplizierten Konstellation. Waren die Menschen damals so drauf?«, fragte Lukas.

»Die sind es heute noch. Das werdet ihr gleich sehen. Wollen wir zum Spaß eine Szene ausprobieren?«

Er nickte begeistert. Geli kaute gespannt auf ihren Fingernägeln, während ich mich in Position brachte.

»Und Ihre Frau ist natürlich die fetteste Gans in der Herde … als Tochter des Präsidenten, nicht wahr?«, rezitierte ich Nick.

»Natürlich ist sie das!«, sagte Lukas überzeugend wie ein hervorragender Schauspieler.

»Also, auf in den Kampf!« Ich rieb mir die Hände. »Am besten, ich packe die Gelegenheit jetzt beim Schopf, stelle sie in eine Ecke und besteige sie wie eine läufige Hündin!«

Geli kicherte und inhalierte tief ihren Joint.

»Ja, das wäre wahrscheinlich das Beste!«, wetterte Lukas alias George.

»Meinen Sie das im Ernst?«, fragte ich als Nick, brach wie ein Boxer nach vorne aus und griff die überraschte Geli zwischen die Beine. Vor Schreck sprang sie vom Sofa auf und stolperte über ein Kissen auf dem Boden. Kreischend landete sie in meinen Armen und schließlich lagen wir zu dritt auf dem Polster.

Später wühlte ich aus meinem Archiv das Band mit dem Film von 1966 und wir bestaunten, wie sich Liz Taylor und Richard Burton zerfetzten und mit Gin-Gläsern bewarfen. Zur Filmhälfte schob Geli ihr Kleid hoch, das ungelogen aussah wie Putzis blasser Fummel im Film: ein Kostüm aus einer Art Vorhangstoff mit Paisley-Muster, am Rock recht kurz, am Dekolletee hoch aufgeschlossen, mit halblangem Arm.

»Damit könnte sie ganz prima Putzi darstellen«, sagte ich und tätschelte Lukas anerkennend die Brust. »Und mit etwas Übung würdest du einen perfekten Zuchtbullen abgeben!«

Lukas grinste mich verführerisch an. Ich ließ meine Fingernägel um seine Nippel kreisen, bis er seufzte.

»Der perfekte Zuchtbulle ist ein Zitat aus dem Stück«, erklärte ich. »Martha beschwert sich nämlich ständig über die Erektionsprobleme von George.«

»Das kenne ich«, lachte Geli. »Immer wenn in den abendlichen Drogencocktail zu viele verschiedene Substanzen gemischt wurden, dann versagt er. Jämmerlich. Uuuups!« Sie ließ den ausgestreckten Arm sinken.

»Das Problem hast du nicht«, flüsterte mir Lukas ins Ohr.

»Hatte ich nie«, antwortete ich. »Eure Drogen nehme ich nicht und von einem Joint werde ich eher rattig.«

»Gut zu wissen«, sagte er und sah mir ruhig in die Augen. Unsere Gesichter waren nur eine Handbreit voneinander getrennt.

»Was haltet ihr von der Idee, wir drehen *Wer hat Angst vor Virginia Woolf* nach?«, schlug Geli vor und schob das Videocover zwischen unsere Gesichter. Ertappt wendeten wir uns ab, was Geli auflachen ließ. »Ich und Lukas spielen Putzi und den Zuchtbullen. Und du bist George und natürlich Martha.«

»Eine Doppelrolle?«, fragte ich.

»Warum nicht. Wer sonst wäre dafür geeignet? Außerdem bist du ja wirklich irgendwo beide, oder nicht?«

So war unser Filmprojekt geboren und seitdem teilten wir ein gemeinsames Hobby. Wenn ich Sonntagabend nicht zu müde und die beiden nicht zu abgeschossen waren, gingen wir nach meiner Schicht im ›Topas‹ zu mir, tranken Tee, rauchten etwas, hatten Spaß und filmten einige Takes. Andere spielen am Tag des Herrn mit der Familie *Trivial Pursuit*, wir dagegen drehten einen Hollywood-Klassiker nach, aus einer Zeit, in der es noch um Charaktere und Dialoge ging und nicht um Special Effects. Und letztlich um Gesellschaftsspiele: *Bums die Hausfrau* zum Beispiel, und *Die Gästefalle.* Und so begann an diesem Abend unser gemeinsames Filmabenteuer, das heute seinen vorläufigen Höhepunkt finden wird.

»I'm ready for my close up, Mr. DeMille!«, trällere ich und öffne mit einem weiten Schritt meinen Trenchcoat. Darunter präsentiere ich ein schwarzes Kleid vom Flohmarkt, das entfernt an den Charleston-Stil erinnert. Liz Taylor hatte etwas Ähnliches im Film getragen, natürlich mit einem tieferen Ausschnitt.

»Martha, das trägst du doch sonst nur zum Kirchgang«, sagt Lukas.

»In der Küche«, korrigiere ich seinen Textfehler sanft. »Und jetzt geh' bitte an die Bar und bring deiner kleinen, süßen Hausfrau einen großen, scharfen Drink!«

»Ich mache das schon«, bietet Geli an und steht vom Sofa auf. Sie schwankt kurz, fast stolpert sie über ihre Schuhe. Lukas wischt mit der Hand über die Tischplatte. Vermutlich haben sie, während ich im Bad war, ein paar Lines gezogen. Obwohl leichter Ärger in mir hochkriecht, sage ich nichts. An diesem Abend möchte ich mich nicht mit ihnen streiten.

»Wodka?«, fragt Geli und hält die Flasche hoch. »Allerdings hast du kein Eis im Gefrierfach. Tonic ist auch alle.«

»Dann schütte einfach den Sekt damit auf«, schlage ich vor. Das knallt vielleicht etwas, aber schließlich muss Martha in dieser Szene sturzbetrunken loskeifen.

Lukas hat unterdessen die Videokassette schon eingelegt und startet nun die Szene, die wir nachdrehen wollen: Zweiter Akt, auch *Walpurgisnacht* genannt. George und Martha haben ihren großen Streit und drohen sich den totalen Krieg an.

Liz Taylor flattert durchs Bild in einem langen braunen Mantel mit Kapuze, vorne baumeln drei große Schnallen, sie geht hektisch von rechts nach links, dabei breitet sie die Arme immer wieder aus, um sie dann in einer Geste völliger Hilflosigkeit wieder fallen zu lassen.

»Kannst du das noch mal laufen lassen?«, frage ich und nippe an meinem Drink. Kaum gesehen, schon wieder vergessen. Ich muss mich konzentrieren. Ich habe das Gefühl, die Kohlensäure vom Sekt sprudelt den Wodka direkt hoch in mein Gehirn.

Wir sehen uns die Szene erneut an und ich spreche leise Marthas Text mit. Lukas räumt unterdessen den Ficus Benjamini zur Seite. Dann schraubt er die Kamera aufs Stativ, während Geli mit der Schreibtischlampe und einem Halogenstrahler für ausreichende Beleuchtung sorgt.

»Könnten wir vielleicht die Balkontüre aufmachen?«, fragt Lukas. »Dann musst du zwar über den Lärm von der Reeperbahn sprechen, aber in dieser Szene ist Martha ja sowieso etwas lauter. Die Lampen spiegeln sich sonst in der Glasscheibe und man kann die Coke-Werbung vom Albers-Platz im Hintergrund nicht erkennen.«

»Als nächsten Film drehen wir *Blade Runner* nach!«, sagt Geli und rückt zwei Stühle zur Seite.

»Immer schön der Reihe nach, erst müssen wir diesen Film hier abschließen«, sage ich.

»Als nächsten Film drehen wir *9 ½ Wochen*«, schlägt Lukas grinsend vor.

»Meinst du nicht eher *Harald und Maude*?« Ich lasse die Szene nochmals zurückspulen, um sie dann erneut abzuspielen. Das wiederhole ich dreimal, bis ich sie mir gemerkt habe. Die Eröffnungssequenz lasse ich als Standbild im Hintergrund flimmern.

Dann baue ich mich mit ausgestreckten Armen vor der offenen Balkontür auf.

»Du musst den Trenchcoat noch geschlossen lassen«, unterbricht Geli. »Du öffnest ihn erst am Ende des Dialogs.« Ich mag es zwar nicht, wenn sie an mir herumzupft, aber ich halte schön still, als sie an den Knöpfen an meinem Kragen fummelt. Mit einem zustimmenden Nicken dreht sie mich ins Profil. »Außerdem musst du auf deine falschen Haare achten. Die verdecken das Gesicht.«

»Kannst du ihr vielleicht eine Strähne mit einer Haarklammer fixieren?«, schlägt Lukas hinter der Kamera vor. Er geht völlig auf in der Rolle des allmächtigen Regisseurs. Als er sich bückt, um das Stativ zu versetzen, gestattet er uns einen kurzen Blick auf die Spalte zwischen seinen glatten, festen Pobacken. Gelis und mein Blick treffen sich. Wir kichern beide.

»Hier wird gearbeitet«, schimpft Lukas spielerisch und lässt keinen Zweifel daran, dass dieser Ausblick beabsichtigt war.

So viel Spaß unser Reigen auch macht, die Zeit drängt und ich werde ungeduldig. »Das ist doch Kleinkram, lasst uns anfangen«, bitte ich.

»Nein, nein«, widerspricht Geli selbstbewusst. »So viel Zeit muss sein.«

Sie fixiert meine Haare mit einer Klammer und tritt einen Schritt zurück, um bewundernd auf ihr Werk zu blicken.

»Dann darfst du jetzt loslegen«, sagt Lukas. »Action bitte!«

Ich schließe die Augen und atme tief ein. Ich denke an die Nacht mit Lukas auf dem Klo des ›Topas‹, als wir uns mit heruntergelassener Unterwäsche gegenüberstanden.

»Willst du wissen, was passiert ist, George? Willst du die Wahrheit wissen, was passiert ist?«, rufe ich und schnalze mit den Fingern.

»Zugeschnappt … endgültig. Nicht ich – es! Das ganze Arrangement! Natürlich kann man so weitermachen, weiter, immer weiter. Möglich ist alles. Du findest hundert Entschuldigungen vor dir selber. Man lebt dahin … eine Ewigkeit … und alles scheint … überwindbar. Zum Teufel mit dem ganzen Leben, zum Teufel! Vielleicht bin ich ja morgen tot, vielleicht bist du morgen tot …«

Ich drehe mich gegen die Kamera und sehe auf die Straße. Mit leiserer Stimme fahre ich fort: »Man findet doch immer hundert Entschuldigungen. Und dann, eines Tages, oder eines Nachts … da passiert etwas …: Schnapp! Und dann ist alles so verdammt gleichgültig. Ich habe es versucht, Baby, ich habe es wirklich versucht!«

Lukas und Geli applaudieren. Ich drehe mich um und verbeuge mich mit einem Lächeln. Wir umarmen uns. Ein *Trio Infernale*: jeder mit jedem und jeder.

»Das war klasse«, sagt Lukas. »Allerdings hättest du bei ›Schnapp‹ mit den Fingern schnalzen müssen. Ich würde die Szene gerne wiederholen.«

Ich nehme einen Schluck Sekt mit Wodka und sage: »Lass uns lieber weitermachen. Jetzt kommt doch der Zwischenschnitt während Georges Antwort, oder?«

»Wir machen das korrekt, so wie alle anderen Einstellungen vorher auch«, widerspricht Geli. »Was bist du heute so nachlässig? Sonst kann dir doch nichts perfekt genug sein!«

Sie hat natürlich Recht. Wenn, dann richtig. Ich seufze und gehe wieder auf meine Ausgangsposition.

Wir drehen die Szene noch zweimal, bis Lukas wirklich zufrieden ist. Für die beiden übrigen Dialoge benötigen wir knapp eine Stunde, und ich beginne, nervös zu werden. Außerdem steigt mir der Alkohol zu Kopf.

Ich will gerade das Zeichen zum Aufhören geben, als das Telefon klingelt. Es rasselt in diesem gemeinen schrillen Ton, dem Bruder des hektischen Flackerns auf dem Anrufbeantworter.

»Hattest du die Mailbox nicht angeschaltet?«, fragt Lukas.

«Das muss ich vergessen haben, als ich vorhin die Nachrichten abgehört habe.«

»Willst du nicht rangehen?«

»Nein, ich weiß ja, wer es ist«, sage ich und leere mein Glas. »Wir werden den letzten Take trotz des kleinen Versprechers nehmen, ich muss in den Laden.«

Gelis Augen verengen sich. Sie sagt nichts, aber ich sehe, sie ahnt, dass wirklich etwas im Argen liegt.

Das Klingeln hört auf. Ich schaue auf die Uhr ... 22:40. Es wird Zeit, mit den alten Gewohnheiten zu brechen.

»Räumt doch bitte etwas auf, ich ziehe mich in der Zwischenzeit um«, sage ich. »Und ausnahmsweise dürft ihr mir etwas Koks auf dem Tisch übrig lassen.«

Die etwa fünf Zentimeter lange Spur Kokain liegt vor mir und ich zögere. Mit dem Metallröhrchen klopfe ich auf den Holztisch. Winzige weiße Krümel kullern in eine Ritze.

Drogen habe ich nur während meiner Zeit in München konsumiert, so wie alle Schauspielschüler. Wir dachten, das gehöre dazu: neue Dinge zu erfahren, das Bewusstsein zu erweitern und all dieser Scheiß. Bei mir dauerte die Entdeckungsreise nur kurz, etwa zwei Jahre. Muriels Eltern waren Ende ’72 nach den Anschlägen in München nach Israel ausgewandert, und sie wollte sie unbedingt begleiten. Ich hatte noch so viele Pläne hier, und nichts konnte mich damals dazu bringen, meine Träume von der großen Schauspielkarriere aufzugeben.

Doch am Ende fegte mich die Liebe zu meiner Tochter von der Bühne. Muriel blieb bis zum Frühjahr ’73, mir zuliebe und weil sie Stella in Deutschland auf die Welt bringen wollte. Ich begann zu kellnern.

Natürlich gab es gelegentlich einige Wachmacher für die Nachtschichten. Aber im Vergleich zu meinen Kids hatte ich sowieso nie wirklich Drogen konsumiert, in deren Augen bin ich völlig unbeleckt. Ab und an rauche ich einen kleinen Joint, hauptsächlich wenn ich wieder zu viele Energy-Drinks während einer Schicht getrunken habe und nicht einschlafen kann. Gras bewirkt bei mir eine angenehme Schwere, ungefähr wie zwei Gläser Rotwein.

Das Gefühl mag ich. Der Ego-Schub von Koks gefällt mir dagegen überhaupt nicht. Außerdem bin ich im Bewusstsein aufgewachsen, dass Kokain eine harte Droge ist, genau wie Heroin oder LSD. Als ich das Geli und Lukas erzählte, lachten sie. Für sie gibt es solche Trennungen nicht: Alles ist o. k., was Spaß macht und nicht zu körperlicher Abhängigkeit führt. H oder Crack ist in ihren Augen assig, für Prolls auf dem Bahnhofsplatz.

Nur Stricher und Nutten würden solchen Dreck nehmen, meint Geli. Sie seien da anders, sie könnten mit dem Zeug umgehen.

»Ist alles in Ordnung?«, fragt Lukas besorgt.

»Doch, doch«, sage ich und setze das Röhrchen an.

Ich atme aus und sauge dann mit einem kräftigen Zug das weiße Pulver in meine Nase. Es riecht kurz süßlich-harmlos, bevor es sich mit Millionen kleinen scharfen Zähnchen in meine Schleimhäute beißt. Beinahe muss ich niesen, aber ich beherrsche mich in der letzten Sekunde.

Geli streicht mir über die Glatze und wiederholt zum dritten Mal, dass gleich alles wieder normal sein wird.

Ich nicke und warte auf das Einsetzen der Wirkung. Meine Zähne werden bereits nach einer Minute taub. Ich schniefe und bemühe mich um ein Grinsen, während etwas Kaltes, Metallenes meinen Rachen hinunterrinnt.

»Willst du tatsächlich in diesem Aufzug ins ›Topas‹ gehen?«, fragt Lukas und schiebt mir den letzten Schluck Sekt herüber. Die beiden kennen mich lange genug, sodass sie mich auch schon in meinem dunkelgrauen Boss-Anzug gesehen haben. Die Perücken, die bunten Fummel und Kleider sind nur für den Job im ›Topas‹. Jeder Trendclub auf dem Kiez braucht eine Drag Queen, das gehört zum Flair. Das hatte ich vor vielen Jahren im ›Salambo‹ gelernt, im echten ›Salambo‹ von René Durand, nicht dem Ringelpietz-Club, den seine Tochter später daraus machte. Dort nahm ich auch den Namen Claudia an, aber niemand nennt mich heute noch so, alle rufen seit Jahren nach der *Chefin*. Für Stella bin ich immer schon nur *Aba*, Papa, gewesen, während sie ihre Briefe korrekt an Claus adressiert, genau wie das Muriel immer getan hat.

Die Verkleidung im Fummel ist für mich eine Berufskleidung, eine Uniform. Es ist nur eine Rolle: die Chefin, die Transe, die Fummeltrine. Und dabei ist Claus nicht einmal schwul, obwohl Claudia immer wieder den Spaß mit Jungs sucht. Das doppelte Spiel gehört eben dazu. Und Menschen wie Lukas und Geli scheint genau das zu gefallen.

»Ich kann mich nicht erinnern, dass du jemals in Männerklamotten deinen Dienst angetreten bist«, sagt Lukas. Er hat Recht: vormittags einkaufen in der Metro, klar, aber abends Tresendienst? Meine eigenen Mitarbeiter würden mich nicht erkennen!

Das Koks zeigt nun endlich Wirkung. Ich konzentriere mich auf die aus meinem Bauch aufsteigende Wärme. Langsam verlassen meine Gedanken die weichen Polster, in die mich der Wodka hüllte, und driften zu den scharfen Klippen des Kokains. Mit der Klarheit erreicht mich eine Welle Tatendrang und schließlich ungezügeltes Selbstbewusstsein, sogar eine Spur Aggressivität macht sich breit: Ich fühle mich kraftvoll und unbesiegbar.

Geli zupft einen Fussel vom Revers und richtet die Silberkette mit dem kleinen Davidstern, der sich im schwarzen T-Shirt verhakt hat. Auch ein Geschenk von Muriel, das ich viel zu selten trage.

»Das Universum kümmert sich um seine Kinder«, sage ich. Dann erzähle ich ihnen, was ich vorhabe.

Um 23 Uhr betrete ich das ›Topas‹ zum letzten Mal. Bill benötigt beinahe eine Minute, bis ihm klar wird, dass seine Chefin als Mann vor ihm steht. Seine dunklen Augen sehen mich fassungslos an, als ich ihn fröhlich an der Tür begrüße und hinter den Tresen gehe. »Du hast Besuch«, sagt er. »Soll ich mitkommen?« Ich nicke. Misstrauisch erhebt er sich von seinem Barhocker und läuft mir hinterher.

Es ist nichts los, der Laden ist fast leer, keine Stammgäste zu sehen, auch nicht auf den Sofas im Chill-out-Raum. Der DJ zelebriert seine Oldie-Phase und spielt *Professional Widow* von Tori Amos. Im Büro sitzt bereits Stefan und wartet. Neben ihm lehnt seine neue Flamme, ein etwas biederes Mädchen, mit der er seit einiger Zeit immer wieder auftaucht. Beide sind ungewöhnlich lebhaft gekleidet. Er trägt heute eine farbige Army-Hose und sie strahlt mit dem Grinsen der auf ihrem T-Shirt aufgedruckten Barbara Eden als *Bezaubernde Jeannie* um die Wette.

»Wann hast du den Termin?« Stefan kommt sofort auf den Punkt.

»In knapp einer Stunde«, sage ich und scheuche die Kleine mit einer Handbewegung aus meinem Weg. Sie klappt das Notebook auf dem Schreibtisch zu und packt es in den kleineren der beiden silbernen Koffer, die neben dem Aktenschrank stehen. Dann drückt sie ihn Bill mit einem Zettel in die Hand, wartet, bis er ihn gelesen hat und verschwunden ist. Hinter ihm schließt sie die Tür und lehnt sich in den Rahmen.

»Ich will nicht unhöflich sein«, sage ich und deute auf Stefans Freundin, »aber wir müssten etwas unter vier Augen besprechen. Wenn du an der Bar warten könntest? Bestell dir, was du möchtest, wir werden nicht lange brauchen.«

Sie beugt sich über Stefan und flüstert ihm etwas ins Ohr.

Liebesgesäusel kann ich jetzt wirklich nicht gebrauchen. Ungeduldig tappe ich mit dem Fuß. Ich weiß, die Droge lässt einen Zeit anders wahrnehmen. Trotzdem nervt mich, wie langsam alles um mich herum zu reagieren scheint.

»Das ist Steffi«, sagt Stefan schließlich. »Sie ist eine Bekannte. Und sie möchte dir ein Geschäft vorschlagen.«

Ich lehne mich zurück und mustere sie: Ihr Alter kann ich nicht schätzen, sie sieht sportlich aus, schlank, ihr Blick und ihre Augen wirken alt und abgeklärt. Die *Bezaubernde Jeannie* auf ihrer Brust bildet einen schrillen Kontrast.

»Claus. Aber fast alle nennen mich hier Chefin«, stelle ich mich vor und reiche ihr meine Hand. Sie nimmt sie, ihre Handflächen fühlen sich angenehm warm und trocken an.

»Ich habe dich noch nie als Mann gesehen«, stellt sie fest. Ihre Stimme ist klar und resolut.

»Du bist ja auch bereits bestens versorgt«, scherze ich und sehe zu Stefan. Er lächelt. Steffi verzieht keine Miene.

»Ich verstehe von vielen Dingen hier auf dem Kiez nichts«, sagt sie, wobei sie *Kiez* ungewöhnlich lang zieht, als wäre dies ein Begriff, den sie noch nicht lange benutzt. »Aber ich habe mitbekommen, dass du hier Probleme hast. Du hast viel Geld in einen Laden investiert, der dringend eine weitere Finanzspritze bräuchte.«

»Eher bräuchte er Polizeischutz«, unterbreche ich. »Möglicherweise bist du nicht gut informiert, aber es geht nicht um Geld, sondern um ein Ultimatum der russischen Mafia.«

»Aber denen geht es ums Geld«, wirft Stefan ein.

Steffi streicht ihm über den Kopf und setzt sich auf die Tischkante. »Ich habe eine persönliche Rechnung mit den Russen zu begleichen«, sagt sie todernst, und ich kann mich nicht länger zurückhalten und schmunzle. Die Vorstellung, dass dieses Girlie, das gerade auf tough macht, eine Verbindung zur Mafia haben soll, amüsiert mich.

Stefan sieht mich ermahnend an, dann wandert sein Blick zu dem anderen größeren Koffer, den ich in meinem Büro noch nie zuvor gesehen habe.

»Wir werden den Russen eine Lektion erteilen«, erklärt er. »Dank Steffi können wir dafür sorgen, dass dieser Teil der Reeperbahn auf die nächsten Jahre hin weder von Kurden, Russen oder sonst wem kontrolliert werden wird, sondern nur von den Besitzern der Häuser selbst, den Pächtern und all denen, die hier ohne Übernahmegedanken investieren wollen.«

»Und was haben ich und mein Laden damit zu tun?«, frage ich.

»Je weniger du weißt, umso besser«, schaltet sich Steffi ein. »Wir brauchen jedoch deine Hilfe. Du musst uns das ›Topas‹ überlassen.«

Ich verstehe nicht, wohin dieses Gespräch führen soll. Dank des Kokains ist mir das jedoch egal. Ich fühle mich großartig. »Für heute Abend oder für immer?«

Stefan ergreift das Wort: »Morgen wird es vermutlich das ›Topas‹ nicht mehr geben. Genauso wenig wie die Russen. Wenn wir Glück haben.«

»Wo die herkommen, warten bereits tausend andere. Das ist die Mafia, keine Gaunerbande, die schnell den Kiez abzocken will und danach verschwindet. Das hier ist nicht *Ocean's Eleven*.«

»Und dein Laden ist keine Spielhalle in Las Vegas«, unterbricht Steffi. »Aber er könnte etwas in dieser Art werden. Du und dein Laden, ihr müsst früher oder später sowieso hier raus, weil sich die billige Pacht nur beim Geldwaschen lohnt. Nur deshalb hat jemand dieses Haus überhaupt gekauft. Ich weiß das, denn es gehört meinem Vater. Er hat diesen Schuppen und ein paar andere Gebäude vor einiger Zeit günstig erstanden. Eines Tages wird hier die ›bessere Gesellschaft‹ verkehren. Der Kiez wird modernisiert, aufgeräumt, sauber gemacht. Die schummrigen Drogenhöhlen werden hellen modernen Bars und Entertainment-Centern weichen. Mein Vater verfügt über Kontakte in die besten Familien Hamburgs. Diese Ecke könnte eine goldene Zukunft haben – wenn wir es schaffen, noch etwas Zeit zu gewinnen. Die Russen erwarten keinen Widerstand hier, nicht in einem Club voller Junkies und einer Fummeltrine.«

Die kleine Anspielung perlt an mir ab. Ohne das Koks, das mich unangreifbar macht, würde ich der kleinen Buchhalterin die Augen auskratzen für diesen Kommentar.

»Wenn wir ihnen heute Nacht die Zähne zeigen, haben wir einige Monate Ruhe. Und länger brauchen wir nicht«, sagt sie. Sie macht eine kurze Pause, um meine Reaktion auf ihre Provokation abzuwarten, und als die ausbleibt, lässt sie ihren Blick auf dem anderen Koffer ruhen.

»Was genau ist für mich drin?«, frage ich und erhebe mich. »Das ›Topas‹ ist mein einziger Lebensinhalt. Ich habe viel Geld und Zeit in diesen Club investiert. Vermutlich werde ich mich hier nicht mehr blicken lassen können, bis eine dicke Grasfläche über die Angelegenheit gewachsen ist. Und auf dem Kiez dauert so was ziemlich lange.«

Steffi zieht ein kleines Kuvert aus ihrer Hose und hält es mir hin. »Ich habe meine Hausaufgaben gemacht. Da drin ist ein Schlüssel zu einem Schließfach am Hauptbahnhof. Dort findest du ein Ticket für die erste Bahn morgen früh nach Frankfurt und ein Flugticket für die Maschine nach Tel Aviv. Außerdem eine kleine Anzahlung auf die insgesamt fünfzigtausend Euro, die ich auf ein Konto deiner Wahl in der Schweiz oder Liechtenstein überweise. Das sollte genügen, um ein neues Leben in der Sonne zu beginnen.«

Sie stoppt und sieht mich an. Ihr Blick bohrt sich in meine Augen.

»Das ist eine große offene Rechnung, scheint mir«, sage ich.

»Ja, und ich habe gelernt, meine Buchhaltung stets tadellos zu führen.« Ihre Miene wird sanfter. »Bist du dabei?«

»Habe ich eine Wahl?«, frage ich.

»Allerdings«, sagt Stefan. »Wir können gehen, du wartest auf die Russen, lässt dir den Laden auseinandernehmen und gibst künftig hier die lustige Tresen-Transe, die schön brav *Spasibo, do svidaniya!*, zwitschert, wenn ihre Chefs zum Kassieren vorbeikommen. Deine Wahl!«

Ich sehe mich in meinem Büro um: ein grauer Tisch, zwei Aktenschränke, ein Bücherregal und ein altes Sofa, auf dem sich Zeitschriften und Klamotten stapeln. Auf dem Boden und in den Ecken stehen Kartons mit Getränken und Gläsern.

Vielleicht ist es das Koks, aber nein, eigentlich gibt es nicht viel hier, das mich wirklich hält.

Steffi drückt mir den Schlüssel in die Hand. »Ich wusste, dass du diese Chance nutzen würdest«, meint sie und öffnet die Tür. »Entschuldigt mich bitte, ich muss für kleine Mädchen.«

Sie verlässt siegessicher das Büro. Als ich ansetzen will, um Stefan zu fragen, von welcher Wolke er diesen Racheengel geholt hat, platzt Bill herein.

»Sie sind da«, sagt er keuchend.

»Zu früh«, meint Stefan und geht zu seinem großen Koffer. »Du musst sie aufhalten, Chefin. Geh mit ihnen in den Chill-out-Raum und beschäftige sie ein paar Minuten. Dann verschwindest du und lässt den DJ *Nighttrain* auflegen. Das ist mein Zeichen.«

Ohne zu wissen, was ich eigentlich tue, folge ich Bill nach draußen.

Der Bass hämmert lauter als sonst, aber vielleicht ist es auch nur das Blut in meinen Schläfen, das so pocht. Das Koks kann meine Furcht nicht mehr unterdrücken. Sogar Bill, der große starke Türsteher, der vor niemandem Angst hat, wirkt besorgt. Ich bitte ihn, er solle die wenigen Gäste aus dem Lokal locken, notfalls eine Razzia ankündigen, dann würden sie schon alle mit ihren Pillen das Weite suchen. Die Kleine hinter dem Tresen solle an der Tankstelle eine Flasche Wodka Gorbatschow holen, etwas anderes fällt mir im Moment nicht ein.

An der Bar stehen sie schon: drei Kerle, aufgepumpt wie Michelin-Männchen, in dunklen eng sitzenden Anzügen, mit blank polierten Lederschuhen, in denen sich das Licht der Discokugel bricht. Einen glaube ich zu erkennen, von dem Abend, als sie hier Jochen zusammengeschlagen haben. Aber mit ihren kurz geschorenen dunklen Haaren, den eng stehenden Augen und den Stiernacken sehen sie letztlich alle gleich aus. »Halslose Ungeheuer«, flüstere ich unhörbar, die Beschreibung der Kinderschar aus dem Stück *Die Katze auf dem heißen Blechdach* im Kopf, weil ihre *kleinen dicken Köpfe ohne Verbindung auf ihren kleinen dicken Körpern sitzen*. So also sehen halslose Ungeheuer aus, wenn sie ausgewachsen sind.

»Wo ist die Chefin?«, fragt Ungeheuer eins, etwas größer als die anderen beiden, in beinahe akzentfreiem Deutsch.

»Das bin ich«, sage ich und baue mich vor ihnen auf. Ich überrage alle drei um beinahe eine Kopflänge. »Wir haben etwas zu besprechen, glaube ich. Aber nicht hier vorne. Kommt mit mir.«

Ohne auf eine Antwort zu warten, drehe ich mich um und führe sie in den Chill-out-Raum. Ihnen den Rücken zuzuwenden, lässt eine Gänsehaut meinen Nacken emporkriechen. Ich öffne den schweren roten Vorhang, der den kleinen Nebenraum vom eigentlichen Club trennt.

Die drei gehen voran. Die beiden Kleineren setzen sich zusammen auf eines der Ledersofas, Ungeheuer eins, offenbar der Anführer, bleibt stehen und mustert mich.

»Ich habe dich anders in Erinnerung«, sagt er. Sein Blick klebt an dem silbernen Davidstern um meinen Hals. »Aber das ist besser. Viel besser. Männergespräche sollten von Männern geführt werden.«

»Kann ich euch etwas zu trinken anbieten?«, frage ich. »Schließlich ist dies immer noch eine Bar, nicht wahr? Wodka?«

Vom Sofa erklingt Gebrummel, das ich nicht verstehe, aber ich werte es der Einfachheit halber als Zustimmung.

»Dann hole ich schnell eine Flasche und ein paar Gläser«, sage ich und mache einen Schritt auf den Vorhang zu, aber das halslose Ungeheuer hält mich am Arm fest.

Es ist wirklich der Typ, den ich geohrfeigt habe. Ich erkenne es in seinen Augen. Mein Herzschlag pocht nun so laut, dass er es sogar hören müsste. »Bleib«, bestimmt er. »Wir wollen nicht trinken, wir wollen reden.«

Sein Griff ist fest, aber nicht brutal. Ich nehme seine Hand weg und streiche mein Jackett glatt.

»Wie du meinst, dann reden wir«, sage ich und setze mich auf das kleine Sofa neben dem Eingang. Die weinroten Wände des Raums haben nie zuvor so erdrückend auf mich gewirkt.

Er bleibt vor mir stehen und blickt wie ein Bergmassiv auf mich herab. »Du hast ein Problem und wir wollen dir helfen«, beginnt er mit den gleichen Worten wie kurz zuvor Steffi. »Ein wirklich schöner Laden, aber wenig Geschäft. Viele Pillenfresser, die nur abhängen und kein Geld ausgeben. Wir könnten dir helfen, Publikum mit anderen Bedürfnissen und dicken Brieftaschen anzulocken. Sieh dich um: Es ist fast Mitternacht und keine Gäste hier. Das würden wir ändern. Was meinst du?«

Ich zünde mir eine Zigarette an und verstecke meine zitternde Hand in meinem Schoß. »Das klingt prima«, sage ich. »Aber was genau habt ihr davon? Wer ist euer Boss?«

»Muss dich nicht interessieren, der ist weit weg. Du kommst mit uns ins Geschäft«, antwortet er und beugt sich zu mir herunter. Sein Atem riecht nach Pfefferminz, was mich amüsiert. Ein kultivierter Schläger mit Sinn für Mundhygiene. »Was sagst du?«

»Wie sind die Bedingungen?«, frage ich. »Sollte ich nicht wissen, welche Konditionen ihr mir anbietet, bevor ich entscheiden kann? Oder habe ich keine Wahl?«

Er bemüht sich um ein Lächeln und ich kann einen goldenen Schneidezahn entdecken. »Der Mensch hat immer eine Wahl«, sagt er. »Aber jede Entscheidung bringt Konsequenzen. Und wir wären wirklich enttäuscht, solltest du unser großzügiges Angebot ablehnen.«

Ich fühle mich nun doch wie in *Ocean's Eleven*, allerdings in einem hausgemachten Kiez-Remake und ohne Brad Pitt und George Clooney. Das kann alles eigentlich nicht real sein. Aber hier steht tatsächlich dieses russische Muskelpaket mit einem Faible für TicTac und bedroht mich, während in meinem Büro ein ehemaliger Söldner auf ein Zeichen wartet, um etwas zu tun, von dem ich nichts wissen soll.

Eine Passage von Martha fällt mir ein: *Jetzt hat dich das Fahrwasser, in dem du treibst, an den Punkt geschwemmt, an dem es nicht mehr weitergeht. Du liegst auf dem Trockenen.*

»Was sagst du?«, wiederholt das halslose Ungeheuer seine Frage, als meine kleine Aushilfe durch den Vorhang tritt. Sie präsentiert stolz eine Flasche Wodka.

»Chefin, wir haben noch Smirnoff, soll ich wirklich zur Tankstelle und noch mehr holen?«, fragt sie.

Ich stehe auf, schlängle mich an dem Russen vorbei und nehme ihr die Flasche ab. »Das ist in Ordnung so«, sage ich zu ihr. Dann wende ich mich an meine Gäste. »Jetzt, wo wir schon Wodka haben, hole ich auch Gläser. Wir müssen unser Geschäft schließlich begießen, oder?«

Die beiden anderen Ungeheuer haben sich mittlerweile drohend erhoben, aber ihr Anführer gibt ihnen mit einem Wink zu verstehen, dass sie sich wieder setzen sollen. Er greift nach dem Davidstern um meinen Hals und hält ihn fest. Ich widerstehe der Versuchung zurückzuschrecken. Stattdessen ziehe ich an meiner Zigarette und blase ihm den Rauch selbstbewusst ins Gesicht.

Sein Blick bohrt sich in meine Augen, dann lässt er los und gesellt sich zu seinen Kumpanen. »Viel Eis«, sagt er und setzt sich auf die Sofalehne. »Und eine Flasche Champagner, den besten, den du hast!«

Hinter dem Vorhang zerfällt etwas sehr Großes in meinem Magen in tausend kleine Stücke. Die Angst fliegt davon, und ich fühle mich so leicht, dass ich mich festhalten möchte, um nicht davonzufliegen.

»Something nicht in Ordnung?«, fragt Bill, der sofort an meiner Seite auftaucht.

Ich schüttle den Kopf. »Alles prima. Sag der Kleinen, sie soll ein Tablett mit Gläsern, Eis und einer Flasche Moët nach nebenan bringen und dann den Raum nicht wieder betreten. Das gilt für alle. Am besten, ihr geht jetzt in den Hinterhof und schnappt frische Luft.« Ich stütze mich auf seinen Arm. »Aber vorher hilfst du mir, aufs Klo zu kommen, bitte!«

Er führt mich über die Tanzfläche zur Damentoilette. Ich schließe mich in einer Kabine ein und lehne mich an die Wand. Mein Kreislauf ist wieder stabil. Die Zigarette von vorhin glüht immer noch in meiner Hand, ich nehme einen letzten Zug und werfe die Kippe in Richtung Schüssel. Sie bleibt neben der Klobürste liegen, die hier sicher noch nie jemand benutzt hat. Eine völlig unnötige Investition.

Dann entdecke ich in der Ecke ein Stück Stoff. Mit dem Fuß ziehe ich es hinter dem Klo hervor. Barbara Eden lächelt mich an: Es ist das T-Shirt von Steffi.

Ein Windzug streift meinen kahlen Kopf. Das Fenster neben mir ist nur angelehnt. Auf der Fensterbank erkenne ich die Abdrücke von schmutzigen Schuhen, die einen Ausweg suchten. Hier hat sich jemand aus dem Staub gemacht, und zwar Steffi. Jetzt wird mir klar: Deshalb ist sie vorhin aufs Klo gegangen und nicht zurückgekommen. Das Biest hat sich verpisst und überlässt die Drecksarbeit nun Stefan. Was haben die beiden vor? Die Ahnung beschleicht mich, dass Steffi ihre offenen Rechnungen wirklich immer vollständig begleicht. Wovor macht jemand halt, der so mit Flugtickets und Geldscheinen wedelt?

Mir fällt der Koffer in meinem Büro ein. Ich glaube, dieses ganze Arrangement ist eine Falle, mit mir und meinem Laden als Köder.

Es ist Zeit, hier zu verschwinden.

Ich verlasse das Klo und stelle mich hinter das Mischpult zum DJ.

»Kannst du mir einen Gefallen tun?«, bitte ich. »Spiel mir noch einmal *Nighttrain.*«

Erstaunt hebt er seinen Kopf aus der Plattentruhe. »Aber ich dachte, du kannst das Lied nicht ausstehen?«

»So kann man sich täuschen«, sage ich lächelnd. »Und dann sieh doch bitte nach Bill. Er ist im Hof und braucht Hilfe bei etwas.«

Ich lasse meinen Blick über die Tanzfläche schweifen. Der Laden ist jetzt völlig leer und nichts wirkt trostloser als eine Kneipe ohne Gäste: deprimierend und überflüssig. Hinter dem Tresen blickt mich zwischen polierten Gläsern mein kahlköpfiges Spiegelbild an. Ich winke mir zu. Einen Moment glaube ich, Martha darin zu erkennen, wie sie mich auslacht. Dann plötzlich verwandelt sich das Spiegelbild in Steffi. Sie hält mir einen Umschlag entgegen. Ich taste nach ihm und seufze erleichtert, als ich ihn in meiner Jackentasche spüre. *Wenn ich mir was wünschen dürfte*, summe ich, *möcht' ich etwas traurig sein.*

Dann setzt *Nighttrain* ein. Aus den Boxen hämmert Buffta Buffta. Ich trete durch die Tür in die Nacht. Der Wind weht kühl über meinen rasierten Kopf. Irgendwo im Nachthimmel schreien Möwen.

Lukas und Geli warten bereits auf mich, schräg gegenüber im ›Goldenen Handschuh‹. Sie lehnen an dem Panoramafenster, vor ihnen stehen überquellende Aschenbecher und eine Batterie leerer Flaschen Astra. Ich nicke den beiden zu und Lukas verschwindet hinter dem Tresen, um zu telefonieren. Er wird jetzt die Polizei über eine Schießerei im ›Topas‹ informieren. Von der Davidwache bis hierher werden die grünen Jungs knapp drei Minuten benötigen. Vielleicht rechtzeitig genug, dass niemand ernsthaft verletzt wird. Vielleicht aber auch nicht. Ich verspüre kein Mitleid, ich bin eigentlich nur erleichtert.

»Stella holt dich vom Flughafen ab. Wir sollen dich grüßen, sie freut sich auf dich, wundert sich aber, warum du so plötzlich deine Meinung geändert hast. Dein Zimmer in Jaffa wartet jedenfalls. Wir schicken dir alles nach, was nicht in den Koffer passt.« Geli deutet auf den metallenen Samsonite vor mir. »Und wir besuchen dich. Vielleicht heiraten wir ja in Israel und du kannst dann Trauzeuge werden.«

»Das würde mir sehr gut gefallen«, meine ich. »Vielleicht eröffne ich ja eine Bar. Mit Blick aufs Meer.«

Geli schlingt den Arm um meine Hüfte und kuschelt sich an mich. Wir blicken schweigend aus dem Fenster.

Von Stefan ist keine Spur zu erkennen. Dafür hält ein 3er BMW an der Ecke und eine schlanke braunhaarige Frau mit einem unauffälligen dunklen T-Shirt löst sich aus dem Eingang des Kiosks und steigt in den Wagen: Steffi. Durch die Scheibe kann ich den Fahrer nicht erkennen. Ist das Stefan? Ach, letztlich ist es egal. Sie dreht sich um zu einem letzten Blick auf den Eingang des ›Topas‹ und dann zur anderen Seite, bevor der Wagen zügig anfährt. Sie verschwinden filmgerecht mit quietschenden Reifen in einer Seitenstraße.

Ich lehne mich zurück. Das Finale kann jetzt nicht mehr lange auf sich warten lassen.

Lukas kommt zu uns und grinst triumphierend. Er nimmt mich in die Mitte und küsst meinen Nacken. Geli umarmt mich von vorne, Lukas von hinten. Die Wärme ihrer Körper umhüllt mich wie ein Schild. Ich fühle mich sicher und geborgen wie lange nicht mehr. Gott, ich werde die beiden vermissen! Meine Augen füllen sich mit Tränen und ich schluchze. Lukas flüstert mir beruhigende Worte ins Ohr und Geli drückt sich fester an mich.

In meiner Tasche spüre ich den Schließfachschlüssel. Ich umfasse ihn und presse die Augenlider zusammen. Vor mir sehe ich einen Strand und das Meer in allen Blautönen. Eine Frau schreitet über den Sand in meine Richtung. Ein Seidentuch löst sich aus ihrem Haar und schwebt in den Himmel.

Ein Knall aus der Richtung des ›Topas‹ lässt dieses Bild erzittern wie ein Erdbeben. Ich öffne die Augen. Geli neben mir zuckt, aber sie lässt mich nicht los. »Mein Gott«, brüllt Lukas in mein Ohr. »Die sprengen den Laden! Siehst du den Rauch?« Seine Worte verhallen in einer plötzlichen Stille. Dann höre ich einen weiteren Knall, vielleicht ein Schuss? Oder der Propangrill? Gleich danach weitere. Mindestens fünf.

Ich schließe die Augen wieder und suche meinen Strand. Dort möchte ich sein, den Sand unter meinen Füßen spüren, mich von Sonne und Wind streicheln lassen. Beinahe kann ich das Salz in der Luft riechen. Das Bild wird nun klarer, als würde sich der Frühnebel auflösen. Ich konzentriere mich auf den Schwarm Möwen, der über die Wellen fliegt. »Meins! Meins! Meins!«, markieren sie schrill ihr Revier. In ihr Geschrei mischt sich das Heulen einer näherkommenden Sirene.

Ich bin schon weg.

Dank

für ihre Hilfe und Anmerkungen:

Dr. Maike Braun, Gudrun Rohe und Boris Roman Gibhardt